Copyright© 2024 Ian Fraser

Todos os direitos dessa edição reservados à editora AVEC.

Nenhuma parte desta publicação poderá ser reproduzida, seja por meios mecânicos, eletrônicos ou em cópia reprográfica, sem a autorização prévia da editora.

Autor: Ian Fraser
Editor: Artur Vecchi
Revisão: Gabriela Coiradas
Ilustração de capa: Paulo Torinno
Ilustrações internas: Paulo Torinno e Lai Santos
Diagramação: Luiz Gustavo Souza

1ª edição: 2024 - AVEC Editora
Impresso no Brasil/ Printed in Brazil

Dados Internacionais de catalogação na Publicação (CIP)
(Câmara Brasileira do Livro, SP, Brasil)

F 841

Fraser, Ian
    Araruama : o livro das sementes /
Ian Fraser. – 2. ed. – Porto Alegre : Avec, 2024.

    ISBN 978-85-5447-252-8

    1. Ficção brasileira   I. Título

    CDD 869.93

Índice para catálogo sistemático:
1.Ficção : Literatura brasileira 869.93

Ficha catalográfica elaborada por Ana Lúcia Merege — 4667/CRB7

Caixa Postal 7501
CEP 90430-970 — Porto Alegre — RS
  contato@aveceditora.com.br
  www.aveceditora.com.br
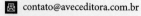 @aveceditora

ARARUAMA
O LIVRO DAS SEMENTES

IAN FRASER

ILUSTRAÇÕES DE
PAULO TORINNO
LAI SANTOS

*para Lui e Iraê,
as outras sementes de minha mãe.*

*êpa, babá,
meu tio Neném,
êpa, babá!*

"Foi então que entendeu as borboletas amarelas que precediam as aparições de Mauricio Babilônia."
Gabriel García Márquez, em *100 anos de solidão*

"Em todo o mundo habitado, em todas as épocas e sob todas as circunstâncias, os mitos humanos têm florescido; da mesma forma, esses mitos têm sido a viva inspiração de todos os demais produtos possíveis das atividades do corpo e da mente humana"
Joseph Campbell, em *O herói de mil faces*

Sumário

ARARUAHA
O Livro das Sementes

PREFÁCIO 10
ANTES DAS SEMENTES 13
AS LUZES DE UM NOVO TEMPO 19
A INICIAÇÃO DE BATARRA COTUBA 29
OS SONHOS DE APOEMA 37
FOLHAS SECAS 57
O RITMO DA VIDA 79
AS LIÇÕES DE UM NOVO TEMPO 87
APOSTAS E DERROTAS 113
O PULO DE APOEMA 137
AS PALAVRAS DE EÇAÍ 157
A FORÇA DE BATARRA COTUBA 173
PARTIDAS 183
ENCONTROS 195
GLOSSÁRIO 209

PREFÁCIO

Há mundo e há mundos. Há um mundo conhecido no qual nos movemos e pelo qual somos moldados desde a infância por uma prática que chamamos educação. Ela segue um método para nos apresentar o que nos pode ser mais útil para que a nossa vida ganhe algum sentido e se possa, nela, vivermos felizes. Nesse mundo que nos é apresentado pela cultura que habitamos, há também realidades reais e realidades criadas, inventadas, plasmadas, fictícias. Esses são os outros mundos. Eles existem e estão presentes, mas nossos olhos nem sempre são preparados para vê-los, para senti-los, para acreditarem.

No mundo que conhecemos não nos permitimos questionar as lógicas as quais estamos moldados. Nele, as respostas para os dramas da existência já estão devidamente respondidas de forma linear e finita: temos um começo e teremos um fim. Mas a incompletude de nossa existência exige algo mais. Para isso criamos as crenças para nos dar alguma esperança de que a vida não é apenas um fim e colocamos nela uma certeza de que algo mais precioso está ainda por acontecer depois que dela partirmos e mais uma vez partimos para a imaginação de uma vida após a vida. Por conta disso pautamos toda nossa vida porque assim somos levados a crer que somos criados para a eternidade.

Mas aí vem uma leitura que faz com que as certezas de um mundo construído a partir de uma cosmovisão linear, desabem. Não porque ela desconcerte a lógica, mas porque vai nos revelando que existe uma outra lógica além daquela a que sempre imaginamos ser única e verdadeira. E como já estamos "viciados" por um pensamento único encontramos resistência em nosso cérebro para sua compreensão.

Trata-se da lógica da circularidade. Modo de entender que a história não acontece de maneira linear como a caminhar para um abismo a que chamamos futuro. Ela se move sobre si mesma num permanente movimento de elipse onde o passado se encontra com o presente sem, no entanto, com ele se chocar, mas criando um renovação o que se dá pela constância da voz dos antigos contadores de histórias que sabem unir o começo e o fim pela memória inscrita nos acontecimentos vividos de geração em geração.

Foram essas algumas ideias que circularam por minha mente ao retomar a leitura desta estupenda saga narrada por Ian Fraser em seu Araruama – O livro das sementes. Foi como estar sendo transportado para a visão ancestral do inicio de tudo pela voz cantilena de um avô. Um mergulho no rio da memória a nos lembrar que somos apenas um fio na teia da existência e que o objetivo final dessa jornada pessoal é sempre um encontro com a totalidade. E isto só a simplicidade pode nos proporcionar.

Ian Fraser sabe conduzir o leitor pelas intricadas relações humanas que se estabelecem desde que somos expelidos ao mundo e o qual temos que dominar seus códigos existenciais, sociais e espirituais para fazermos uma jornada e deixarmos as marcas de nossas pegadas como sinais para as gerações futuras.

Como bem diz o subtítulo da obra – o livro das sementes – elas ficam plantadas no coração do leitor para crescerem e fazerem brotar novas sementes e novos frutos. Não é, portanto, o livro das respostas, nem mesmo das meias verdades, é uma leitura para fazer brotar em nós a sabedoria para sairmos da armadilha que a história única quer nos fazer cair e dela nunca mais sairmos. Araruama é a semente para construirmos novas respostas para os dilemas eternos e nos libertamos dos dogmas da história linear e ficcional em que estamos lançados. Fica a dica.

Daniel Munduruku (Belém, 28 de fevereiro de 1964) é um escritor, professor, ator e ativista indígena brasileiro originário do Povo Munduruku. Autor de 62 livros, suas obras literárias são sobretudo dirigidas aos públicos infantil e juvenil tendo como tema principal a diversidade cultural indígena. Daniel é um defensor ativo dos direitos dos povos indígenas desde os anos 90 e tem trabalhado para promover a Literatura Indígena e a conscientização sobre a importância das culturas indígenas do Brasil.

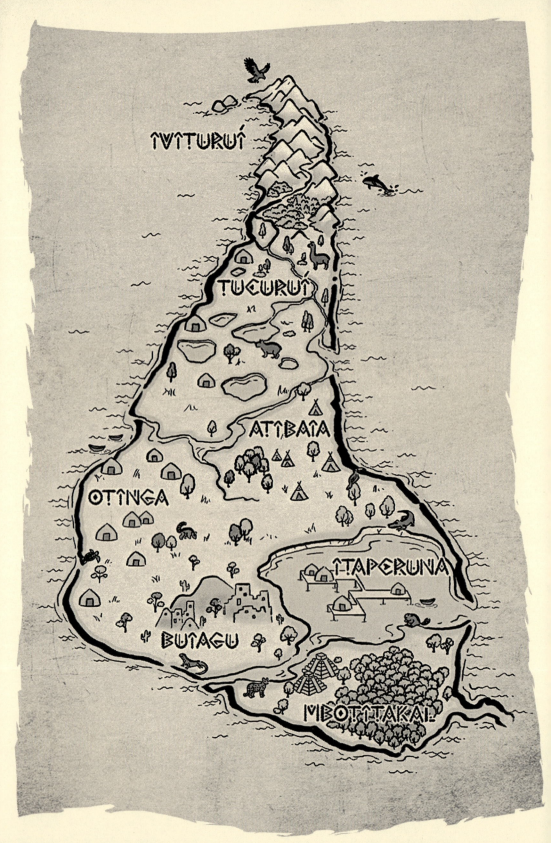

ANTES DAS SEMENTES

Sempre haverá o tempo. E antes do tempo e das cores e dos suspiros e dos sonhos, quando o tudo era feito da essência do nada, havia somente Monâ, a mãe do tempo e de todas as coisas. Querendo testar os poderes de seu ventre, Monâ concebeu Aram, o pai do calor. O nada deixou de existir, pois a luz reinava só, mas o seu brilho era intenso e indomado, e sem uma contraparte que o controlasse, o tempo foi tomado por um branco que doía os olhos.

Foi quando Monâ entendeu a necessidade do número dois. O tudo não podia ser feito de um, o tudo precisava de mais coisas.

A deusa tempo, então, concebeu Airequecê, a mãe do frio e da escuridão. O tudo agora era feito de duas partes: Aram, com seu branco intenso, e Airequecê, com seu preto envolvente.

Contudo, ainda faltava algo.

Depois de muito pensar, Monâ compreendeu a beleza do número três. Ela precisava de algo que recebesse o calor de Aram e o frio de Airequecê, e assim nasceu Ibi, a mãe mundo, a mais bela criação do tempo, uma perfeita mistura de calor e frio, parte luz, parte escuridão.

As ideias ainda eram puras, e nem mesmo o tempo conhecia todas as coisas. O número três é belo e forte, mas ele também é a semente do ciúme. Aram viu refletida em Ibi a intensidade de sua própria luz, o que fez com que o pai do calor se apaixonasse por sua irmã mais nova. Airequecê, por outro lado, viu derramada sobre Ibi a candura de sua própria sombra, levando a mãe do frio a também se entregar ao amor fraterno.

E o tudo que era feito por três partes conheceu a feiura da briga.

Aram queria Ibi só para ele.

Airequecê queria Ibi só para ela.

E Ibi viu-se atormentada, dividida entre dois amantes que se odiavam. Ela amava o irmão e a irmã com a mesma intensidade e com o mesmo desejo, sendo incapaz de escolher entre um ou outro.

Com Aram, Ibi concebeu dois espíritos quentes: Tata, o espírito do fogo, e Aupaba, o espírito da terra.

Com Airequecê, Ibi concebeu três espíritos frios: Iara, a mãe das águas, e as gêmeas Amanacy, a mãe da chuva, e Tinga, a mãe da neve.

Ibi achou que os espíritos que viviam dentro dela acalmariam os ânimos de Aram e Airequecê, mas a paixão dos irmãos não conhecia limite. Buscando uma forma de apaziguar a querela entre o frio e o calor, Ibi beijou o irmão e a irmã ao mesmo tempo, e dessa tríade nasceu Cajaty, a mãe floresta.

Mas nem isso acalmou Aram e Airequecê. As brigas intensificaram-se, o calor e o frio colidiram, e o tudo de Monâ amarelou no *yamí ybapiranga*.

Envergonhada com o temperamento de seus rebentos, Monâ, a mãe do tempo, criou o dia e o deu para Aram, criou a noite e a deu para Airequecê, e criou Jacamim e seus vaga-lumes, para que estes ficassem no firmamento, preservando a paz entre os deuses.

Como se isso não fosse o bastante, Monâ suspirou um segredo no ouvido de sua filha Ibi, e desse suspiro nasceu Votu, a mãe dos ventos, que correria livre pela Ibi, controlando os espíritos nascidos do frio e do calor.

Como último mimo, para satisfazer seus filhos orgulhosos, Monâ colocou no ventre de Ibi a primeira geração dos homens, para que venerassem e dançassem em nome dos deuses e dos espíritos.

E Monâ achou que poderia descansar.

Mas o homem também teria seus filhos e suas criações, e estes provariam ser mais teimosos que qualquer deus.

IAN FRASER
ARARUAMA
O LIVRO DAS SEMENTES

AS LUZES DE UM NOVO TEMPO

◆

    O tempo era cru e a terra era menina e a água era muda e a noite era fria e a neve caía preguiçosa, pintando de branco tudo que era chão, naquele que era o dia do *Motirõ*. Por dias, os seios de Tinga, mãe da neve, filha de Airequecê, amamentavam a aldeia de Ivituruí com pequenas bolas de algodão, solitárias e únicas em sua queda singela. Majé forçava seu caminho pela neve, lutando contra a camada de barro leitoso que se aglomerava por toda a aldeia. A velha, que nasceu do primeiro encontro da água com a areia, viveu todos os seus setecentos *Motirõ* na aldeia de Ivituruí, e nunca havia presenciado Tinga aleitar com tanta generosidade.
    O branco não mente. O homem anda com fome de coisas novas, concluiu Majé, que carregava em mãos uma tocha acesa, usada unicamente para esquentar os ossos cansados que ela trazia consigo em um colar.
    O vento corria por entre as casas de pedra feito uma jaguatirica esfomeada, impregnando o ar com um gosto amarelo, e Majé não compreendia o porquê daquela cor desgarrada. Mais cedo, antes de sair de sua casa, a velha havia mascado uma orelha de salamandra-bruxa, abocanhado um maço de urtiga-azul, chupado uma casca de jenipapo-rei e lambido as asas de um morcego pardo, tudo na tentativa de purificar seu paladar, mas nada tirava o amarelo que estava grudado no céu de sua boca.
    A Majé em questão, pois irmãs de mesmo nome ela tinha seis, era uma figura corcunda, de pele acinzentada, coberta por escamas duras feito pedra-pomes. De seu couro cabeludo, palhas de palmeiras brotavam e escorriam até a altura de sua cintura, ocultando sua face. A curandeira descia as vielas de Ivituruí com passos cautelosos; por mais que conhecesse bem cada curva da aldeia, a montanha Guaçuaté era notória por suas quedas vertiginosas e por suas traiçoeiras escadarias de pedra cortada.

No firmamento noturno, Airequecê reinava. Bela e vaidosa, a mãe do frio iluminava o caminho com sua luz branca e cândida, que jamais queimava a pele. Apesar do amarelo rançoso que insistia em incomodar seus pulmões, Majé chegou à casa de *pindara* Araguaci com um certo otimismo em seus ossos cansados.

O dia do Motirõ é um belo dia para se nascer, pensou a velha antes de abrir a porta.

Ao adentrar a casa, toda construída em pedra, Majé encontrou *arátor* Baepeba prostrada em cima de um tapete de couro de lhama, com as pernas abertas e a testa enrugada e as mãos cerradas e o bucho avolumado e com uma dor que se derretia por todo o corpo.

A mulher estava pronta para trazer ao mundo uma nova luz.

Pindara Araguaci, o futuro pai, aproximou-se da velha curandeira e respeitosamente pediu para que esta apagasse o lume que carregava em sua mão; ele não queria o fruto de Tata, pai do fogo, filho de Aram, em seu lar no momento do nascimento. Majé apagou a tocha com um sopro indiferente — a crescente rivalidade entre adoradores de Aram e adoradores de Airequecê não era uma das preocupações que cingia sua mente anciã. Ela estava muito mais preocupada com a nova luz que havia saído de dentro de *arátor* Baepeba. A parteira cortou o cordão que unia mãe e filha e entregou a criança às mãos escamosas de Majé.

O ritual do *aman paba* estava para começar.

Os olhos de *pindara* Araguaci acompanhavam cada movimento da curandeira, que segurava nas palmas de suas mãos o fruto de uma vida sonhada. No cair da noite anterior, enquanto o povo Ivituruí preparava-se para as celebrações do *Motirõ* e o término da terceira colheita, *pindara* Araguaci visitou o templo dos espíritos com outro propósito em seu coração. O futuro pai dançou em nome de Monâ, mãe do tempo e de todas as coisas, pedindo para que a luz que crescia no bucho de sua mulher recebesse um bom *aman paba*; assim como seu pai, *pindara* Ojibe, fez na noite em que ele nasceu, e como o seu avô, *munducuru* Taquaracê, fez antes dele, e assim sucessivamente até o útero da memória.

O *aman paba* diria quantos Motirõ sua cria viveria e, com isso, o seu epônimo e a sua honra perante todos. Majé colocou seu dedão na testa da criança e deixou-se levar por seus berros de dúvida e dor. A velha abriu o seu *exanhê* e viu aquilo que os olhos não eram capazes de enxergar.

— Monâ — disse Majé —, dona do tempo e de tudo, dá a esta menina cento e vinte *Motirõ*.

Muitas outras luzes acenderam-se naquela noite, luzes como as de Kaluanã, Obiru, Eçaí e Batarra Cotuba, que juntos à Apoema moldariam o destino de Araruama, mas tão grande quanto elas talvez tenha sido o nascimento de um sentimento até então não tateado pelos habitantes daquela terra, sentimento que descansava dormente sob um mar afótico de complacência, sentimento que daquele dia em diante seria conhecido como surpresa.

Longe daquela casa entregue à escuridão e ao frio, em uma oca quente e abafada na aldeia de Otinga, quase ao mesmo tempo que *pindara* Araguaci provava o sabor mélico da surpresa, *abaetê* Ubiratã provaria o sabor amargo que aquele mesmo sentimento também podia ter. E assim, sem saber, aquelas duas novas luzes tiveram seus destinos entrelaçados.

Naquele dia do *Motirõ*, as sementes de um novo tempo apresentavam-se ao mundo, mundo este que ainda era chamado de Ibi, mas que um dia seria chamado de Araruama. E todas essas mudanças iniciavam no frio amarelo de Ivituruí, com *pindara* Araguaci, que nada mais será do que um mero suspiro de vida na história daquela terra, mas que agora era um pai carregando sua filha, carne de sua carne, sangue de seu sangue, luz de sua luz, e não havia homem ou deus mais poderoso que ele naquele momento, nem mesmo Monâ.

A pequena, filha de um *pindara* e de uma *arátor*, havia recebido o *aman paba* de cento e vinte *Motirõ*, o que a tornava uma futura *guariní*, o mais alto epônimo que uma mulher podia receber.

O pai riscou a testa da filha com polpa de semente de açucena e proclamou:

— Ela verá além das coisas. Ela verá mais do que eu pude ver, e por isso se chamará Apoema.

Ao nomear a criança Apoema, *pindara* Araguaci referia-se aos *Motirõ* que a filha veria no decorrer de sua longa vida, mas suas palavras de pai orgulhoso, intensificadas pelo nascimento da surpresa, cortaram a fina fábrica do ar que circundava aquele dia amarelo, fadando a menina a um dom que a salvaria e, ao mesmo tempo, a arruinaria.

— Monâ deu a essa criança uma luz de cor que nunca vi antes, uma cor que ainda não tem nome ou cheiro — disse Majé ao terminar o ritual do *aman paba*.

— E o que isso significa? — perguntou uma exausta e confusa *arátor* Baepeba, que ainda sentia entre as pernas a dor de dar à luz..

As Majés, que viam os amanhãs da mesma forma que os homens enxergavam os ontens, testemunharam a criação dos vaga-lumes de Jacamim e o brotar da Aroeira, a primeira árvore a emergir da terra ainda virgem. Elas estavam lá durante o primeiro voo das araras e presenciaram, em primeira mão, o nascimento e a queda de Kami, o imortal, então, era de se estranhar o cenho enrugado da curandeira ao não saber como responder a tão simples pergunta.

A tal surpresa espalhava-se como uma praga pela Ibi.

∞

Abaetê Ubiratã acariciava os cabelos negros e lisos de *pindara* Guaci, a mais nova de suas sete esposas, que grunhia e se contorcia, cerrando os dentes para conter o grito que vinha com a dor. Iara, a mãe dos rios e do mar, filha de Airequecê, havia agraciado Ubiratã com oito filhas *guariní* — oito mulheres fortes e dedicadas, caçadoras que honravam o *aman paba* do pai, chefe do povo Otinga. Porém, por mais que a luz azul de Iara tivesse lhe dado muito mais do que um homem merece, Ubiratã era, antes de tudo, um guerreiro, e só se sentiria completo quando fosse pai de um menino. Completude que veio ao ver a lança que a criança carregava entre as pernas. Arrebatado pelo orgulho, o *abaetê* de Otinga não percebeu que o filho havia nascido calado, sem um único berro para anunciar ao mundo a sua chegada. As pequenas mãos, ainda sujas com lembranças do ventre, pareciam hipnotizadas pelas penas azuis, amarelas e verdes que brotavam da cabeça de Majé, que aconchegou o bebê perto de seus seios, brancos e macios feito carne de graviola.

— Monâ, dona do tempo e de tudo, dá a este menino... dezoito *Motirõ*.

A plenitude de Ubiratã mostrou-se tão breve quanto o florescer das bretãs, que mal mostravam ao mundo suas belas e raras pétalas azuis e já as perdiam, transformadas em cinzas sob o calor de Aram. O filho que, por tantos *Motirõ,* ele aguardou, por quem ele tanto dançou, nasceu uma desonra em forma de carne.

Um maldito capanema.

— Monâ deu ao menino a luz de cor preta — disse Majé ao terminar o ritual do *aman paba*.

— A cor dos olhos fechados — disse Ubiratã com rancor entre os lábios. — A cor dos covardes — concluiu.

A curandeira estendeu a criança para seu pai, mas este deu as costas para a mulher e para o filho que lhe tiraram a honra. Nunca, em todas as gerações dos homens, um *abaetê* havia gerado luz a um *capanema*.

Ubiratã começou a andar em direção à porta quando Majé interrompeu-o:

— Sua luz precisa de um nome, *abaetê*.

— Ele não é uma luz, Majé. Ele é um *capanema*. Tão imprestável quanto uma folha seca. Obiru pode ser o nome desta coisa.

Quando Ubiratã nasceu com um *aman paba* de cento e vinte e nove *Motirõ*, seu pai, *guariní* Karamurun, lhe deu um nome forte para honrar seu futuro glorioso. E com o nome de Ubiratã, o *mitanguariní* cresceu arrodeado dos mimos e dos fardos que um *aman paba* alto oferecia: dos treinamentos de caça e luta às aulas de cultivo e pesca. Ao completar cinco *Motirõ* de idade, já caçava sozinho e, logo na primeira empreitada, matou uma capororora que superava um homem adulto em tamanho — uma das mais ousadas façanhas que a aldeia de Mboitatikal, sua aldeia natal, havia visto, e a menor das proezas que os amanhãs lhe reservavam. Quando completou dezoito *Motirõ*, Ubiratã lançou-se sozinho no ritual do Turunã, cruzando a Ibi contando apenas com seus ossos, sua carne e um machado de pedra lascada. No caminho, conheceu coisas desprovidas de nomes: como as árvores tortuosas, donas de flores singelas e de um vermelho tão forte que doía seus olhos, ou o fruto estranho que provou em sua escalada rumo ao lar de Majé Ceci. O futuro reservaria nomes diferentes às descobertas do *mitanguariní*, mas ele as nomeou de *aratinguatanga*, pois suas flores rubras muito pareciam bicos de papagaios, e de *eirariribá*, pois o sabor da fruta era ao mesmo tempo amargo e doce feito mel. Durante o Turunã, Ubiratã desbravou riachos que ora eram plácidos e serenos, ora eram bravos e selvagens, mergulhou em cachoeiras de quedas vertiginosas e escalou árvores tão altas que, se esticasse os braços, sentia que poderia roubar os vaga-lumes de Jacamim. Mas seu maior feito foi o embate com uma das filhas de Iarateguba, a enorme jaguatirica comedora de homens, uma das feras mais temidas em toda Ibi. Ubiratã escalou a mais alta árvore em seu caminho, e de um galho resistente, que havia sido tocado por um raio, fez sua lança. Após abater a fera, comeu o coração dela cru, e aproveitou da carcaça o couro para confeccionar uma vestimenta que, desde então, era usada pelo *abaetê* como um testamento de sua bravura.

Ubiratã sabia que devia parte de todas as suas vitórias à força de seu nome, pois aprendera com *guariní* Karamurun que o nome era o único tesouro que um pai podia dar ao filho. O resto ele devia conquistar sozinho. E foi justamente com esse pensamento vivendo entre suas orelhas que o *abaetê* de Otinga deu ao filho um nome fraco, na esperança de que a alcunha fosse um mau agouro, uma pajelança ruim que levasse aquele pedaço de carne sem honra a uma escuridão prévia.

Dezoito *Motirõ* era o pior dos fardos. Que nascesse com dois ou três, assim Ubiratã não precisaria suportar a vergonha por tanto tempo. Ou melhor, *que fosse um natimorto*.

Naquela mesma noite, *abaetê* Ubiratã caminhou até a oca dos homens e dançou em nome de Monâ, pedindo que ela apagasse aquela luz preta, que jamais deveria ter nascido. Os pés batiam contra o chão e as mãos balançavam o *mbaraká* e a boca cantarolava em tons melancólicos e o corpo contorcia-se vagarosamente, mas os olhos permaneciam fechados, pois Ubiratã sabia que o que ele pedia era inaceitável. Não havia na Ibi um sacrilégio pior que o *jucá mairarê*, o roubo dos amanhãs. O *aman paba* era uma dádiva de Monâ aos homens e cabia somente a ela o poder de retirá-lo. Dançar em nome do *jucá mairarê* era a pior das ofensas, principalmente quando se tratava de uma luz sábia como a de um *abaetê*. Mas Ubiratã dançava assim mesmo, pois duvidava que qualquer castigo divino fosse pior que aquele sentimento que corroía seu *exanhé* e fazia com que seu sangue queimasse feito a fúria de um vulcão.

Foi quando berros distantes interromperam sua dança profana.

Ubiratã agarrou sua lança e partiu em direção à comoção, temendo que a ameaça fosse Iarateguba, que certamente planejava vingar-se pela morte de uma de suas filhas. No entanto, os gritos que vinham da oca de *munducuru* Leri não eram pedidos de socorro ou desespero, mas de dor. O *abaetê* estava tão entregue à profundeza de seu próprio umbigo que havia esquecido que a mulher do *munducuru*, uma jovem *pora-pó* chamada Oribe, também carregava luz em sua barriga. A criança, um menino, já estava nas mãos de Majé quando Ubiratã entrou na oca.

— Monã, dona do tempo e de tudo, dá a este menino mais *Motirõ* do que vaga-lumes a Jacamim — disse Majé, que se via impossibilitada de proferir o número exato, pois até então os homens só sabiam contar até setecentos, idade atual de Majé Ceci.

Ubiratã, que sempre se considerou um caçador de sentidos apurados, não conseguia acreditar naquilo que seus olhos e ouvidos insistiam em perceber como realidade. Como poderia ele, *abaetê* de Otinga, o homem que havia matado uma das filhas de Iarateguba, dono de um *aman paba* de cento e vinte e nove *Motirõ*, ter sido pai de um *capanema*, enquanto Leri, um simples *munducuru*, era pai do futuro *payni,* futuro líder das sete aldeias?

— Monã deu ao menino a luz de cor azul, a luz de Iara — disse Majé.

A parteira entregou a criança às mãos calejadas de *munducuru* Leri, cujo sorriso orgulhoso, por si só, esquentou toda a oca. O pai levantou o filho aos céus e esbravejou:

— Seu nome é Kaluanã, e ele será o maior guerreiro de toda Ibi.

Abaetê Ubiratã sentiu suas entranhas retorcendo, como se estivesse desconjuntado. O vermelho em seu corpo queimou em uma febre seca e os dentes apertaram-se uns contra os outros, mordendo algo que não estava lá.

Nasceram, naquela oca, Kaluanã e a inveja.

∞

Majé Ceci, mãe de todas as Majé, carregava, na memória e na pele, mistérios e poderes que não podiam ser propriamente traduzidos para a compreensão de uma mente ordinária. Ela conhecia a verdade por trás das cores e os segredos guardados nos cochichos dos ventos e as ambições das chamas e dos oceanos. Todas as Majé eram um único *exanhé* fracionado em diversos corpos, compostos por terra e pedra e sangue e fogo e água e planta e carne. Entre elas, não havia segredos nem desavenças, tudo que uma ouvia, as outras ouviam, tudo que uma falava, as outras falavam, tudo que uma pensava, as outras pensavam.

As filhas eram a mãe, e a mãe era as filhas.

No topo da montanha mais alta de toda Ibi, nas cordilheiras do Mboitiaçu, no topo do Ibaté, Majé Ceci vislumbrava o vento a bailar em uma tempestade de cores adversas, transmutadas em uma aurora temporal. Naquele ponto, ela enxergava melhor o ontem, o amanhã e todas as cadeias de ações que um dia foram ou ainda seriam.

No começo de um novo tempo, uma enorme luz se apagará, e os homens conhecerão a guerra. O vermelho terá uma fome insaciável e as florestas cochicharão morte e veneno e as lágrimas das árvores cobrirão a Ibi. A lenda de Kami não demorará a se concretizar e o yamí ybapiranga revelará o fim e o mar será rasgado por enormes monstros de barbatanas brancas.

A INICIAÇÃO DE BATARRA COTUBA

• •

Os dedos invisíveis de Aram beliscavam as peles dos *mitanguariní* Batarra Cotuba, Akbal Yumil e Izel Pachacutec, que se aventuravam pela mata seca, rasteira e pontiaguda do Tauá Caninana. Os três aprendizes a *guariní* estavam perdidos no vermelho do deserto, tentando encontrar o caminho de volta à aldeia de Buiagu. Por dois dias, eles não comiam, e o desespero de tornar-se um *anhanguera* já era palpável e escorria em forma líquida por seus couros queimados. Akbal, o mais velho e mais experiente dos três, liderava os companheiros na tarefa de seguir os rastros de uma preá, na esperança de que sua carne saciasse a fome até que encontrassem a trilha de volta à aldeia.

Quem olhasse para Batarra Cotuba jamais imaginaria que o garoto havia presenciado apenas dez *Motirõ* em sua vida: seu corpo já tinha as proporções de um adolescente, tendo quase o mesmo tamanho de Akbal. Sua musculatura já era sobressalente e seus olhos carregavam o peso de uma vida vivida. A mãe dizia que o tempo preso no corpo do filho era o tempo de sucuri, que crescia bem mais rápido que os homens.

Ele sempre achou engraçada a história.

Encontrou algo? — perguntou Batarra.

Akbal, frustrado, não respondeu.

— Você sabe o que está fazendo, Akbal? Não me parece sábio seguir um animal que provavelmente está nos afastando ainda mais de Buiagu — disse Izel.

— Antes de regressar, precisamos comer. De que adianta andar para morrer de fome? — respondeu Akbal.

Izel Pachacutec era uma das filhas do grande Teyacapan Tlalli Tlachinolli, *abaetê* de Buiagu e detentor de um *aman paba* de cento e sessenta e três *Motirõ*. Depois de *payni* Caturama e do sábio *guariní* Jupi, Teyacapan era o homem mais respeitado e venerado em toda a Ibi, pois era sua responsabilidade chefiar o povo que vivia no meio do Tauá Caninana, o grande deserto vermelho. Na fachada do rochedo Itapitanga, os homens de Buiagu construíam suas casas diretamente na pedra, criando um complexo sistema de cavernas, assim escapando das carícias quentes de Aram.

— De que adianta encher nossas barrigas e morrer amanhã? — perguntou Izel, que era a menor do grupo, mesmo tendo nascido no mesmo dia que Batarra Cotuba.

Akbal saiu de sua posição de caça, estirou a coluna e encarou a *mitanguariní*. Izel não titubeou e fitou o líder do grupo com desafio nos olhos.

— Você quer assumir a liderança, Izel?

— Farei um trabalho melhor que você, que nos colocou nos suspiros dos *anhanguera*.

— Pois a liderança é sua, se você conseguir tomá-la — retrucou Akbal com o peito estufado.

— Batarra, fale o que está em sua mente — disse a garota, procurando por apoio.

— Eu não sei — respondeu Batarra Cotuba. — Os dois argumentos me parecem corretos e errados ao mesmo tempo.

— Você tem que escolher um.

— Isso não é uma escolha, Izel. Você pode ser filha de Teyacapan, mas não se esqueça que, aqui e agora, sou o mais velho, tenho o maior *aman paba* e sou eu quem escolhe nossa trilha. Se você quiser me desafiar a um *ha'agapaw uquirimbau*, me desafie, ou fique calada.

Izel encarou o *mitanguariní* por algum tempo e depois mirou Batarra, que permaneceu calado, fingindo não perceber o calor que emanava de seus olhos. Os ombros da menina relaxaram e ela deixou que o ar nervoso saísse por suas narinas. Como jamais seria capaz de derrotar Akbal em um desafio de *ha'agapaw uquirimbau*, ela retornou a seguir os rastros da preá.

Os pés dos *mitanguariní* seguiam cautelosos, eles conheciam bem as histórias que os velhos contavam e temiam que os seus passos despertassem a ira do Tori Tabowu, o grande tatu que vivia nos subsolos do grande deserto vermelho, fera que comia homens como se fossem formigas.

O deserto do Tauá Caninana era tido como o local mais inóspito em toda a Ibi. O chão era seco e duro e infértil. Mas aquela terra já conheceu o verde de Cajaty, a mãe das florestas, e já bebeu dos rios de Iara, a mãe das águas, e já sentiu as carícias de Amanacy, a mãe das chuvas. A lenda dizia que, antes da primeira geração dos homens, aquele pedaço de chão havia sido o lar de Aupaba, o pai da terra, que gostava de passar seu tempo brincando com as formigas, as serpentes e os tamanduás. Aupaba dividia um amor incondicional por seu irmão Tata, o pai do fogo. Mas o afeto de Aupaba intensificou-se a ponto de ele negligenciar suas irmãs. Cansadas de serem tratadas com tanta indiferença, Cajaty, Iara e Amanacy abandonaram Aupaba no calor de sua própria paixão. Calor este que, no momento, castigava o juízo de Batarra Cotuba, que mal conseguia enxergar graças à claridade — além do suor que se aglomerava em suas sobrancelhas e que ardia ao cair sobre os olhos.

— Nós precisamos achar água, Akbal — disse o *mitanguariní*, sentindo o deserto rastejando para dentro de sua garganta.

— Eu estou vendo uma jumbeba no topo daquele monte.

Os *mitanguariní* juntaram suas forças e correram em direção às plantas, notórias por serem repletas de água e polpa. Ao chegar no topo do monte, Batarra Cotuba notou que Aram estava tão cansado quanto ele, e já ameaçava sumir no horizonte, permitindo que Airequecê acordasse no firmamento. Akbal puxou seu machado de pedra lascada, cortou um dos caules da jumbeba, descascou a planta e entregou a Izel Pachacutec a polpa viscosa e verde que ele havia conseguido extrair. O gosto não era de seu agrado, mas a *mitanguariní* nada falou. A água era farta e a sede era muita.

Akbal serviu Batarra e só então saciou sua própria sede.

— Isso não vai nos salvar — disse Izel.

— Mas você é uma *momba* — rebateu Akbal. — Nós três estamos juntos nessa situação. Seus comentários não estão ajudando.

— Vocês precisam parar de brigar — disse Batarra, que já estava farto daquela disputa de poder sem necessidade.

— Você precisa escolher um lado, Batarra! — gritou Izel. — Ou você concorda comigo e faz alguma coisa, ou você concorda com Akbal. O que não pode é ficar calado como se nada disso fosse um problema seu!

— Batarra está fazendo o que ele é treinado a fazer, sua *momba*!

— Treinamento que está nos matando!

— Parem de gritar — disse Batarra.

— Se vocês dois acham que ficar caçando e seguindo rastro de comida é a solução, eu vou voltar sozinha para Buiagu!

— Nós estamos a três dias da aldeia, como você pretende chegar lá sem comida e sem água? — gritou Akbal, que sentiu os nervos de seu corpo tencionarem-se e toda a raiva ir direto para o coração.

— Não se preocupe, eu acho no...

De repente, as palavras de Izel evaporaram no calor da surpresa. Uma alcateia de seis guarás encarava-os com saliva nos caninos e *jucá mairarê* nos olhos. Os animais rosnavam ao aproximarem-se, sentindo no ar o sabor dos amanhãs que corriam dentro dos *mitanguariní*. Os três puxaram seus *maquahuitl* e assumiram a formação *mossapyr mossapira*, pondo em prática as lições que aprenderam com *mbo'eaguariní* Kacoch Hunahpu.

— Batarra...

— Eu sei. Os dois na minha frente.

— Izel?

— Nós vamos matar esses guarás ou não? — perguntou a menina.
— Do chão viemos, ao chão retornaremos! — Ela gritou.

— Fortes como pedras! — Os três gritaram.

Mas antes que os *mitanguariní* pudessem avançar, a alcateia, em um movimento uníssono, atacou. Akbal e Batarra conseguiram usar suas espadas de madeira para se defender dos guará, mas Izel não foi rápida o bastante. A garra de um dos animais cortou o ombro da menina e levou-a ao chão, e antes que seus companheiros pudessem agir, foi arrastada pelas bestas até sumir na escuridão.

Batarra sentiu uma secura sem fim em sua goela e o peso da desolação caiu sobre seus ombros. Akbal, notando o estado do companheiro, assumiu o controle do combate e pulou no guará que liderava a alcateia, uma fera de aparência espectral, com pelos brancos e olhos vermelhos. Batarra não teve tempo para lamentar a morte de Izel, o cerco fechou-se rapidamente e o *mitanguariní* avançou sobre as feras, decidido a acabar com todas. Enquanto Akbal duelava com o guará líder, Batarra descobria o poder do corpo que Monâ havia lhe dado. Com os trovões de Amanacy correndo em seu sangue, o braço do *mitanguariní* destruía a carcaça que envolvia os *exanhé* daquelas bestas famintas. Mesmo com o frio da noite correndo com os sopros de Votu, a luz vermelha de Batarra Cotuba incandesceu, fazendo com que ele lutasse com mais ira e mais determinação. A cada golpe desferido, ele sentia os ossos das bestas esfacelando. Quando seu *maquahuitl* cravou nas costas de um dos guarás derrubados, Batarra enfrentou o último animal usando somente as mãos. O garoto de dez *Motirõ* lançou-se em cima da fera e apertou seu crânio, sentindo a vida do animal escorrer por entre seus dedos.

Coberto pelo sangue e carcaças das bestas, Batarra levantou-se e contemplou a derrota de Akbal, que, apesar de ainda vivo, tinha suas entranhas sendo devoradas pelo grande guará de pelos brancos. Era a primeira vez que Batarra presenciava de perto um *jucá mairarê*, e aquela imagem vermelha, de um amanhã sendo roubado, ele jamais esqueceria.

O guará branco levantou o focinho, sujo com os sonhos de Akbal, e viu seus irmãos derrubados e retalhados ao pé do pequeno homem de sombras grandes.

Aquele pequeno homem não podia ser comido.

O guará virou e fugiu, buscando os irmãos que haviam levado Izel.

Akbal usava as mãos para segurar suas entranhas que fugiam pelo buraco em seu bucho. A pele foi perdendo sua cor e a luz do *mitanguariní* foi se apagando. Batarra, percebendo o grave estado do amigo, esfolou um dos guará e usou sua pele para cobrir a ferida.

Ele é forte, disse Batarra Cotuba ao carregar o amigo.

Com Akbal sobre seus ombros, o *mitanguariní* começou a seguir Aracy, o vaga-lume de Jacamim que apontava o caminho de volta para casa.

Ele é forte, ele repetiu. *Ele vai aguentar três dias.*

No firmamento, Aram despertou e alegrou-se e esquentou a Ibi com seu amor. Sob o calor do dia, Batarra começou a sentir as demandas da fome e da sede e do cansaço. O Tauá Caninana estendia-se à sua frente em uma imensidão vermelha e seca, mastigando sua carne e bebendo seu suor. *Ele é forte,* o *mitanguariní* repetia a cada passada. *Ele é forte.*

Eventualmente, as pernas de Batarra cederam.

Os dois tombaram e sentiram o gosto da terra.

— Eu não consigo — disse Batarra, com uma derrota que sua boca jamais havia sentido.

— Vá, Batarra. Meu amanhã já foi roubado, o seu não precisa ser também. Vá e cante o meu nome enquanto dança e meu espírito se alegrará.

— Eu falhei. Eu não fui forte o suficiente.

E com aquelas palavras, como se quisesse poupar o amigo de mais dor e flagelo, a luz de Akbal apagou-se.

Eu não fui forte o suficiente, pensou Batarra, que continuou seu caminho com a coluna curvada, agora carregando nas costas o peso dos mortos.

Airequecê brilhou e dormiu e Aram acordou e dançou e Airequecê brilhou e Aram acordou e Batarra continuou a andar, perdendo a cada passo as lembranças felizes que tinha de Buiagu. O mundo no Tauá Caninana dançava e brincava com seus olhos e o menino sentiu o vazio do silêncio. Os lábios começaram a rachar, mimicando o solo ressequido do deserto.

Aos poucos, ele também virava chão.

Eu não sou forte o bastante, pensou o *mitanguariní*, sofrendo a solidão dos perdidos.

O medo de tornar-se um *anhanguera* sibilava entre seus ouvidos.

Batarra Cotuba estava prestes a desistir quando viu, na distância, um vulto negro sentado no chão. Primeiro, achou que fosse o Tauá Caninana pregando-lhe mais uma troça, mas, a cada passo dado, a certeza de que havia encontrado uma outra luz crescia.

Tratava-se de um homem velho, de pele enrugada, pés virados, unhas de garras de gavião e cabelos vermelhos. Parecia estar em paz, contemplando o nada como se estivesse descansando em uma rede.

— Pode se sentar — disse o velho. — Pode beber também.

Sua unha de garra de gavião apontou para um vaso cheio de água. O fruto de Iara desceu acariciando a goela de Batarra, purificando o grande Tauá Caninana que havia adentrado seu corpo. O garoto sabia que a sua sede era imensa e os seus sentidos não podiam ser confiados, mas ele estava certo de que havia algo especial naquela água.

— Eu estou perdido, você pode me ajudar?

— Eu posso.

— Eu preciso chegar à minha aldeia.

— Buiagu fica logo ali, depois daquela duna. Você chegará antes que Airequecê brilhe nos céus.

— Obrigado. — O alívio venceu a mente de Batarra, que não notou o tom familiar do velho, que agia como se conhecesse o *mitanguariní*, mesmo nunca o tendo visto antes.

— Antes de você ir, tenho um presente para você.

— Um presente?

— Sim.

O velho arrastou um pedaço de água que estava no chão para perto do garoto, que nunca havia visto uma pajelança como aquela em sua vida. O pedaço de água não escorria pelos dedos, não grudava na pele, não se perdia no calor de Aram e podia ser segurado na palma da mão.

— Este é o Ypó.

O garoto, que ainda não conhecia a beleza espelhada dos rios, viu no Ypó seu reflexo.

Naquele dia, Batarra conheceu o próprio rosto.

O velho prendeu o pedaço de água em um cordão de grama enrolada e amarrou-o em volta do pescoço do *mitanguariní*.

— Qual é o seu nome, velho?

— Meu nome é Baquara.

— Baquara, obrigado pela água e obrigado pelo Ypó — disse ao despedir-se.

A muito custo, Batarra subiu a duna indicada pelo velho. Ao chegar no topo, ele viu Buiagu a distância. Sua caçada havia finalmente terminado e ele havia voltado para casa. O momento não era de comemoração ou felicidade, mas Batarra permitiu que um pequeno sorriso brotasse entre suas orelhas. Apenas o suficiente para acalentar o *exanhé*.

O menino tomou um tempo e examinou o presente que havia recebido de Baquara. Era um mimo de beleza única. Com o *exanhé* transbordando gratidão, Batarra Cotuba olhou para trás, procurando pelo velho, mas este havia sumido, assim como qualquer rastro de sua presença. O *mitanguariní* olhou para o Ypó e viu seus olhos refletidos em sua superfície maleável. O garoto procurou novamente pelo velho, certo de que estava sofrendo pela fadiga e pela fome, mas nada viu. Nada além do deserto vermelho e um distante ponto branco, que parecia caminhar em sua direção. O Ypó esquentou no peito de Batarra Cotuba, que foi tomado por uma felicidade incontrolável. Sem motivo algum, como se já soubesse quem era, o jovem começou a correr em direção ao vulto.

Izel Pachacutec vestia o couro do guará líder, usando sua carcaça albina para proteger-se das carícias quentes de Aram. O ombro da *mitanguariní* estava machucado, mas a ferida havia sido tratada e cicatrizava bem. Ela estava cansada, com fome e sede, mas estava viva, e voltava para casa com a prova da força de sua luz.

— Batarra, achei que você tivesse perdido seu amanhã.

— Eu posso dizer o mesmo de você.

— Akbal?

— Eu não fui forte o suficiente para salvar seus amanhãs — disse o garoto, sentindo a devastação do *jucá mairarê*.

O Ypó, que refletia o calor de Aram e brilhava no peito nu de Batarra, chamou a atenção de Izel.

— Vejo que você achou uma recompensa no caminho.

Batarra olhou para o presente de Baquara e sorriu.

— Acredito que sim. Não voltaremos a Buiagu de mãos vazias.

OS SONHOS DE APOEMA

◆ ◆ ◆

Poucas coisas deixavam *mitanguariní* Apoema tão feliz quanto sentir o vento que corria pelo penhasco Amopiraçu, que desembocava no extremo setentrional de Ivituruí. Segundo as histórias dos velhos sábios, aquele ar ligeiro e travesso era fruto do bater de asas do Acauã Cabrué, a coruja branca que gostava de sobrevoar a ilhota perdida de Caçumipuã. Suas asas eram tão largas que eram comparadas ao tronco de uma sibipiruna. Apoema, que já havia testemunhado dez *Motirõ* em sua vida, apreciava a sensação de ter seus cabelos balançando violentamente enquanto contemplava a queda que delimitava o fim da Ibi. O chão era áspero e irregular, com pedras maliciosas que furavam os pés dos homens que ousavam aventurar-se por aquelas bandas, mas isso não impedia as pequenas e leves passadas de Apoema, que adorava correr pela borda do penhasco, sem medo de cair ou se machucar.

Na beira do mundo, a menina sentia-se realmente livre.

A corrida ligeira e o vento avassalador e o ritmo acelerado de seu coração e o borrão da velocidade e o horizonte que florescia em uma perfeita e fina linha, isso era o mais próximo que ela chegaria de voar.

Quando os pés eventualmente cediam à dor, Apoema sentava-se na extremidade do alcantil e deixava a brisa secar o seu suor. Lá embaixo, ondas colidiam-se contra os rochedos em socos descontrolados e incessantes — naquele canto da Ibi, Iara sempre estava brava. A menina então brincava de lançar pedras pelo precipício e contava quanto tempo demorava até ouvir a onomatopeia molhada. Um, dois, três, quatro, cinco, seis, sete, oito, nove, dez, onzedozetrezequatorzequinze... o ar em seus pulmões acabava e a pedra ainda estava a cair.

Eventualmente, até as pedras perdiam a graça. A *mitanguariní*, então, vagava pelo rebordo do penhasco, admirando a simplicidade com que as gaivotas planavam sobre o vento benevolente que corria no fim de todas as coisas.

Bastava abrir as asas e se jogar.

Desde muito menina, Apoema sonhava com os dias em que cortaria os céus da Ibi com o bater de enormes asas brancas, e todos os homens e aldeias e árvores e rios e pedras e montanhas não passariam de pontos na distância. As coisas grandes seriam pequenas, e as coisas que já eram pequenas seriam imperceptíveis e o mundo seria menor e ela seria maior. Do alto, ela veria muito além do que o chão permitia.

Assim eram os raros dias de descanso da *mitanguariní*, entre voragens e sonhos, abismos e devaneios.

O treinamento *guariní* era uma rotina desgastante, principalmente sob a tutela de *mbo'eaguariní* Araní, homem responsável por lapidar os *mitanguariní* da aldeia em verdadeiros guerreiros. Assim que Aram ameaçava pintar o céu com sua luz, Araní liderava Apoema e os outros *mitanguariní* ao pé da montanha Guaçuaté, em uma caminhada longa e penosa que, por si só, consumia um quarto do dia. Os aprendizes vestiam togas de lhama para protegerem-se do frio e carregavam sobre os ombros enormes pedras cortadas, atividade que tinha como propósito ensinar a respeitar o peso que a construção da aldeia demandava. Ao chegarem ao sopé da montanha, iniciavam os treinos nadando nas correntezas geladas do rio Iúna. A força majestosa de Iara lançava vagas turbulentas de gelo contra os seus pequenos corpos, quase afogando os aprendizes a *guariní*. Mbo'eaguariní Araní acreditava na força de um corpo preparado e dedicava suas aulas a ensinar técnicas que aprimoravam tudo que os ossos, a carne, o sangue e os músculos podiam fazer. Com o corpo dolorido e moído pelos caprichos gélidos de Iara, os *mitanguariní* eram instruídos sobre o manuseio correto das lanças e dos machados, sobre as várias técnicas de sobrevivência, como fazer armadilhas, não se perder no verde de Cajaty, pular longas distâncias, camuflar-se usando plantas e como escalar de modo adequado os mais variados tipos de árvores.

Araní, que nunca saía de casa sem a pintura de *pu'a* espalhada pelo corpo, era o caçador mais respeitado e temido do povo Ivituruí, tido como um dos mais fortes homens de toda Ibi — um guerreiro rígido e inquebrantável, que não acreditava em segundas oportunidades nem em fraquezas. *Se você não consegue de primeira, não deveria ter chances para uma segunda tentativa*, dizia Araní, dono de músculos tão largos que era capaz de carregar uma lhama viva em suas costas sem perder o sopro de seus pulmões.

— O homem está sempre em conflito com a natureza — esbravejou Araní, que, naquele exato momento, ensinava aos seus alunos a técnica apropriada para acertar um alvo com o arremesso de lança.

Apoema encontrava grande dificuldade na tarefa. Seus arremessos tendiam sempre a cair um pouco para a esquerda do alvo, o que fazia seu colega *mitanguariní* Kurumã rir com um prazer feio.

— E há quem acredite que *Aráoema* seja a reencarnação de Kami só porque a cor da luz dela não tem nome — disse o jovem aprendiz.

Os colegas riram da piada, um trocadilho engenhoso com o seu nome, já que *ará* significava *aquele que não enxerga*. Apoema, no entanto, não se incomodava com as ofensas. Até as achava engraçadas. E no fundo de sua luz, a menina desejava que Kurumã estivesse certo — não havia nada que a assustasse mais do que a possibilidade de ser a reencarnação de Kami. Apoema não sonhava com a imortalidade. Não desejava ser o centro das atenções.

Quando o céu estava rubro com ciúme divino, as aulas de combate encerravam e *mbo'eaguariní* Araní e seus *mitanguariní* dançavam em nome de Tinga, mãe protetora da aldeia, e em nome de Aupaba, agradecendo ao pai da terra pelas pedras firmes que eram usadas nas construções de Ivituruí.

Com o término das danças, começava a última parte do treinamento — e a mais perigosa também. A escalada de volta ao topo do Guaçuaté era excruciante. Usando nada mais que as mãos e os pés, os *mitanguariní* encontravam fendas nos rochedos para conseguir apoio e erguer seus corpos montanha acima. *A altura serve para mostrar ao homem o tamanho de Monâ, e como nós não somos nada perante ela,* dizia Araní todas as vezes que iniciava a escalada. A mata verde no pé da montanha aos poucos ia sumindo, tomada pelo nevoeiro fastigioso que arrodeava o Guaçuaté. O saiote branco de Ivituruí, como era conhecido o fenômeno. Quando Aram finalmente descia de seu trono para que Airequecê reinasse no firmamento, a escalada revelava sua face mais assustadora: a escuridão. Nas sombras da noite, os meninos e as meninas *mitanguariní* tinham que contar com toda a paciência e concentração possível, um movimento errado e a queda seria o berço do fim.

— Lembrem-se: a força do *aman paba* só pode ser avaliada no dia da escuridão final — gritou *mbo'eaguariní* Araní durante a escalada. — Então, sejam cuidadosos! De nada adianta ser bravo e orgulhoso e ter sua luz apagada antes do tempo!

Quando Airequecê já alumiava a noite com carinhosas luzes brancas, os *mitanguariní* aprendiam sobre a colheita, a pesca, os vários rituais espirituais e todos os aspectos da vivência na aldeia. Eram aulas menos braçais, em que eles aprendiam a respeitar o trabalho de cada epônimo, a valorizar cada exanhé da Ibi, pois caberia ao *guariní* homem de maior *aman paba* a honra de ser o *abaetê* de sua aldeia.

Nascer um guariní não é uma dádiva, é uma promessa.

— Diferente dos outros epônimos, como os *pindara* e os *munducuru*, cabe somente a vocês a responsabilidade de provar seu real valor e força antes de poderem atender por *guariní* — explicou Aritanã, o *abaetê* de Ivituruí, à classe de futuros caçadores e caçadoras. — Até o dia em que vocês voltarem do lar de Majé Ceci com os seus *eçapira* em mãos, assim completando o ritual do Turunã, vocês responderão apenas como *mitanguariní*. Repitam comigo!

— Nascer um *guariní* não é uma dádiva, é uma promessa!

Todos os colegas de Apoema aguardavam ansiosamente pelo dia em que retornariam do ritual do Turunã com o arrebatamento da glória e a promessa de uma honra tardia. *Todos já nascem o que são, menos a gente*, disse *mitanguariní* Kurumã em um certo entardecer magenta e marasmado. *Nós só nascemos de verdade no dia da volta do Turunã.*

Ao sentarem-se em volta das fogueiras para conversar sobre seus sonhos, o assunto entre os *mitanguariní* geralmente girava em torno das honras que os aguardavam uma vez que sobrevivessem ao Turunã. Mas, enquanto os seus colegas almejavam conquistar o epônimo *guariní*, o que a menina Apoema realmente desejava era saber qual seria o mimo que receberia de Majé Ceci uma vez que ela chegasse ao topo do Ibaté.

Apoema sonhava com o seu *eçapira*.

Todos os *mitanguariní* que eram fortes o suficiente para vencer os desafios da Ibi e escalar o Ibaté eram agraciados pela mãe das Majé com aquilo que mais desejavam e necessitavam. E enquanto todos ao seu redor pareciam saber exatamente o que queriam ou precisavam, a pequena Apoema via-se flagelada por uma dúvida sem tamanho, um deslocamento descontente de um mundo muito grande para se querer apenas um sonho. Ela sabia que lá fora, perdidos naquele mar verde e azul e marrom e vermelho e branco, havia muitos tesouros para desvendar, muitas luzes para conhecer e muitos vaga-lumes para contar.

Como se contentar com apenas um *eçapira*?

Talvez Majé Ceci tenha a resposta, pensou.

Nos fins das noites, quando o cansaço era pesado, Apoema gostava de descansar na companhia da mãe e do pai. *Pindara* Araguaci se sentava no canto da casa com a filha e passava um belo tempo explicando à menina as várias facetas da pescaria: as diferentes iscas, os melhores anzóis, como puxar a linha corretamente e como prever as correntezas e as vazantes das marés.

— Alguns *Motirõ* atrás, antes de você brilhar, minha filha, os peixes não estavam mordendo os anzóis, por mais que a gente tentasse. Era como se eles tivessem aprendido que por trás das nossas iscas estava a nossa fome — disse Araguaci.

Não houve remediação que surtisse efeito. Os homens trocaram as iscas fáceis, como as de soja, milho e jenipapo, por iscas mais raras, como as de lambari e minhocuçu, e quando a troca não pareceu reverter a teimosia dos peixes, os *pindara* começaram a usar iscas ainda mais saborosas e raras, como as rãs e os ouriços e as minhocas-de-praia.

— Mas nada dava certo, filha. Nada.

Com a fome apertando as entranhas dos homens, e das mulheres, e das crianças, e dos anciãos de Ivituruí, *pindara* Araguaci e seu melhor amigo, *pindara* Jabuãtã, decidiram arriscar a sorte aventurando-se por águas mais profundas e nunca antes exploradas.

O mar nervoso de Iara.

— A praia foi ficando para trás, diminuindo nas nossas costas, até virar um ponto na distância, e então... sumiu por completo.

E quando já não se via mais terra, os *pindara* lançaram suas iscas, não sabendo que mistérios e seres os aguardavam no fundo daquelas águas escuras e turbulentas.

— Algo de estranho acontece com o homem quando ele se vê cercado por tanto mar. Ele aprende que a sede da Ibi é muito maior que a dele e não há nada maior que o reflexo do céu.

Os peixes do alto-mar não conheciam a fome dos homens, e a linha não tardou a puxar. O solavanco quase levou *pindara* Araguaci para o berço dos afogados, mas ele era um pescador experiente e deu um pouco de corda, o bastante para não partir. Jabuãtã segurou o companheiro pela cintura, e juntos os homens sentiram a força do desconhecido.

Não se tratava de um peixe comum.

Não.

No outro lado da linha estava um ser magnífico.

— Um belo rival — disse o pai à filha.

Araguaci sabia que não podia puxar mais a corda, o animal era demasiadamente forte e a linha certamente partiria. E já que o embate não podia ser medido pela força, ele teria que ser medido por outro viés.

A fome.

Quem gritava mais alto, a fome do bucho ou a fome de viver?

Pindara Araguaci focou-se na luta contra o cansaço, que carcomia seus ossos e sua pele, tentando não pensar muito na dor que rasgava as palmas de suas mãos. E enquanto ele mantinha-se ocupado com a linha, *pindara* Jabuãtã tentava remar o barco em direção à costa, lutando contra o peixe que os conduzia mar adentro.

— Acho que ele queria nos levar até Caçumipuã e nos mostrar a ilha perdida dos espíritos.

— E o que você acha que está escondido em Caçumipuã? — perguntou a pequena Apoema.

— Algo fantástico também.

Aram despertou e dormiu três vezes antes que os pescadores pudessem ver a enormidade do peixe fisgado. Sua largura era maior que três homens estirados e havia tanta carne presa a suas espinhas que, sozinho, o animal alimentaria a aldeia por dias.

— Pare de contar história para a menina — disse *arátor* Baepeba, duvidando da veracidade dos relatos do marido.

— E você pegou o animal? — perguntou Apoema, seus olhos arregalados em uma curiosidade inocente e com seu pequeno coração disparado de emoção.

— Não. Nós deixamos ele ir...

— Por quê?

— Certas coisas são maiores que nós. — E assim, sem muita explicação, o rosto de Araguaci perdeu o encanto e a narrativa continuou silenciosa na mente do *pindara*.

— Não perca tempo ouvindo as histórias de seu pai, elas tendem a aumentar com o passar de cada *Motirõ* — disse a mãe com um sorriso fácil.

— É verdade — disse o pai, rindo. Mas, quando a mãe virou as costas para terminar de servir o jantar, Araguaci sussurrou no ouvido da filha: — Mas aquele não era um simples peixe. Tem coisa que nossa boca não merece morder.

Com a barriga cheia, os músculos fatigados e a mente exausta, Apoema deitou-se na rede e ponderou sobre a narrativa do pai. A menina adorava fingir que o balançar do leito era uma canoa à deriva, e a escuridão que invadia a casa era uma noite nublada. Não demorava muito e a incontrolável criatividade infantil preenchia o silêncio com cacofonias marítimas.

Fechar os olhos e sonhar era sempre uma aventura.

Mas, naquela noite, Apoema não sonhou.

Ela viu o futuro.

Estava na beira de uma praia de margens amendoadas e a água anil—esmeraldina acariciava seus pés em vagas de marasmo e solidão. O vento secava o sangue e o suor que escorriam por seu rosto, e as feridas em sua pele cicatrizavam com pressa. Mas, dentro de seu peito, atrás de seus seios já crescidos, havia um flagelo que cortava seu ser. Tinham perfurado seu *exanhé*, e a menina sangrava a cor de sua luz. A morte arrastava-se por Araruama como uma serpente preparando o bote, apeçonhando a carne dos homens com incontáveis *jucá mairarê*. Aram e Airequecê duelavam pelo amor da Ibi, fazendo o céu sangrar como uma menina virando mulher. Nada mais na terra era puro e inocente. Era o *yamí yhapiranga*. Nos céus, Aráybaka, a grande arara-azul, planava sobre os homens, carregando sobre suas costas uma luz diferente de todas as outras luzes. Apoema tinha em uma das mãos uma rocha acinzentada, pesada, dura e velha, uma dessas pedras que se via em todos os cantos de Ivituruí. Porém, apesar de sua aparência ordinária, havia nela uma característica extraordinária: ela falava. E a pedra contou-lhe sobre os segredos de seus minerais, das pequenas partes que faziam o seu ser completo e da natureza que ocultava seus poderes. *Eu posso mudar tudo*, disse a pedra. *A resposta está no fruto de Aram*. A rocha começou a derreter na mão de Apoema, transmutando-se em um líquido cinza, quente e grosso que escorreu por entre seus dedos.

E o sonho mudou.

Agora ela estava entre três homens, no meio de um nada branco como o leite de Tinga. Três pilastras ergueram-se do chão, e três vaga-lumes brilharam no firmamento, e três rios cortaram o nada, e três árvores brotaram do solo, e três frutos caíram maduros, e três peixes nadaram contra as correntezas, e três luzes perderam suas cores.

Apoema acordou.

A menina sabia que aqueles sonhos não eram meros frutos de sua imaginação; tremelicando nas chamas oníricas, no cosmos dos olhos fechados, no terreno das quimeras de rede, descansava a verdade dos amanhãs.

Quando Apoema chegou ao centro da aldeia, local onde os *mitanguariní* treinavam o arremesso de machado, neve caía por toda Ivituruí. Como sempre, a tarefa acontecia sob o escrutínio de *mbo'eaguariní* Araní. As sobrancelhas do guerreiro viviam curvadas e, para Apoema, lembravam lagartas de fogo esmagadas. Os lábios, imóveis, lapidados em um rosto tão áspero e imutável como os rochedos do fim do mundo. Nada fugia de seus olhos atentos; um dobrar de punhos errado, uma passada mal calculada, uma respiração equivocada, qualquer deslize era repreendido com varadas estratégicas, que sempre vinham quando os alunos menos esperavam.

Mitanguariní Kurumã, que nascera com um *aman paba* de noventa e cinco *Motirõ*, era o aprendiz com a melhor técnica. O garoto era praticamente imbatível no arremesso de lanças e ninguém era capaz de escalar árvores com tanta rapidez.

— Aráoema é incapaz de acertar uma única machadada — disse Kurumã, que havia cravado o alvo em sua terceira tentativa.

Apoema arremessava seu machado de pedra lascada com toda a força que tinha, mas isso não parecia ser o suficiente. Ela era até capaz de acertar o tronco da araucária morta que ficava na praça central de Ivituruí, mas seus braços não eram fortes o suficiente para fazer com que a lâmina perfurasse sua grossa casca.

— Você só entra quando acertar o alvo! — gritou Araní, cujo peito nu e liso parecia não se incomodar com os suspiros gélidos de Tinga.

Uma cortina branca começou a cobrir a aldeia, e daquela forma Apoema ficou: arremessando machados contra um alvo imóvel e já morto.

Os dedos dos pés começaram a adormecer, a mão tremia e a menina já não sentia as orelhas e o nariz. Um a um, seus colegas foram cumprindo a lição, sendo dispensados para retornar ao calor de suas casas. Na praça central, só restavam Apoema, Araní e um *capanema* adolescente chamado Ankangatu, que estava parado no meio da neve impiedosa, com lágrimas congeladas marcando seu rosto.

— Por que aquele menino está parado ali? — perguntou Apoema quando finalmente conseguiu arremessar o machado com a força necessária para cravá-lo na araucária morta.

— Ele cumpre um castigo — respondeu *mbo'eaguariní* Araní.

— E o que ele fez?

— Um *capanema* tem que saber o seu lugar de *capanema*.

Mesmo não compreendendo a explicação de *mbo'eaguariní* Araní, Apoema concordou com um aceno afirmativo de cabeça — não queria protestar ou testar a paciência de seu professor e ser vítima de mais um castigo sob a fúria branca de Tinga. Pela porta de sua casa, a pequena *mitanguariní* testemunhou enquanto Ankangatu persistia em sua penitência. Um pequeno montante de neve começou a acumular-se em torno das pernas do rapaz, e de costas era praticamente impossível diferenciá-lo da paisagem. *Há algo de especial naquela luz*, pensou Apoema enquanto esquentava um chá à base de ervas-doces, mel e gergelim.

Há algo ali.

A *mitanguariní* não entendia a lição por trás daquela punição, que colocava o *aman paba* do *capanema* em perigo. A única finalidade que ela conseguia conceber era humilhá-lo perante todo o povo. *E quem iria querer isso?*, pensou a menina.

Eventualmente, o *capanema* tombou. As mãos e o pé foram tomados por ulcerações e a pele do rapaz adquiriu um tom azul como tinta de jenipapo. Só então *capanema* Cambyçara, responsável pelos *capanema* de Ivituruí, carregou o corpo desacordado de Ankangatu até a casa de Majé, para que ela atendesse seus ferimentos e cuidasse do estado de sua saúde.

Naquela noite, Apoema foi dormir pensando nos possíveis motivos que teriam levado Ankangatu a ser castigado de tal forma. *Teria ele ofendido alguém? Ou teria ele se recusado a cumprir uma ordem direta? Ou falhado na execução de alguma tarefa?*

— Não foi por nenhum desses motivos — respondeu o garoto no dia seguinte. — Eu queria inventar uma nova arma, que ajudaria os *guariní* a caçar melhor.

As mãos de Ankangatu estavam inchadas e enfaixadas, e seu couro ainda não havia retornado a sua coloração normal. Porém, mesmo debilitado, o *capanema* já estava de pé, obrigado a voltar ao trabalho.

Ivituruí ficava no topo do Guaçuaté, um dos picos mais elevados e de difícil acesso em toda Ibi, o que demandava engenhosidade e força humana na construção da aldeia. Ankangatu assistia seus companheiros *capanema* na árdua tarefa de empurrar uma pedra pelo Piaçu, uma ladeira espiralada feita de chão batido que se estendia do pé da montanha até o cume, onde o povo estabelecia seu lar. Era um trabalho desgastante, principalmente sobas carícias brancas que caíam do firmamento.

Ankangatu sentou-se em uma das pedras que seria usada na construção de um novo templo e começou a alisar uma de suas bordas.

— É engraçado pensar que a maioria dos *capanema* não vai ver o templo finalizado — disse o rapaz.

Apoema olhou para as inúmeras casas de Ivituruí. Todas aquelas pedras, da mais leve à mais pesada, da mais velha à mais nova, todas chegaram onde estavam devido aos esforços dos *capanema*. A menina nunca havia parado para pensar em todos os ontens que vieram antes dela, em todos os sonhos que não foram concretizados e em todos projetos adiados para um amanhã, que, para alguns, nunca chegou. Como era fácil ignorar as histórias dos ordinários.

— Seu *aman paba* se aproxima? — perguntou a menina.

— Estou a viver no *Motirõ* de Monâ, agora todo dia pode ser o meu último.

Apoema fez o melhor para esconder sua expressão de piedade, mas falhou.

— E por que você arriscou seu amanhã por uma arma? Sua luz poderia ter se apagado ontem.

— Não me arrisquei pela arma, me arrisquei pela invenção, pela possibilidade de ser lembrado mesmo depois da escuridão de minha luz. Imagine só que maravilha deve ser viver nas lendas que os velhos contam.

— E você queria inventar o quê? — perguntou Apoema, fascinada pela ousadia dos sonhos de Ankangatu.

— Existem certas forças na natureza que fogem do nosso controle. Como o peso das coisas, que as fazem cair em ritmos diferentes. A pedra é mais apressada que a folha. Existem outras forças também, *mitanguariní* Apoema. Quando você corre muito rápido, não consegue parar de imediato, a não ser que bata de cara com uma árvore — disse Ankangatu, fazendo a menina soltar uma risada gostosa e fácil. — Eu chamo essa força de *enoiny*, a força que faz as coisas continuarem seguindo. E eu posso criar uma arma que tire proveito dessa força.

— E como a arma faria isso?

— Ela rasgaria o ar.

Ankangatu era jovem, mas, graças ao seu *aman paba*, já era velho demais para perder seu tempo ponderando sobre aquilo que não foi. Tudo que lhe restava era aquele desejo, uma última chance de fazer sua luz brilhar. Sua bravura ao aguentar o castigo fez com que Apoema se afeiçoasse pelo rapaz que, mesmo contra todas as adversidades do tempo, ainda ousava sonhar.

Contudo, o que realmente arrebatou o *exanhé* da pequena *mitanguariní* foi perceber que aquela invenção tratava-se, na realidade, de uma espécie de *eçapira* para o jovem *capanema*. Ela não pôde evitar identificar-se com o garoto.

— Eu vou te ajudar — disse Apoema a Ankangatu, que retribuiu aquela caridade com a única fortuna que tinha ao seu dispor: um sorriso honesto.

A aliança dos dois, no entanto, teria que permanecer secreta, já que *mbo'eaguariní* Araní não aprovaria que Apoema perdesse seu foco em algo que não fosse o treinamento *guariní*, e seu pai jamais deixaria que ela fosse vista de amizade com um *capanema*.

— Amanhã eu explico a minha invenção — disse Ankangatu ao perceber que ainda havia muito trabalho a fazer e a companhia de Apoema era uma distração que poderia lhe custar caro.

Naquela noite, em vez de descansar na rede, a menina foi procurar a companhia de Majé, que morava afastada de todos, reclusa à sabedoria de suas araras e corujas, que cantarolavam e piavam as verdades da Ibi e as novidades das cores. A velha amassava pétalas de açucena, ingrediente que usava em um de seus chás prediletos. As palhas de palmeira que brotavam de seu couro cabeludo abraçavam seu corpo, cobrindo completamente sua face, que ela só mostrava às poucas luzes, a pessoas com quem sentia uma conexão especial.

— As araras estão ficando nervosas — disse Majé, que, ao contrário de Apoema e dos outros habitantes de Ivituruí, andava desnuda, já que não sofria dos infortúnios do couro mortal.

— E elas dizem o porquê, Majé?

— O porquê das coisas não é relevante às araras. O porquê é o ontem, e as araras não acreditam no ontem.

— Como não acreditar no ontem, Majé? Ele existiu, por isso, o hoje.

— Há muitas coisas que existem e os homens não acreditam também, Apoema. As coisas se apresentam para nós, mas somos presos ao que conseguimos ver e sentir e ouvir e pensar. Você vê a palma de sua mão, eu não vejo; você não vê a ambição das cores, eu vejo.

— Então existem verdades que a gente não conhece?

— O que é verdade, menina Apoema?

— Aquilo que não é mentira.

— Então, quando você corre pela borda da Ibi, apreciando o vento do Acauã Cabrué balançando seus cabelos e sente que é uma ave a voar, mesmo não sendo uma ave e não tendo asas, isso é mentira?

— Não.

— Verdade e mentira são cordas que prendem os homens, menina. Homens que gostam de certezas. Se eu disser que ajudar Ankangatu a construir sua invenção seria o fim da luz do garoto, você acreditaria em mim?

— Claro, Majé.

— Por que, menina Apoema?

— Porque você é Majé. Você vê os amanhãs.

— Um homem que só tem olhos para a certeza não sabe apreciar a cor da dúvida. O seu amanhã é só seu, Apoema, e o que fizer, fará por escolha própria. Eu posso ver seu amanhã como você vê o seu ontem, mas, às vezes, nós vemos coisas que aparentam ser algo, mas, quando nos aproximamos, elas se revelam outro algo.

— Como o tamanho das coisas, que de perto e de longe muda?

— Acredito que sim.

— E eu posso saber o que vai acontecer com a invenção de Ankangatu?

— Pode, se você escolher ajudar o *capanema*.
— Você não pode me dizer?
— Dizer o amanhã?
— Sim.
— Para que você desejaria saber tal coisa?
— Para me preparar.
— A única forma de se preparar para o amanhã é fazendo o hoje.

Por mais que as conversas com Majé fossem repletas de respostas parecidas com perguntas, Apoema sentia-se à vontade na companhia da velha curandeira. As outras crianças pareciam temer sua aparência incomum, sua pele de pedra e suas palhas de cabelo, mas Apoema era capaz de ver além disso, ela enxergava a beleza daquela luz velha e cheirosa. A menina beijou os pés de Majé e voltou para casa para planejar seus próximos dias.

Quando Aram despertou, *capanema* Ankangatu explicou à menina Apoema a engenhosidade por trás de sua invenção.

— A ideia nasceu enquanto eu dormia — disse o rapaz, fazendo Apoema sorrir. — A técnica da arma é simples: um pedaço de madeira maleável e uma corda presa nas duas extremidades. Tudo que eu preciso é de uma boa madeira e uma boa linha.

— Eu sei onde encontrar madeira boa — respondeu Apoema.

— E eu consigo fazer uma boa linha.

A felicidade da *mitanguariní* transbordava por seu rosto com a mesma facilidade que os ipês encontravam ao medrar suas flores durante o *ara pyau*. A alegria, que outrora só era encontrada nos ventos do fim do mundo ou quando escutava as histórias do pai, espalhou-se durante os treinamentos, e até suas obrigações mais penosas eram cumpridas com um sorriso de orelha a orelha. Ajudar *capanema* Ankangatu preencheu os dias de Apoema com propósito, fazendo a cor sem nome de sua luz brilhar com mais intensidade.

Contudo, assim como as flores dos ipês, toda felicidade tem seu tempo para brotar e para estiolar.

Pindara Araguaci, estranhando o comportamento atual de Apoema, ordenou que um *capanema* chamado Potoca descobrisse o que a filha estava fazendo depois de seus treinamentos, e o que ele descobriu enfureceu-o.

— Monã lhe deu um bom *aman paba* para fazer grandes coisas, Apoema. Não para perder seu tempo com um *capanema*! — gritou o pai.

Certas palavras são tão azedas que nem todo o mel do vale do Ubirani poderia fazer a língua esquecer o seu sabor. E assim foi com Apoema e seu pai. Naquela noite, a rede em que a *mitanguariní* dormia era apenas uma simples rede, e a menina fechou os olhos embalada pelo silêncio agudo de uma casa escura.

E com o *exanhé* machucado, Apoema não sonhou.

Proibida de assistir Ankangatu na manufatura de sua arma, a menina voltou à rotina habitual de treinamento, aos gritos de *mbo'eaguariní* Araní e aos gracejos de *mitanguariní* Kurumã. Em um dia de chuva apressada, no frio que fazia fumaça ao respirar, Apoema viu-se debaixo de um cobertor de lhama, perdida em uma tristeza que pesava os ossos, ardia a carne e apertava os pulmões. A primeira reação de *pindara* Araguaci foi a de menosprezar o calafrio que se apossou de sua filha. O *aman paba* de Apoema encheu seu coração com uma certeza desdenhosa, seguro de que aquela luz forte não apagaria só por tristeza. Mas quando Apoema caiu em um sono sem despertar, a convicção do pescador foi substituída por um medo que o homem nunca havia sentido em dez *Motirõ*: o medo de perder a filha. Majé foi chamada para examinar a menina e agraciar a casa com sua presença e seus conhecimentos sobre a cura, mas o único efeito que suas ervas, chás e essências surtiram foi desesperar ainda mais *pindara* Araguaci, que acreditava ser vítima de algum tipo de pajelança, chegando a culpar *capanema* Ankangatu de sujar o *aman paba* de sua filha.

E assim foi por mais três dias.

Araguaci, percebendo que nem mesmo Majé conseguia reverter o estado de sua filha, correu em direção ao templo de Monã e dançou até os pés sangrarem. *Que tire o meu amanhã, mas não tire o amanhã de Apoema*, proclamou o homem, que deixou de pescar e de comer para dançar.

Apoema acordou vinte e cinco dias depois, completamente revigorada e com a tradicional coloração acastanhada. Seu sorriso também havia retornado.

— Você está horrível — disse a menina ao pai assim que acordou.

O rosto de Araguaci estava envolto por uma sombra que acompanhava seus olhos, o corpo parecia ter sido mastigado pelo tempo, e após quase trinta dias dançando sem parar, seus pés foram tomados por incontáveis furúnculos.

— A luz de seu amigo *capanema* se apagou, filha — disse a mãe, *arátor* Baepeba.

— Eu me lembro perfeitamente, mãe. Foi no mesmo dia em que ele me ensinou a derreter pedras — respondeu Apoema, que estava desacordada em sua rede no dia do *aman paba* de Ankangatu.

Durante o sono prolongado de Apoema, as árvores haviam despertado da hibernação e folhavam seus galhos mirrados com vida e fruto. O branco de Tinga aos poucos definhava, dando lugar para o verde de Cajaty. E naquele entre lugar do tempo, entre o *ara ymã* e o *ara pyau*, quando o frio e o calor bailavam juntos, as cores da natureza contrastavam de forma harmônica com o castanho-cobreado das casas de pedra.

Aqueles eram os dias em que Ivituruí resplandecia em toda sua beleza e glória. Os rios descongelaram e os *pindara* puderam retomar a pesca, os *arátor* puderam voltar a lavrar a terra, e a construção do Templo de Monâ intensificou-se. Os *pora-pó* continuaram a fabricar vasos, armas e pontes de grama, e *mitanguariní* Apoema retornou aos treinos sob o olhar inflexível de *mbo'eaguariní* Araní.

Era a primeira sessão de exercícios da qual a menina participava desde o falecimento de Ankangatu e ela estava ansiosa para ver como aquele dia terminaria.

— Hoje vamos caçar! — gritou Araní.

Aquela ordem talhou um sorriso nos rostos dos *mitanguariní*. A caçada era a prática mais violenta e intensa do treinamento. Durante o exercício, era comum que os aprendizes a *guariní* voltassem para a aldeia com pústulas abertas, hematomas infeccionados e até ossos quebrados — não por menos, aquela era a prática preferida dos alunos.

A caçada iniciava com a formação de dois grupos, divididos em escolhas categóricas. O líder escolhia aquele que considerava o mais forte, que, por sua vez, escolhia aquele que achava o mais forte, e assim sucessivamente até chegar àqueles considerados os mais fracos. E por mais cruel que a caçada em si fosse — e era — nada era mais brutal que aquela forma de seleção, quando o último a ser nomeado sabia que ele não era uma escolha, mas um fardo.

Como de praxe, Apoema foi a última selecionada, caindo no grupo liderado por *mitanguariní* Bampuba.

Uma vez estipulados os grupos, os aprendizes escolhiam suas armas: lanças sem ponta ou machados sem fio. Cada arma então recebia uma mão de tinta de jenipapo ou de tinta de urucum, demarcando a cor de cada equipe. Se, após a caçada, o *mitanguariní* voltasse com a pele manchada com a cor da equipe adversária, isso dizia a *mbo'eaguariní* Araní que aquele aluno em particular havia sido atingido e, portanto, desqualificado.

— Trate de ficar escondida, Aráoema, assim pelo menos você serve para alguma coisa — disse Bampuba ao pintar a pedra de seu machado com tinta de jenipapo. — Não quero dar a *mitanguariní* Kurumã a satisfação de vencer outra vez.

Apoema acenou positivamente com a cabeça.

Os *mitanguariní* alinharam-se para o início da caçada, todos com suas armas de escolha em mãos. A menina Apoema estava na extrema esquerda de sua equipe, a última posição, o canto mais vulnerável e o de menor honra. Seus olhos cansados revelavam uma noite em claro, na qual pusera em prática tudo que aprendera com Ankangatu em seus sonhos.

— O homem está sempre em conflito com a natureza! — gritou Araní. — Boa caçada, em nome de Tinga!

Os aprendizes correram em direção à floresta do Brenho, a arena das batalhas da caçada. Apoema, no entanto, andou sem pressa até o lado de Araní, testemunhando seus aliados e inimigos sumirem no verde hostil.

— Eu senti sua falta, *mbo'eaguariní* Araní — disse Apoema.

— Somente os fracos ficam doentes, *mitanguariní* — respondeu o impávido guerreiro.

A menina sorriu para o professor, apertou o pedaço de pedra derretida que trazia em sua mão e correu em direção à batalha. Enquanto a maioria dos colegas decidia a vitória por meio de uma abordagem mais física, Apoema decidiu manter-se fiel ao plano que *capanema* Ankangatu havia traçado na noite anterior.

A floresta era densa, repleta de raízes traiçoeiras e com uma folhagem morta que cobria todo o chão, fato este que denunciava cada passo dado, tornando praticamente impossível a vitória de Apoema, que não possuía os atributos de luta aperfeiçoados como seus colegas. Ela precisava achar a árvore certa para pôr seu plano em prática, mas sabia que não podia se afastar muito da clareira onde *mbo'eaguariní* Araní estava — incontáveis *mitanguariní* já haviam se perdido nos braços verdes de Cajaty, a mãe da floresta, e seus corpos desalmados viraram *anhanguera*.

A menina andou pela mata examinando a qualidade dos galhos, tateando os troncos com as pontas de seus dedos, sentindo a aspereza do cascalho. Apoema sabia que, para sobreviver ao ritual do Turunã, ela teria que atravessar as mais diversas paisagens, das famosas terras secas de Buiagu, às matas sombrias de Itaperuna, dos campos verdes de Atibaia até as águas nervosas do rio Japira, em Tucuruí. Aquela caçada seria sua primeira vitória na busca de seu *eçapira*.

Os pés da menina pararam em frente a um velho salgueiro, dono de galhos resistentes e maleáveis.

Apoema já havia visto aquela árvore antes.

— É essa? — perguntou a menina.

— Sim — uma voz distante suspirou em seu ouvido.

∞

Mitanguariní Kurumã era um exímio caçador.

No topo das árvores, o aprendiz a *guariní* aguardava seus oponentes com paciência de águia, catando suas vítimas de uma em uma, sempre com uma violência impiedosa. O objetivo da prática era simplesmente manchar seus adversários com a tinta de sua equipe, mas Kurumã dava novos ares bárbaros aos jogos. É a dor que faz a carne ficar dura, dizia o garoto quando confrontado sobre seu temperamento tempestuoso.

Logo abaixo dele, *mitanguariní* Bampuba procurava um adversário que sangrasse azul. Do alto, Kurumã acompanhava os passos meticulosos do líder inimigo, esperando o momento propício para alvejar o golpe certeiro. Gostava das vezes que coincidia de cair na equipe vermelha, achava bonito ver as manchas de urucum misturando-se ao rubor do sangue verdadeiro.

A caçada é tão mais real quando se sangra.

Bampuba vasculhava o terreno irregular e jângal com uma tremedeira que cheirava a pavor, o odor predileto de Kurumã, que desceu do galho em um pulo preciso, acertando seu pé direito contra o peito do adversário, derrubando seu machado e limando qualquer chance de defesa. Desarmado e subjugado, o terror alastrou-se como trepadeiras selvagens pelo rosto de

Bampuba, que conhecia muito bem a tendência violenta de seu adversário. Kurumã começou a lançar seu machado avermelhado de uma mão para outra com um sorriso torto entre as bochechas.

O menino saboreou seu momento de triunfo.

Kurumã avançou sobre Bampuba com um grito de combate, mas antes que seu braço desferisse o golpe, um vento travesso arrancou o machado de sua mão com um zunido que rasgou o ar. Estupefato e confuso, Kurumã procurou compreender o que havia acontecido.

Logo atrás dele, Apoema segurava um pedaço de madeira curvado.

— Que pajelança é essa? — havia um medo virgem nos olhos de Kurumã.

— Não é pajelança. É a força da natureza chamada *enoiny* — respondeu a menina, que pintava de azul a ponta de ferro em uma de suas flechas.

Apoema descansou o pedaço de madeira em cima da corda e esticou o braço. Kurumã permaneceu parado. Os pés, que desconheciam o medo, enrijeceram diante da novidade, incapazes de fazer aquilo que a caça deve fazer ao deparar-se com seu caçador.

A flecha acertou o garoto de raspão, pintando a lateral do braço de Kurumã de azul com alguns toques de vermelho.

Aquela foi a primeira vez que o homem provou o sabor do ferro.

E ele haveria de conhecê-lo novamente.

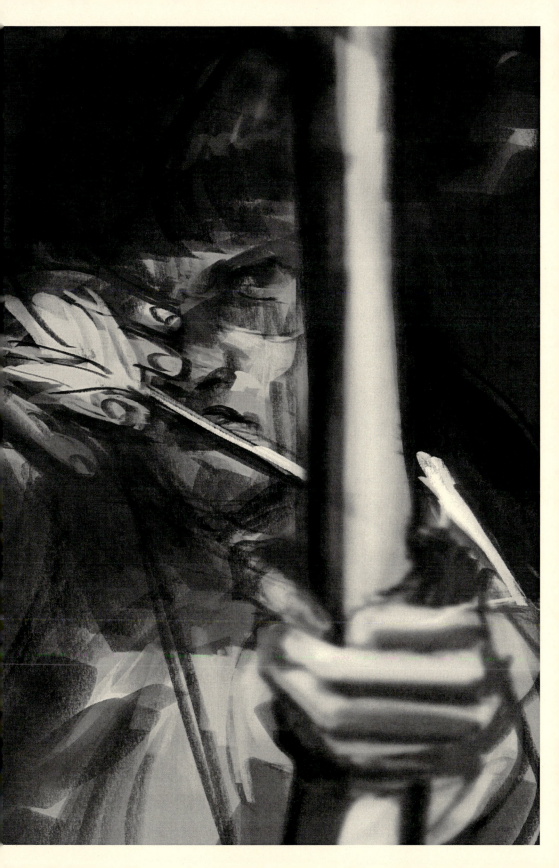

FOLHAS SECAS

❦ ❦ ❦ ❦

Folhas caíam em torno de Obiru, que observava uma fila de formigas a trabalhar. O *capanema* sempre foi fascinado pelas distâncias desmedidas que aqueles pequenos seres eram capazes de desbravar, indiferentes aos riscos e aos gigantes que os circundavam. Uma atrás da outra, escalando de pequenos gravetos a grandes salgueiros, as formigas aventuravam-se sem medo pela terra, jornadeando na presença de insaciáveis tamanduás e incontáveis sariguês. Nenhum obstáculo na Ibi parecia ser maior que a audácia daqueles pequenos grandes seres.

Juntas, elas dominavam um mundo debaixo do mundo.

O garoto Obiru era dono de uma pele castanha sem vida, que cobria um corpo magro, sustentado por ossos desdenhados por sua aldeia e rejeitados por um pai e uma mãe que os desprezavam.

Afinal, ele era um *capanema*.

A folhagem do *ara ymã* apodrecia em tons de marrom, laranja e cinza, tapetando a terra com uma camada seca e quebradiça, enquanto nos galhos mais altos o verde vivo prosperava. Do galho de uma figueira, uma folha que havia sido comida pelo velho tempo desgarrou-se da árvore mãe e, com uma indolência preguiçosa, entregou-se ao ar, bailando com os suspiros de Votu. Obiru ficou a contemplar a beleza daquela dança até seu fim, quando a folha descansou sobre o chão.

Morta.

O *capanema* apreciava as carícias que somente a solidão proporcionava, os sons que as gotas de orvalho emitiam ao desabrochar, os gorjeios das araras ao bater em revoada, as penumbras pulsantes da floresta e o cheiro da chuva antes de cair. Há quanto tempo ele estava ali, naquela mesma posição, encarando a bravura das formigas e admirando o fim daquela folha tresmalhada? O menino não poderia responder.

Então, a brisa mudou de direção.

Travessa, a folha levantou-se daquela necrópole de ramagem seca e bailou novamente com Votu em uma dança que desafiava a força que prendia tudo ao chão. Ela era uma com o ar, flutuando sozinha pelo verde da mata, renegando aquele fim imposto e abdicando-se de seu próprio fadário. A folha desbravou as alturas até sumir, ofuscada pelo brilho fulvo de Aram.

Aquela fora a cena mais bela que o *capanema* havia visto em todos seus onze *Motirõ* de vida, uma cena que ele haveria de recordar no dia de seu *aman paba,* no dia em que conheceria o abismo ao enfrentar Iarateguba. Uma lágrima agridoce extraviou-se de um de seus olhos; em breve ele teria que retornar à aldeia, e nada lá seria tão belo e esplendoroso como era naquele momento.

A resiliência da vida.

Descascar mandioca era um trabalho tedioso e desgastante, mas era uma das poucas tarefas permitidas aos *capanema* na aldeia de Otinga, que eram obrigados a trabalhar do lado de fora da oca da comida, sob o calor intenso de Aram. *Esse é o seu castigo divino*, dizia Obiru a si mesmo, repetindo as palavras de seu pai, *abaetê* Ubiratã. A rotina era imutável e severa, e o menino não conseguia evitar os betumes de pensamento que se apossavam de sua mente durante a labuta. Ele já havia vivido mais da metade de sua vida, e se os *Motirõ* que lhe restavam fossem um prelúdio daquele primeiro ato, seu futuro não era nada digno de ansiar. Os *capanema* não participavam das festas e dos rituais espirituais, não participavam das danças e dos cantos e não frequentavam as aulas como as crianças *pora-pó, munducuru, arátor, pindara* e *mitanguariní.*

Por que motivo deveríamos gastar tempo lhe ensinando coisas, Obiru? Seu aman paba é tão baixo que nem luz você gerará, disse *guariní* Mambiára, uma de suas irmãs, enquanto os dois dividiam um raro momento íntimo na beira da praia. Depois daquelas palavras, tão honestas e tristes, a luz de Aram nunca mais foi cândida. Até seus companheiros *capanema* pareciam não se importar com aquela rotina tediosamente permanente. Trabalhavam da aurora ao crepúsculo, sem muito descanso, e sem muita água, e sem muita comida, e sem muito conforto, e sem esperança. Tantas eram as coisas que faltavam à vida de Obiru que era mais fácil listar as coisas que tinha: um saiote velho e um colar que ele mesmo havia confeccionado com grama seca. Tinha também tudo que nascera com ele: o seu couro e os seus ossos e o seu sangue e, é claro, o seu *aman paba*.

— Aram parece não querer dormir hoje — disse *capanema* Concha, que olhava para o firmamento protegendo os olhos com a mão, derramando uma perfeita silhueta em seu rosto.

— Se você trabalhar mais e falar menos, talvez a oferenda desse *Motirõ* seja mais bem recebida — retrucou *capanema* Emarã, com suas habituais palavras, azedas de tanto chupar araçá.

Otinga vivia dias de ansiedade, o *ara pyau* aproximava-se e a população como um todo se dedicava ao trabalho de preparar a oferenda ao novo tempo. Ao contrário do *ara ymã*, o *ara pyau* era o dia mais longo do *Motirõ* — o dia em que Aram se encorajava-se e namorava a Ibi por mais tempo. Era também um momento de apreensão. Os homens receavam que a casmurrice de Aram se prolongasse demasiadamente, despertando a ira da luz branca de Airequecê. A noite sangraria e tudo que era vivo conheceria o silêncio.

O *yamí ybapiranga*.

No crepúsculo do *ara pyau*, quando o último raio magenta esfacelava-se sob a linha do horizonte, os homens dançavam, e cada povo entregava sua oferenda para amenizar o descontentamento do pai do calor. As mandiocas descascadas pelos *capanema* de Otinga seriam ofertadas às aldeias Mboitatikal, Buiagu e Itaperuna como um agradecimento pelo calor que Aram dava à vida, às árvores e às plantas.

— Emarã fala com autoridade, como se fosse *guariní* — retrucou *capanema* Marani.

Marani era dona de um rosto formoso, apesar da silhueta pontuda e raquítica. Com dezoito *Motirõ* de idade, era a mais velha *capanema* de Otinga e, com isso, cabia ao seu juízo administrar o bom andamento de seus iguais, função esta que a jovem regia com uma inflexibilidade autoritária. *Se Monã a puniu com um aman paba de capanema, é porque você fez algo de terrível na vida passada. E será nesta vida que pagará por seus erros. Por isso, que é seu dever trabalhar sem parar, sem reclamar, sem sangrar e sem chorar*, dizia Marani toda vez que se via obrigada a repreender seus subordinados.

Emarã pensou em responder sua superior, mas achou melhor permanecer calada. A vida de um *capanema* já era curta demais para ser gasta em castigos, principalmente quando já se havia visto seu último *Motirõ*.

Concha trocou um olhar de confidência com Obiru e sorriu, ele sempre achou curiosa a animosidade entre as moças *capanema*.

Elas não percebem que a raiva que sentem é do próprio reflexo, ele dizia.

Com o fim do trabalho, Obiru e Concha decidiram expurgar suas peles do desconforto grudento do suor. Os dois brincavam e se banhavam no rio Jurêrêmirim, de águas tão plácidas que as únicas ondulações nasciam da movimentação dos meninos. O branco de Airequecê desmanchava-se em desenhos tortuosos na superfície da água, e o canto das garças era o único som que matava o silêncio daquele marasmo cansado.

— Se eu fosse um pouco mais velho, eu pediria a Emarã para ser minha esposa — disse Concha enquanto retirava a sujeira de seu corpo mirrado.

— Emarã? Mas ela carrega tempestades nos olhos e ferrões na língua — disse Obiru.

— E o que há de errado nisso?

— Mas ela vive seu *Motirõ* de Monâ? Para que se casar com uma luz que está prestes a se apagar? — perguntou Obiru.

Concha mordeu os lábios. A resposta para aquela pergunta corria por entre suas veias e descansava na chama que fazia sua luz brilhar. Ele pensou em responder a Obiru que apesar do mundo afogá-los em miséria e fardos que iam além de suas compreensões, isso não significava que a infelicidade era uma obrigação.

Mas, ao invés de responder, perguntou:

— Quantos *Motirõ* você acha que demora para um jacarandá crescer até o seu limite?

— Não sei. Mais do que vaga-lumes de Jacamim, creio.

Concha levantou o queixo e mirou o firmamento. Lá em cima, além do alcance de seus braços, Airequecê sorria para os meninos.

— E quanto tempo demora para os *munducuru* derrubarem uma árvore? — tornou a perguntar Concha.

Obiru encarou o amigo com um pescoço torto.

— Não sei. Um dia? Nunca presenciei uma derrubada. Por que essas perguntas? — indagou, intrigado pela conversa.

— Destruir é sempre mais fácil que construir. Uma simples lança pode roubar todos os amanhãs de uma luz forte, e basta apenas uma mentira para destruir uma confiança duramente conquistada. Como é que você pode passar um tempo sem fim esfregando madeira para criar fogo, mas um suspiro errado pode facilmente apagá-lo?

Concha estava perdido em devaneios, brincando de rasgar a superfície da lagoa com o dedo anelar, fazendo desenhos em uma tela frágil, mole e imutável.

A resiliência da água.

Naquela vida bastarda de afetos e carícias, Concha era o mais próximo de amor que Obiru conhecia. Por não poderem participar dos círculos de histórias e não terem acesso às sabedorias dos ontens, os meninos concebiam as suas próprias perspectivas das gêneses das coisas, formulando suas versões para os nascimentos das nuvens, da areia e das cores. Os amigos deitavam-se de costas nuas na grama e contemplavam a enormidade de Jacamim ao mesmo tempo que criavam as suas próprias narrativas. E ninguém fazia esse trabalho melhor que Concha, que dedicava toda sua criatividade na elaboração de suas histórias, sendo o canto de Botoque e a origem do fogo a predileta do menino Obiru.

— Botoque e seu pai andavam pela Ibi quando descobriram um ninho de arara no topo de um rochedo escarpado. O pai, com a fome dos homens, ajeitou uma escada com gravetos e ramos e mandou o filho subir e pegar os ovos, para que pudessem comer. Botoque subiu uma altura tão alta, tão alta, que faria *guariní* treinado tremer. Lá em cima, encontrou dois ovos — narrou Concha, que, mais uma vez, contava as façanhas de Botoque para o deleite de seu melhor amigo.

De tanto ouvir aquela história e seu desenrolar, Obiru era capaz de sincronizar seus lábios com as palavras do amigo e mimicar suas pantomimas. Contudo, mesmo conhecendo o desenrolar da narrativa e todas suas nuances, a forma cativante com que Concha a contava dava um sabor primigênio aos encantos do ouvido.

— O pai mandou que Botoque jogasse os ovos para ele, mas, ao caírem, viraram pedras e machucaram a mão do pai. Achando que aquilo havia sido artimanha do filho, o pai quebrou a escada e deixou o coitado preso nas alturas. Com o passar dos dias, a carne de seus ossos foi definhando, a ponto de ele estar mais magro que você — como sempre, nesse momento da narrativa, Concha parava sua história para cutucar o amigo com cócegas jocosas.

Muitos amanhãs no futuro, Concha morreria sem nunca saber que aquela interrupção, na qual incluía Obiru na criação do fogo, era o trecho predileto do amigo.

— Preso nas alturas, Botoque viu Aram acordar e dormir quatro vezes, e quando achou que a fome seria seu último pensamento, uma jaguatirica o encontrou e decidiu ajudá-lo. A fera consertou a escada quebrada por seu pai e mandou o menino descer. Botoque hesitou por um momento, mas a fome berrou mais alto que o medo. A jaguatirica o convidou a montar em seu lombo e o levou até sua toca. Ao chegar no lar da fera, Botoque viu um tronco de jatobá em brasa. *Que espírito é esse, amarelo e quente?*, perguntou o menino — era nesse momento da história que Concha andava de quatro, arqueando as traseiras e dando uma volta no amigo, mimicando os movimentos da fera. Obiru, como sempre, ria. — *Este é o fogo, e eu o divido com você e mais ninguém. Se você o roubar de mim, me terá como inimigo*, respondeu a jaguatirica, servindo ao menino a carne que ela assava. Foi naquele dia que Botoque tornou-se o primeiro homem a comer moqueado.

— Mas a fome sempre berra mais alto que o medo! — gritaram Concha e Obiru, que haveria de recordar a lição daquele canto no dia em que enfrentaria Iarateguba.

— Desta vez, não era a fome da boca que o angustiava, mas a fome do *exanhé* — continuou Concha. — O menino roubou o fogo da jaguatirica em troca da honra perante sua aldeia. Botoque virou herói, e muitas meninas queriam namorar em sua rede. A jaguatirica ficou enraivecida com a ingratidão do menino e, desde então, odeia o homem. Do fogo, resta-lhe somente a brasa que brilha em seus olhos, e a carne ela come crua, pois, depois da traição dos homens, prometeu nunca mais comer carne assada.

Quando Concha terminava suas narrativas, ele e Obiru dividiam uma risada fraterna e ponderavam sobre as outras possíveis origens das coisas. Conversavam, também, sobre coisas pequenas e irrelevantes. Na companhia do melhor amigo, Obiru esquecia que ele havia nascido um *capanema*.

Dizer boa noite para Concha era o momento mais triste do dia.

Pior que descascar mandioca.

Deitado em sua rede, no silêncio da indiferença, afastado do calor de sua família, *capanema* Obiru pediu para que Monâ fosse generosa e que o tempo fosse gentil.

Cada dia que passava, ele estava mais velho.
Cada dia que passava, seu *aman paba* aproximava-se.
E aos sonhos de carvão, o menino se entregou.

∞

Abaetê Ubiratã acordou pensando em *payni* Caturama e sua iminente chegada a Otinga. Apesar de nunca terem se conhecido em vida, os destinos dos dois estavam entremeados pelo *joca ayty*.

O nascimento de um futuro *payni* era um momento de breve desequilíbrio na Ibi, já que os deuses eram seres orgulhosos e não permitiam que uma mesma aldeia tivesse dois homens líderes.

Há oitenta *Motirõ*, *abaetê* Araípe e *guariní* Aricema deram luz a um menino que recebeu o *aman paba* de quatrocentos e treze *Motirõ*, o mais alto *aman paba* desde Kami e a primeira geração dos homens. O menino, que havia recebido do pai o nome de Caturama, seria a primeira luz nascida na aldeia de Otinga a herdar de Monâ a incumbência de ser um *payni*. Em seus dias de *mitanguariní*, Caturama havia decidido que sua honra viria da força que vivia entre suas orelhas e não em seus braços, e enquanto Ubiratã, nascido na aldeia de Mboitatikal, ganhava a fama da coragem e da caça, Caturama adentrava mais e mais o mundo dos espíritos e do *exanhé*, estudando com as Majé os segredos das cores e das luzes. Quando Caturama regressou do ritual do Turunã com seu *eçapira*, ele já não era mais um *mitanguariní*, nem mesmo um *guariní*, ele era *payni*, chefe de todos os povos, líder de todas as aldeias, e haveria de residir em Mboitatikal, berço de Kami e lar do Ipitatá, a primeira chama. E como não poderia haver duas luzes de Otinga na chefia dos homens, o povo Mboitatikal viu-se obrigado a realizar o *joca ayty*, a troca de ninhos, ofertando um de seus filhos para ser *abaetê* de Otinga, assim preservando o equilíbrio dos espíritos. Mesmo conhecendo todas as diferenças sociais e espirituais entre as aldeias, uma sendo filha de Iara, a mãe das águas, a outra sendo filha de Tata, o pai do fogo, Ubiratã ofereceu-se para a troca de ninhos.

Mais de sessenta *Motirõ* se passaram e os homens finalmente se conheceriam frente a frente.

A visita do *payni* a Otinga fora anunciada a Ubiratã por intermédio das Majé, e o motivo não podia ser mais inusitado: Caturama desejava conhecer *mitanguariní* Kaluanã, garoto que viveria mais *Motirõ* do que os homens sabiam contar. A fama do menino alastrava-se pela Ibi como erisipela, e cada dia que se passava, a certeza de que Kaluanã era a reencarnação de Kami crescia por todas as aldeias da Ibi.

Kaluanã deveria ser meu filho, pensou Ubiratã ao contemplar a figura mirrada de Obiru, que dormia em uma rede. Pensar que aquele *capanema* era sangue de seu sangue lhe dava tremedeiras nervosas e enchia a boca com uma saliva grossa e vontade de cuspir.

Um dia eu ainda tenho coragem, pensou o *abaetê* antes de sair de sua oca.

Um dia.

A primeira aspirada matinal, quando o ar ainda estava entregue às brumas da madrugada, era a maneira perfeita para Ubiratã começar seus trabalhos. Aram ainda não havia despertado e o único movimento na aldeia de Otinga provinha dos *pindara*, que preparavam as linhas e as redes e as canoas para mais um dia de pesca. O *abaetê* caminhou até a tenda dos homens e conferiu se tudo estava arrumado para a chegada do *payni*. Iãiã, a *pora-pó* responsável por cuidar dos artefatos de Otinga, já havia organizado os vasos e os mbaraká e agora varria a oca sagrada. Ubiratã saudou Iãiã, parabenizando-a pelo trabalho, e partiu em direção à casa de Majé, ansioso para escutar seus conselhos e notícias.

Aquelas reuniões com Majé eram de suma importância, pois era na presença dela e de suas seis irmãs, espalhadas pelas seis aldeias restantes da Ibi, que os *abaetê* ficavam a par de todas as novidades. Foi assim, há um *Motirõ*, que Ubiratã primeiro ouviu falar sobre a menina Apoema e o fato de que o povo Ivituruí estava derretendo pedras, e foi pela boca de Majé que ele ficara ciente das façanhas de um *mitanguariní* da aldeia de Buiagu que, mesmo tendo apenas onze *Motirõ*, já era forte e alto como um *guariní* treinado.

— O homem terá uma enorme sede pelas pedras derretidas — disse Majé ao acariciar a cabeça de uma de suas araras.

— O que é que pedras derretidas podem fazer para que nós tenhamos essa sede? Tudo que vejo são brincos, armas e apetrechos valorizados além da conta.

— O homem verá nas pedras derretidas aquilo que o homem quiser ver.

— Derreter pedras... Aupaba não deve estar feliz com essa ofensa. E Tinga? Ela deixa que seus filhos usem o calor de Tata?

— Cajaty e Tinga e Iara e Aupaba e Tata e Votu e Amanacy são filhos e filhas da Ibi. Monã não os criou para o homem, então o homem é livre para apreciar qualquer um dos espíritos criados por sua filha.

— Mas nós somos luzes de nossos pais e mães, não podemos esquecer disso — disse Ubiratã.

— Nascemos amarrados às nossas mães, mas, uma vez que o cordão é cortado, nós somos livres, *abaetê* Ubiratã. O homem parece não querer compreender isso.

— Tinga é vaidosa, não vai gostar quando o vermelho de Tata se espalhar por Ivituruí.

Majé apenas sorriu para o homem.

Aram já brilhava no céu quando a reunião com Majé chegou ao fim. Todos os *pindara* já estavam nos braços de Iara, os *guariní* tratavam da caça, os *pora-pó* confeccionavam vasos e indumentárias, os *arátor* cuidavam das plantações, os *munducuru* ajeitavam as ocas e os *capanema* descascavam mandioca quando *abaetê* Ubiratã saiu à procura do menino Kaluanã.

∞

Kaluanã, um dia, você será payni. E quando esse dia chegar, as sete aldeias serão suas para chefiar.

Cercado pelo silêncio da caça, envolto por nada mais do que a mata verde e os espíritos mudos, longe das promessas e obrigações da aldeia, Kaluanã se via em paz. Agachado no galho mais resistente de uma oportuna árvore de jequitibá, com sua lança em mão e olhos vigilantes, o menino aguardava por uma presa que parecia não querer sair de sua toca naquele dia. Atento às movimentações dos seus arredores, os ouvidos do menino concentravam-se nos sons que o circundavam: os bem-te-vis gorjeavam uma ode à alegria de enxergar, e as muriçocas zuniam, e o vento acariciava a folhagem, e o coração retumbava em seu peito como trovões em dias de ciúme nublado.

A umidade fazia com que o suor escorresse por seu corpo de menino, mas que já demonstrava talhamento de homem adulto e forte.

Na solidão não há demandas, há somente o querer.

Kaluanã sabia que, ao completar o ritual do Turunã, ele substituiria *payni* Caturama na função de chefiar os homens, e seria a sua voz a mais alta diante do tempo-mãe. De Mboitatikal, no extremo austral, passando pelas terras secas de Buiagu, até o extremo setentrional, em Ivituruí, todos venerariam e idolatrariam o nome do menino cujo *aman paba* superava os números de vaga-lumes de Jacamim. Era estranho pensar que o seu amanhã era tão certo quanto a fome que sentia hoje.

Certa vez, enquanto dividiam uma jaca madura, Obiru e Kaluanã conversaram sobre o futuro da Ibi.

Você é a reencarnação de Kami. Tenho certeza, disse o *capanema*.

No vermelho que corria em seu corpo e no azul de sua luz, Kaluanã sentia que havia nascido para a grandeza, mas ele não a queria entregue em suas mãos como uma oferenda divina, não seria o seu *aman paba* que definiria o tamanho de sua honra e de sua força.

O meu legado será conquistado.

O som de folhas secas sendo esmagadas chamou a atenção do garoto — um caititu solitário aventurava-se pelas penumbras densas da mata, procurando por frutos caídos. Era um animal mirrado, com pouca carne e gordura presas aos seus ossos, mas era um alvo rápido e difícil de acertar com a lança — *um ótimo exercício*. Kaluanã puxou levemente a perna para esquerda, tentando achar a posição adequada para o arremesso letal. O movimento, por mais sutil que tenha sido, fora suficiente para que a presa percebesse a ameaça vindo de cima e saísse correndo desvairada mata adentro. Kaluanã pulou do galho e pôs-se a seguir o caititu, pois uma vez determinado um objetivo, o menino não conhecia o sentido da palavra desistir. O animal cruzava os troncos e raízes em sua frente em uma velocidade cega, mas o *mitanguariní* que o seguia era dono de pernas fortes, pés duros e uma obstinação desmedida. A sincronia entre mente e músculos era como um canto de carcará, e Kaluanã não encontrava dificuldades em esquivar-se dos obstáculos e usar, ao seu próprio benefício, a natureza que lutava contra ele.

As pedras e troncos e galhos eram seus aliados.

A caça e o caçador.

Kaluanã sabia exatamente para onde o caititu corria: ele procuraria refúgio no rio Paquetá, acreditando que lá perderia o algoz de vista. *Eu nasci sob o azul de Iara, a água é o meu chão predileto*, pensou o garoto, que em plena corrida ajeitou a lança para o arremesso. Mas o que aguardava Kaluanã nas margens sinuosas do Paquetá era muito mais do que uma abundância de água turva. Em pé, protegendo sua cria, estava o maior caititu que o *mitanguariní* havia visto. Seu pelame duro e eriçado, de afiados espetos vermelhos e brancos, parecia grosso e duro o bastante para partir a lança de Kaluanã, e os incisivos eram duas pérolas afiadas e brancas, que mordiam o ar em onomatopeias de ameaça. No chão, rastros enormes de suas quatro garras dianteiras e cinco garras traseiras.

Tudo naquele animal era moldado para ter uma finalidade mortal.

O caçador e a caça.

Diante daquela fera espetacular e de toda a ceifa que suas garras carregavam, Kaluanã lembrou-se da tarde em que *abaetê* Ubiratã o levou para conhecer o ferro.

A rota mercantil, que outrora havia sido dominada por comerciantes de artefatos de madeira fabricados em Mboitatikal, viu-se tomada por uma dinâmica inversão de fluxo, na qual a demanda por adornos férricos enchia suas trilhas com andarilhos oriundos de Ivituruí. O movimento intenso despertou um mercado rico e cobiçoso, e logo o homem carecia de novos números que fossem maiores que setecentos. Em pouco tempo, negociações nas casas dos milhares já eram recorrentes em grandes transações entre os povos. O ferro era apresentado às aldeias meridionais envolto em um ar de misticismo, anunciado em discursos altissonantes e, muitas vezes, dissimulados. *Conheçam o mais novo fruto dos deuses! O homem agora pode controlar as pedras para qualquer formato que ele desejar!*, gritavam os comerciantes. Ornamentos para dentes, brincos, pulseiras e anéis de ferro eram os itens mais procurados, porém os andarilhos de Ivituruí também traziam consigo armas feitas com o metal e o *ankangatu*, a arma que rasgava o ar. No momento da troca, os comerciantes narravam os contos de uma *mitanguariní* de Ivituruí que era capaz de acertar os céus com suas flechas destemidas.

Certa noite, Apoema lançou uma flecha com seu ankangatu e derrubou um dos vaga-lumes de Jacamim.

O afeto de Ubiratã por Kaluanã datava desde o cordão umbilical, tendo largado sua própria cria às desfortunas dos *capanema* e assumido o *mitanguariní* como um filho adotivo. O *abaetê* insistia em participar dos treinamentos de combate do menino e dava aulas pessoalmente sobre o mundo que havia descoberto durante o ritual do *Turunã*. Mas, por mais que o apego de Ubiratã por Kaluanã retumbasse mais que vulcões em erupção, a recíproca não passava de uma cordialidade formal. Cada bondade do *abaetê*, cada sorriso orgulhoso, cada enaltecimento exacerbado, cada apreço desnecessário era para Kaluanã como carícias de pinaúna. O *mitanguariní* sabia que aquela era uma afeição extraviada, um fardo imerecidamente depositado sobre seus ombros.

— És um menino ou um filhote de onça? — perguntou um dos comerciantes, referindo-se ao peito nu e musculoso de Kaluanã.

Quem falava era um homem esquálido, de proporções desconexas e pele enrugada feito couro de jabuti. Os pés eram virados para trás, os braços eram longas varetas com movimentos serpentinos e o rosto era caído, como se a pele tivesse desistido de manter-se presa aos ossos. Nas pontas dos dedos, em vez de unhas, o velho tinha afiadas garras de gavião. Ao contrário dos comerciantes tradicionais de Ivituruí, que trajavam túnicas, togas e coletes de couro e lã, o andarilho de sorriso largo e dentes amarelos vestia um saiote de penas de araras, tradicional às aldeias austrais.

— Sou nada mais que um garoto — respondeu Kaluanã.

— Eu e tu sabemos que és mais que isso — respondeu o homem, cujo bafo cheirava a fumo de palha.

Kaluanã encarou o andarilho de soslaio, indiferente aos seus elogios baratos. Diante do homem de trejeitos exóticos e momices peculiares, cacarecos e bugigangas espalhadas em um módico tapete de couro. Nenhum esforço havia sido posto na apresentação dos artefatos, e nada naquela desculpa de venda chamava a atenção dos compradores; nada, a não ser pelo próprio homem de pele enrugada.

Baquara era o seu nome.

O andarilho mandou Kaluanã se aproximar com um movimento sinuoso e flácido de seu dedo e contou-lhe que era oriundo de uma Ibi diferente dessa que hoje ele habita.

— O chão de lá é igual a este, pois são Ibi irmãs — disse Baquara, deixando grãos de terra escorrerem por seus dedos delgados.

— E onde é que fica essa Ibi? — perguntou Kaluanã.

— Fica além do mar de Iara.

Em vez de tentar convencer *mitanguariní* Kaluanã a trocar suas preciosas mandiocas por objetos de ferro, Baquara pôs-se a contar ao menino contos de um ontem tão remoto que nem mesmo o mais velho dos jacarandás se recordaria.

— A Ibi dividiu-se, pois até os deuses caem em tentação — disse o homem antes de ser interrompido por um desgostoso Ubiratã.

O *abaetê* pôs-se entre o andarilho e o filho adotivo com uma ferocidade animal. Mas antes que Ubiratã puxasse Kaluanã para longe e eles sumissem na multidão, Baquara entregou ao garoto um mimo de gratidão.

— Esse machado conhece o gosto do sangue, por isso dei o nome de Tupi Ugûy. É o meu presente para você. Você realizará grandes feitos com ele.

Kaluanã examinou o machado, de perícia minuciosa e acabamento ímpar. O cabo era envolto na melhor qualidade de couro, a pega tinha uma silhueta em vales, para melhor aderência, e presa à face de pedra lascada estava uma lâmina de ferro de fio tão afiado que um simples toque rasgava a pele.

— Não posso aceitar — disse o *mitanguariní*, sentindo a impaciência nos olhos de *abaetê* Ubiratã queimar sua nuca. — É um presente muito bonito para receber sem oferecer nada em troca — ele retrucou.

— Mas essa é a sina dos presentes, não é? Se eu recebesse algo em troca, não seria mais um presente, seria?

O menino sorriu com a réplica do velho e agradeceu com olhos e sorrisos honestos. E, em algum lugar do passado, Baquara retornou a vender bugigangas em seu velho tapete de couro fino, enquanto, no presente momento, o caititu circulava Kaluanã, cuja mente estava de volta às margens do rio Paquetá, lutando por sua sobrevivência.

O Tupi Ugûy descansava em sua cintura, sem muita serventia contra um animal de tal magnitude. As ameaças da fera eram articuladas em agressivas mordidas de ar, exibindo ao adversário exatamente o quão grandes eram seus dentes. Kaluanã examinou seu entorno, procurando algo que pudesse funcionar ao seu favor. Tirando o machado de ferro e a lança em sua mão, a única outra arma que Kaluanã tinha ao seu dispor era uma funda, cujo impacto não passaria de uma carícia contra aquela carcaça rija.

— Eu não quero nada com você! Siga seu caminho e eu seguirei o meu! — gritou Kaluanã.

A fera aplicou o primeiro bote, que, se bem-sucedido, teria separado o menino de sua cabeça. Kaluanã era menor e mais fraco, mas tinha ao seu favor a inteligência e a agilidade dos homens. *Todas as desvantagens carregam consigo vantagens, só é preciso saber encontrá-las*, ensinou *mbo'eaguariní* Pavuna durante as lutas de *muramunhã*. Com o seu tamanho descomunal, o caititu era obrigado a gastar muita energia nas constrições de seus músculos, denunciando as intenções da besta e dando ao garoto a chance de antecipar com certa facilidade as investidas mortais.

Seja como o pavão e o baiacu. Torne-se maior do que você realmente é, ensinou *abaetê* Ubiratã em uma de suas aulas.

Kaluanã usou a funda para acertar um dos olhos do imenso porco, aproveitando sua distração para amarrar a lança ao seu braço direito, e com a mão esquerda, o menino desembainhou o Tupi Ugûy.

Estava preparado para sobreviver.

O caititu tentava fechar o cerco contra o *mitanguariní*, mas a lança presa ao braço direito de Kaluanã ajudava a manter a fera a uma distância segura. Mas caso ele quisesse voltar com todas as partes presas ao seu corpo, o *mitanguariní* sabia que teria que equilibrar um pouco aquele embate. Esperou a fera atacar novamente, aproveitando a proximidade para acertar a lança em seu olho esquerdo. Fluidos esbranquiçados e avermelhados começaram a sair da ferida enquanto a besta balançava a cabeça em uma dor desconcertante.

Aquele era seu momento.

Kaluanã correu em direção à fera e usou uma cadeia de pedras e árvores para conseguir pular em suas costas. O menino agarrou-se ao pelame duro do caititu, sentindo as pontas duras rasgarem sua pele. Enquanto o braço direito esforçava-se em mantê-lo na posição, o braço esquerdo desferiu uma única machadada no cocuruto do animal.

O crânio partiu como se fosse araçá e a besta caiu morta.

O filhote deitou ao lado da carcaça da mãe e começou a procurar por um calor que aos poucos esfriava. Ainda tentando recuperar o ar que seus pulmões haviam perdido, Kaluanã contemplou o tamanho de sua vitória. Se decepasse uma das patas da fera e a levasse para a aldeia, seria festejado

com danças e propostas de esposas. Mas sua vida já estava repleta de carinhos sufocantes. O *mitanguariní* empurrou o corpo do porco até a margem do rio Paquetá, próximo a uma aglomeração de jacarés, que tratariam de devorar sua carne.

Uma sensação ruim tomou conta de Kaluanã, como se algo o vigiasse. Do outro lado do rio, escondidos nas penumbras da mata, dois olhos amarelos testemunhavam a vitória do garoto. Não era a primeira vez que aquela sensação incomodava seu juízo, mas sempre que tentava correr atrás do desconhecido, ele sumia.

Kaluanã pegou o caititu filhote e carregou-o pelo pescoço; a tristeza em seu olhar era evidente, como se dentro daquele animal houvesse algo que se aproximasse a um *exanhé*.

— Aprenda com sua mãe. Não desafie aquele que lhe oferece paz.

E com isso dito, o *mitanguariní* deixou o animal fugir, entregue às misérias de uma vida sem proteção. Kaluanã, então, abateu alguns calangos com sua funda e correu em direção à aldeia. Antes de retornar aos treinamentos, o menino parou para conversar com o pai, *munducuru* Leri, que trabalhava na construção da oca que receberia *payni* Caturama durante sua estadia. Pai e filho trocaram palavras carinhosas e conversaram sobre a iminência do *ara pyau* e a oferenda do novo tempo.

— Caçou algo grande? — perguntou *munducuru* Leri, percebendo o couro machucado do filho.

Kaluanã sorriu e mostrou os calangos que havia abatido.

— Sua mãe fará um ótimo ensopado com eles — concluiu o pai.

Era evidente que Kaluanã havia enfrentado algo maior, mas, por algum motivo, não estava disposto a dividir a história. Leri, então, contou ao filho das intermináveis filas de pais que apareciam em sua oca, oferecendo as filhas como pretendentes. Quando Kaluanã furasse a orelha, poderia escolher uma garota para ser sua mulher, e quando retornasse do Turunã como *payni*, poderia escolher até sete. *Não há menina que não queira ser sua mulher,* concluiu *munducuru* Leri com um orgulho que cortava o rosto. Mas, apesar da insistência de seu pai e de Ubiratã, que desejava que Kaluanã escolhesse uma de suas filhas para ser sua mulher, o *mitanguariní* não pensava em se casar, não até achar alguém que roubasse o encanto de seus olhos.

Ele obviamente não compartilhava esse segredo com ninguém.

— Ansioso para conhecer o *payni*? — perguntou *munducuru* Leri.

A única bonança que Kaluanã via naquele mar de admiração que o afogava era a expressão de orgulho nos rostos de seu pai e de sua mãe. Aquela pergunta, entretanto, não podia ser facilmente respondida. O *mitanguariní* desviou o olhar e contemplou a movimentação da aldeia. À sua esquerda, no canto destinado aos *capanema*, Obiru, filho do *abaetê*, descascava mandioca. Havia algo na conduta daquele ser, tido como inferior, que acalentava Kaluanã: uma resignação plácida, uma felicidade que brotava da desolação.

A resiliência dos miseráveis.

— Claro — respondeu sem muito entusiasmo.

Kaluanã despediu-se do pai e correu em direção ao treinamento de *muramunhã*, onde *mbo'eaguariní* Pavuna aguardava-o. O mestre era um ser miúdo, não muito maior que o jovem Kaluanã, mas era exatamente de sua estatura que ele tirava sua fama. Devido ao seu talento de desferir socos em pleno pulo, muitos o chamavam de Majuí, ave que conseguia caçar insetos no ar. Quando Ubiratã tornou-se *abaetê* de Otinga, tentou importar consigo algumas tradições nativas de Mboitatikal, sua terra natal, mas a única que perseverou nas terras de Iara foi o *muramunhã*, a luta de punhos. Usando somente cestus — luvas de batalha— e uma sunga, a luta era simples: o último homem em pé vencia. As partidas eram de uma truculência até então desconhecida aos habitantes de Otinga, que estavam acostumados somente à dança, à pesca e à caça como forma de entretenimento.

Mas o homem tem um peculiar talento em encontrar prazer na violência.

O *muramunhã* logo se tornou uma paixão e uma prática rotineira na aldeia. Em pouco tempo, ninguém mais se assustava com os rostos dilacerados dos *guariní*, que ostentavam com orgulho as cicatrizes das lutas.

A verdadeira força não vem dos golpes. A verdadeira força vem ao se erguer, uma vez derrubado, dizia Pavuna, que recebeu o apelido de Majuí após derrotar *guariní* Cuyuchi durante um combate de *muramunhã*. Nascido em Buiagu, Cuyuchi estava em Otinga de passagem e achou curioso ver tão pequeno adversário desafiá-lo. O povo Buiagu era notório por duas coisas: por viver na secura vermelha do Tauá Caninana e por criar os mais fortes e descomunais guerreiros, guerreiros como Cuyuchi, conhecido em sua terra natal por ter juntas duras e pontudas que furavam o couro dos adversários como se fossem ferrões. À vista disso, o homem fora alcunhado Arapuã.

Os dois *guariní* desafiaram-se e foram protagonistas do mais longo combate de *muramunhã* já visto. Durante os primeiros oito dias e sete noites, *guariní* Pavuna não foi capaz de acertar um único golpe em seu adversário. Cuyuchi, no outro lado, tinha os nós da mão em carne viva, consequência dos socos desferidos em Pavuna, que usava terra e óleo de jenipapo para estancar as feridas abertas em seu rosto. Os dias foram se passando, Airequecê mudou de um sorriso fino de *tipi'óka* para um grande olho branco no firmamento, e os homens continuaram lutando. E foi justamente Airequecê, com sua luz nívea, que interveio na disputa, mandando sua filha Amanacy, a mãe da chuva, a favor de Pavuna. Ao banhar-se com as águas do céu, o vermelho que escorria por seu corpo deixou de arder, dando força aos seus pés cansados. Sob os caprichos da chuva, Pavuna desferiu o golpe pelo qual seria lembrado. O Majuí ascendeu e, por um breve momento, em meio pulo, tinha o mesmo tamanho que seu adversário.

Ele voou e, com um único soco, derrotou o Arapuã, diziam os homens, que, mesmo depois de tantos *Motirõ*, sentavam-se em volta das fogueiras e recordavam o feito extraordinário de *guariní* Pavuna, que, no presente momento, assistia a uma disputa de *muramunhã* entre *mitanguariní* Kaluanã e *mitanguariní* Sabará. Em Otinga, o treinamento de luta só era permitido aos aprendizes com idade superior a quinze *Motirõ*, mas *abaetê* Ubiratã, tomado por um orgulho desmedido, havia criado uma exceção para Kaluanã, que era obrigado a enfrentar adversários maiores e mais experientes que ele. Enquanto os meninos testavam-se, *guariní* Pavuna gritava sugestões de golpes e movimentos de combate. Os cestus nas lutas entre aprendizes eram de couro mole e sem fragmentos de búzios, o que tornavam os eventos menos truculentos e mais técnicos. *Mitanguariní* Sabará era três *Motirõ* mais velho, portanto, seus braços eram mais compridos e mais fortes que os de Kaluanã, que estava farto da sina de ter que olhar para cima ao encarar seus adversários.

Sabará sabia como tirar proveito de sua estatura, mantendo uma guarda ampla, impedindo que Kaluanã pudesse se aproximar e causar um pouco de estrago próprio. O *mitanguariní* mais velho era paciente, aguardava o momento oportuno para aplicar golpes potentes e, até então, contentava-se com socos de defesa. Apesar da força comedida, os golpes de Sabará acertavam Kaluanã nas costelas e nos supercílios, roubando o foco do garoto e fazendo o vermelho correr por seu corpo com a força da maré cheia. Vagas em formas de mãos cerradas colidiram-se contra a pele de Sabará e todos os nervos no corpo de Kaluanã berraram no silêncio da luta.

Não havia mais dor. Não havia mais som.

Não havia mais planos, demandas e obrigações.

Golpes eram desferidos em uma sequência impetuosa, o que tornava impossível constatar quem alvejava quem. Kaluanã sentiu a força de sua luz crescer em suas entranhas e a vitória estava ao seu alcance. Foi quando ouviu os berros de comemoração de seus colegas *mitanguariní*. Se derrotasse seu adversário, aquela seria mais uma conquista, mais uma noite de enaltecimentos exacerbados, mais uma sucessão de discursos sobre a certeza de ele ser a reencarnação do lendário Kami.

Kaluanã baixou a guarda e deixou que Sabará dormisse sob os cantos da vitória naquela noite.

— Não quero ver você fazendo o que fez hoje — disse *guariní* Pavuna quando o treinamento já havia terminado e todos caminhavam de volta para suas ocas.

— Perder?

— Claro que não! Se a vitória fosse garantida, não haveria a necessidade de tentar! Eu me refiro ao fato de você desistir. A muriçoca, mesmo sabendo que não há como escapar da teia da aranha, continua tentando.

Por mais que Kaluanã estivesse farto dos elogios e dos olhares de admiração, a decepção era algo que o menino não compreendia. Pensou em explicar ao mestre seus motivos, mas engoliu a resposta a seco.

Ele tinha desistido, não havia como negar.

Naquela mesma noite, uma grande dança foi feita em nome do *aman paba* de *pindara* Iãkecan, que havia falecido durante a manhã. O pescador viveu boa parte de seu *Motirõ* de Monâ prostrado em cima de uma esteira de palha, suando em um febrão que nem mesmo todos os esforços e elixires de Majé remediavam. Sessenta e sete *Motirõ* após sair do ventre de sua mãe, *pindara* Iãkecan morreu, tal como Monâ havia prometido no ritual do *aman paba*.

A mãe tempo dava, a mãe tempo tirava.

A aldeia Otinga cantava e dançava em nome de Iãkecan, pedindo que Iara o recebesse de braços abertos na Ibi Além. Os sons distantes e abafados do ritual mantinham Obiru acordado. De todas as proibições impostas aos *capanema*, nenhuma era tão azeda quanto o banimento das celebrações. Durante os rituais, os anciões *guariní* fumavam e cantavam, e todos os homens dançavam juntos, fossem *pindara* ou *arátor*, *munducuru* ou *pora-pó*. As carnes viam-se livres dos epônimos, os *exanhé* se abriam aos conselhos dos espíritos e os homens dividiam uma união que ia além da carne e do sangue. Obiru por muitas vezes ia dormir ninado pelos sons dos rituais sepulcrais, imaginando como seria belo padecer e ser lembrado e homenageado com tanta alegria e cor.

Pensar naquela alegria inatingível era o suficiente para fazer o *capanema* chorar de tristeza, entretanto, naquela noite, ele sorriu. No firmamento noturno, Airequecê brilhava com toda sua corpulência alva, enchendo de alegria e otimismo o *exanhé* de Obiru.

O *cairé* havia chegado e amanhã ele seria livre para fazer o que quiser.

O dia que seguia o *cairé* era sagrado para as aldeias filhas de Airequecê, e todo trabalho era proibido. *Abaetê* Ubiratã passava seu dia de folga conversando com *munducuru* Leri sobre o futuro de Kaluanã, que, por sua vez, aproveitava a falta de compromissos para dormir em sua rede até tarde. *Guariní* Pavuna corria com seus amigos *guariní* pelas matas selvagens, e *capanema* Marani namorava seu amado. E por mais que os ossos de Obiru estivessem cansados e moídos pelas obrigações de *capanema*, não havia fadiga que o prendesse na oca de seus pais no dia que seguia o *cairé*.

O menino desceu até a praia com seus amigos Concha e Emarã. Era costume dos três passar o dia de repouso às margens das águas de Iara. Enquanto Obiru e Concha brincavam no raso, Emarã, que era filha de *pindara* e a única do trio que sabia nadar, aventurava-se em águas mais profundas.

Quando a pele não aguentava mais as carícias quentes de Aram, os três descansavam sob as sombras de uma pitangueira e compartilhavam pitangas e histórias engraçadas. Como sempre, Concha, com suas narrativas e imitações exageradas, era o centro das atenções, levando Obiru e Emarã ao riso.

No pouco tempo que pospunha o *cairé*, os amigos *capanema* podiam ser aquilo que o mundo os proibia ser: crianças a brincar.

— Você ouviu que *mitanguariní* Kaluanã perdeu uma luta contra *mitanguariní* Sabará? — perguntou Obiru, que brincava com Concha de fazer desenhos na areia. — Como pode a reencarnação de Kami perder para um *mitanguariní* com um *aman paba* de setenta e dois *Motirõ*?

— Pode ser que *mitanguariní* Kaluanã não seja a reencarnação de Kami. Talvez seja a menina cuja cor da luz não tem nome, aquela de Ivituruí, a que descobriu como derreter pedras — disse Concha, que prestava mais atenção em Emarã a nadar do que nos desenhos e nas palavras de Obiru.

— Uma garota? Não. Kaluanã recebeu um *aman paba* tão grande que nem mesmo Majé conseguiu contar. Ele viverá tantos *Motirõ* que enterrará todos que estão vivos agora e seus filhos, e os filhos de seus filhos, e os filhos dos filhos de seus filhos — disse Obiru, com uma mistura de inveja e fascinação.

— Isso me soa mais como um castigo do que como um presente divino.

Concha levantou-se e ficou nas pontas dos pés, tentando encontrar Emarã no meio do azul. O menino andou até a beira d'água e sentiu os pés afundarem na areia molhada. Ele gritou pela amiga, mas a única resposta que ouviu foi o vento.

Vagas tímidas avançaram sobre a praia, apagando os desenhos das crianças.

— Ela deve estar mergulhando — disse Obiru, tentando acreditar em suas próprias palavras inocentes.

— Ela não mergulha quando nada além da arrebentação.

Obiru correu em direção a um grupo de *pindara* clamando por socorro. O menino explicou a situação aos pescadores e pediu assistência no resgate da menina. Os *pindara* acompanharam Obiru até o local onde o perseverante Concha aguardava o retorno da amiga.

— Vocês não vão nadar e salvá-la? — perguntou Obiru.

— Para salvar a *capanema* filha de *pindara* Xantã? — perguntou *pindara* Juayhu, sem compreender o desespero do menino.

— Claro — respondeu Obiru.

— Para que arriscar os meus amanhãs por uma *capanema* em seu *Motirõ* de Monâ? Ela é de Iara agora.

A noite caiu e Concha ainda estava à beira-mar, aguardando por uma luz que já havia se apagado. Obiru permaneceu ao lado do amigo, na esperança de que sua companhia diminuísse a ausência de Emarã.

— Ela virou um boto — disse Concha.

O *capanema* começou a contar uma história de beleza melancólica sobre uma menina que havia se recusado a perecer sob a mediocridade dos homens e decidiu entregar-se às graças de Iara, virando boto.

Naquela noite, na aldeia de Otinga, ninguém dançou ou cantou em nome de Emarã, mas a menina seria recebida pelos deuses embalada pelas histórias e lágrimas de um *capanema* chamado Concha.

O RITMO DA VIDA

Nos últimos dias do *ara ymã*, na alvorada e no crepúsculo, o cantar dos corrupiões trazia chuva à Itaperuna. As aves de plumas amareladas e gorjear mélico, nativas daquela região, ninhavam nos ramos da grande Aroeira, um jequitibá branco que rasgava o firmamento com sua imensidão floral. A árvore, o primeiro verde a brotar do chão da Ibi, encontrava-se no meão da aldeia, com suas casas construídas sobre palafitas e seus canais de águas calmas e escuras, que serviam como vielas de transporte para seus habitantes. A aldeia, erguida sobre o lago Tenochtitlan, era o lar do jovem Eçaí, que gostava de fugir de seus compromissos e responsabilidades para dormir na rede que ele mesmo havia pendurado no cume de dois pinheiros. O garoto podia descansar sossegadamente nas alturas, pois seu povo, acostumado a navegar sob as afluências dos rios, não tinha o costume de olhar para cima.

Como se isso não fosse o bastante, o garoto também podia contar com suas orelhas de jaguatirica.

O ostracismo de Eçaí, no entanto, não vinha de uma propensão ao ócio ou uma demonstração de indolência, o *mitanguariní* simplesmente não compartilhava do mesmo apetite que seus irmãos e irmãs de aldeia e não se importava com as glórias do ritual do Turunã. Eçaí queria compor palavras engraçadas e viver seus dias em uma velocidade mansa, com menos detalhes e minúcias. Se quisesse pescar, seria *pindara*, se quisesse caçar, seria *guariní*, e se quisesse plantar, seria *arátor*. Queria viver na quietude das flores e resplandecer sem ambições de epônimos.

Em breve a chuva vai cair, pensou.

Sua audição acurada captou o barulho de gotas d'água se formando antes mesmo que elas rasgassem o ar em sua queda chovediça. Só então os corrupiões cantaram e as nuvens choraram.

Eçaí desceu de seu leito nas alturas e começou a remar pelas margens do rio Arariboia. Estava a caminho de casa, aproveitando o sossego do cenário e as canções do silêncio. O caiaque do menino abria caminho pelas ninfeias e suas belas flores, enquanto borboletas de asas amarelas flutuavam pela garoa, e micos pulavam de galho em galho, e audaciosos cardumes de curimatãs nadavam perigosamente perto da superfície. As orelhas felinas de Eçaí eram capazes de escutar o zunir distante das muriçocas, que encontravam o silêncio no coaxar dos sapos, e o grunhir desesperado de uma cutia ao ser devorada por uma sucuri esfomeada. Independentemente da luz ou da escuridão, da bruma ou do vapor, a natureza não falhava ao encantar.

Guariní Malinali aguardava o retorno do filho com braços cruzados e trovões nos olhos. A mãe conhecia bem Eçaí, sabia do seu talento nato em sumir durante os treinamentos, tendo sido informada de sua mais recente ausência pela boca do próprio mestre das pescas, *pindara* Huenupan.

— Quantas vezes eu já disse que não quero você vagando pelas matas de Cajaty? — disse Malinali, com um pavor que excedia o desassossego materno ordinário.

Possuir partes de animais era tido como uma peculiaridade afrodisíaca, e Malinali já via certa volúpia nos olhos das meninas que brincavam com Eçaí. *Ele é o menino mais lindo de toda Ibi*, ouvia frequentemente. O *mitanguariní*, que tinha apenas onze *Motirõ* de idade, sempre fora papa-ricado pelas mulheres de Itaperuna, mas, recentemente, a encadeação das carícias preocupava a mãe, que via nos olhos do filho o fascínio pelo xodó alheio. A concupiscência, no entanto, era a menor de suas aflições, ela temia mesmo a predisposição à amotinação do menino, assim como sua admiração pela natureza selvagem, atitudes que resvalavam na superfície de um segredo que Malinali tentava a todo custo manter escondido. Mas a mulher sabia muito bem que, a despeito da profundidade do mergulho, segredos boiam.

— Esses sumiços não fazem bem para você, filho — bradou Malinali.

Eçaí coçou as costas da mãe e perguntou sobre a janta.

— Os treinamentos servem para que você seja forte o suficiente para sobreviver ao Turunã. A jornada é árdua, filho, e sem o treinamento completo, é mortal.

Eçaí andou até a parede do seu quarto e examinou as figuras que havia desenhado. Pintados com urucum, os símbolos serviam como uma forma de dar vida às suas palavras engraçadas, ideias e sensações tão belas que precisavam ser rimadas e preservadas de alguma forma, mesmo que só ele compreendesse seus reais significados. O menino partiu algumas sementes, melou os dedos com a secreção abrasada e desenhou a imagem de uma serpente alada.

— Filho?

Eçaí encarou a mãe e sorriu com uma jocosidade irreverente. A beleza incandescente do menino era difícil de resistir, principalmente quando sua mente estava determinada a usar seus encantos para ter as coisas do seu jeito. O pai de Eçaí, *abaetê* Huitzilopochtli, no entanto, era imune aos gracejos do filho, e com a proximidade do ritual do *ara pyau*, sua paciência era de jiboia.

— Amanhã é um dia sagrado e eu espero que você compareça à cerimônia e honre o sacrifício da oferenda. — Huitzilopochtli não tinha a fome das conversas, e o tembetá preso em seu lábio só se movia nos mais raros dos casos.

Quando a aurora magenta brotava por entre os cumes verdes, e o mesclar das cores era de uma perfeição corriqueira, a dança em nome de Aram iniciava as celebrações do ritual do *ara pyau*, o dia mais longo do *Motirõ*. Os *pindara* com os maiores *aman paba* subiam a escadaria do templo de Monâ e lançavam a pesca do dia na fogueira, acesa em nome de Tata. Quando o ar cheirava a peixe, os *arátor* atiravam frutos e raízes nas chamas, agradecendo a colheita e a prosperidade. Os *guariní* cantavam e dançavam enquanto fumo era passado de mão em mão. O aroma da fumaça misturava-se ao cheiro de peixe queimado, impregnando Itaperuna com um perfume cinza. A solenidade era um banquete para os olhos e uma canção para os narizes. Mas apesar de todas as distrações dos sentidos, Eçaí tinha olhos apenas para o sorriso esculpido no rosto de *capanema* Ohtli, que havia se oferecido como sacrifício naquele *Motirõ*. O garoto, apenas dois *Motirõ* mais velho que Eçaí, sorria com a possibilidade de poder restaurar a honra de sua família. Ao ofertar-se como *teçá*, o *capanema* viraria um dos olhos de Monâ e seu martírio traria glória a sua família.

O sangue de uma teçá purifica o sangue capanema e ele é recebido com festa na Ibi Além.

No topo do templo piramidal, erguido em nome de Monâ, *abaetê* Huitzilopochtli, que trajava suas vestes cerimoniais repletas de penas coloridas e peles de animais, entoava o canto de Aram. Eçaí foi então tomado pela euforia que se espalhou pela aldeia, e o *mitanguariní* focou sua atenção em todos os detalhes que seus sentidos conseguiam captar. A pele conseguia sentir as cores que emanavam dos sorrisos e da dança, e o nariz, embriagado pelo perfume do fumo e do peixe a queimar, conseguia cheirar a felicidade dos homens e das mulheres. Eçaí escutava cada coração a bater, e aquela canção levou lágrimas aos seus olhos.

A beleza daquele momento demandava palavras engraçadas.

Aram estava em seu ponto mais elevado quando todos os olhos de Itaperuna miraram *capanema* Ohtli, que subia as escadarias do templo com um sorriso esculpido entre suas orelhas, o mais puro e honesto sorriso que Eçaí já testemunhara. Ohtli deitou-se sobre o leito sacrificial e descansou as mãos sobre seu umbigo — ele estava, pela primeira vez em sua vida, em paz com o mundo. *Abaetê* Huitzilopochtli mirou a valentia nos olhos do menino e sentiu-se honrado.

— O homem nasce incondicionalmente desprovido de posses. Nossos corpos não nos pertencem, por isso, na morte, ele volta à terra, sua verdadeira dona. Nosso *exanhé* não nos pertence, por isso, voltamos à Ibi Além no dia do nosso *aman paba*. Que Monâ receba essa oferenda de braços abertos, pois este corpo se entrega a ela.

A lâmina rasgou o peito de *teçá* Ohtli, que se apagou com um sopro contente. Sangue brotou de sua pele em filetes sinuosos, que lembravam as raízes da grande Aroeira. O sacrifício concluiu as oferendas do *ara pyau* e todos os *exanhé* de Itaperuna, com exceção dos *capanema*, dançaram e cantaram em desjejum até Aram se pôr. E quando o pai do dia finalmente decidiu descansar, olhos temerosos testemunharam enquanto a luz divina sumia no horizonte verde. Durante o crepúsculo do *ara pyau*, quando o céu se pintava de vermelho e amarelo, a jubilação nos rostos dos homens, mulheres, crianças e anciões era subjugado por um medo que só podia ser comparado ao tamanho da fé daquele povo.

Eles temiam o *yamí ybapiranga*.

No início das coisas, antes da primeira geração de homens, Aram e Airequecê apaixonaram-se pela Ibi e o desequilíbrio do amor e da morte se deu, contou Huitzilopochtli a Eçaí, propagando as histórias que ouvira desde pequeno. *Arrebatados em paixão, Aram e Airequecê dividiram o mesmo firmamento, e a Ibi viveu sob a noite de luz vermelha, e o sangue escorreu, e a terra estragou, e o horizonte sumiu, e somente sentimentos feios nasceram. Foi quando Monâ, a mãe do tempo, decidiu criar o dia e a noite, os Motirõ e o aman paba.*

Aram finalmente dormiu, Airequecê brilhou no tapete da noite, o banquete foi servido e todos puderam comer. Eçaí degustava um pouco de carne de pirarucu ao lado de *pindara* Tonauac, uma das poucas luzes da aldeia que não o entediava por completo.

— Você já pescou algo tão grande assim? — perguntou Eçaí ao amigo pescador.

— Claro. Maior até — respondeu Tonauac.

— Amanhã, eu gostaria de sair para pescar com você.

Pindara Tonauac encarou o amigo, perplexo pelo pedido tão fora de caráter.

— Não é você que gosta de fugir de suas obrigações?

A resposta de Eçaí foi um sorriso de boca cheia e um silêncio travesso.

Com a fome saciada, os velhos sentaram-se para fumar e descansar, ao tempo que os jovens conversavam e brincavam sob os afagos da luz branca de Airequecê. *Abaetê* Huitzilopochtli, cansado das obrigações do *ara pyau*, descansava sua cabeça sobre o colo de *guariní* Malinali para receber um pouco de cafuné.

— Eçaí não vai voltar do Turunã se continuar com essas irresponsabilidades — disse o *abaetê* em um suspiro exausto.

— Ele não vai se tornar um *anhanguera* — retrucou Malinali, sua voz tinha um tom de rispidez descabida.

Abaetê Huitzilopochtli levantou e fitou a bravura nos olhos da mulher.

— Se você acha que ele tem força suficiente para sobreviver ao Turunã, você desaprendeu a ver as coisas, Malinali. Cajaty vai ver o quão fraco e despreparado Eçaí é e vai engoli-lo. O *aman paba* dele não servirá de nada se ele não fizer por merecer.

— Eçaí é mais forte do que você imagina. Há dentro dele uma força pura, capaz de... — A língua traiu a mulher e, por um breve momento, ela quase se afogou nas próprias mentiras.

— Eu também tenho orgulho da força que Eçaí carrega dentro dele, Malinali, mas o Turunã vai exigir dele muito mais do que simplesmente força. O tempo de treinamento desperdiçado será cobrado eventualmente.

Todos os vaga-lumes de Jacamim brilhavam no céu desanuviado e o reflexo de suas luzes cintilava na superfície marasmada do lago Tenochtitlan, pois até Votu e seus ventos descansavam naquela noite sagrada. A preguiça tomou conta dos homens e da natureza, e até o tempo de Monã pareceu ter parado para descansar. Eçaí andava na companhia de *arátor* Capotira, aproveitando a placidez que tomava conta de Itaperuna. Capotira era uma das meninas que não resistia ao charme das orelhas de jaguatirica de Eçaí. O apego da garota transbordava por seus olhares perdidos e pelas palavras que lhe fugiam à língua. Os sentimentos da *arátor*, entretanto, passavam despercebidos por Eçaí, que se via perdido nas graças do mundo prestes a dormir.

— Como o mundo soa para você? — perguntou Capotira, uma menina de rosto alongado e ossos compridos.

— Como?

— Eu vejo como suas orelhas se movem de um lado para o outro, escutando algo que não passa de silêncio para mim.

— Bem... — Eçaí pausou e coçou a cabeça — ele soa confuso, eu acho. Bagunçado. Mas, quando me concentro e foco em um som só, todos os ruídos desnecessários ficam mudos e posso escutar coisas que parecem não pertencer a este mundo. O vento, quando passa pelas folhas secas, chilreia como os curiós, e o sibilar das cobras parece com o som que o fogo faz ao morrer.

Capotira aproximou-se de Eçaí e sentiu o seu perfume natural, cheiro de grama e cinzas.

— O que você escuta agora?

Eçaí fitou o rosto da *arátor* e sorriu. O menino fechou os olhos e suas orelhas começaram a perscrutar as soadas que os envolviam.

— Cigarras cantando nas margens do lago Tenochtitlan, e consigo escutar os frutos de caju caindo do pé que *guariní* Xiuhcoatl plantou ao lado de sua casa. Um pouco mais adiante, uma ninhada de araçaí está chocando.

— E o que mais?

Eçaí não compreendeu aonde a menina queria chegar com todas aquelas perguntas, mas consentiu com sua curiosidade.

— Três garças acabaram de levantar voo porque algo grande acabou de rasgar a superfície do lago. Pelo som, deve ser um jacaré-de-papo-amarelo ou uma surucucu.

— E o que mais? — a menina aproximou-se um pouco mais de Eçaí.

— Ajudaria muito se você me explicasse o que exatamente você está procurando.

— Algo mais próximo.

O *mitanguariní* fechou os olhos e concentrou-se no silêncio. O mundo começou a fechar-se e a esfera do campo sonoro diminuiu ao tempo que as cigarras não cantavam mais e ele não escutava mais os cajus caindo ou o voo das garças. E quando o mundo resumiu-se à mudez de sua concentração, o menino deixou-o crescer um punhado.

— O barulho mais próximo é o som de seu coração batendo.

— E como é o som dele?

— Rápido, como o bater de asas de um majuí.

Capotira pegou a mão de Eçaí e a prensou contra seu peito. Ao sentir a pele lisa daquele que era o alvo de seu afeto, o coração da menina descobriu novos ritmos frenéticos, disparando em uma revoada quente e trôpega, entregando Capotira a um entorpecimento que a seguiria até a escuridão final.

— Lembre-se desse som. Lembre-se muito bem dele. Esse é o som do *moronguetá*.

Capotira afastou-se com passos acelerados e inquietos, forçando-se a engolir as onomatopeias de seu desalento. As orelhas de jaguatirica do *mitanguariní*, todavia, escutaram seu choro.

Era a primeira vez que Eçaí testemunhava a força do *moronguetá*, o sentimento puro, verdadeiro e inquebrantável. Ele jurou a si mesmo, naquela noite, nunca deixar que seu coração cantasse aquele canto que fazia a menina Capotira chorar.

Juramento que ele quebraria com um sorriso alegre e bobo.

AS LIÇÕES DE UM NOVO TEMPO

Payni Caturama contemplava Aram nascendo sob o mar de Otinga pela primeira vez em mais de sessenta *Motirõ*. Era como se o cheiro da brisa à beira-mar nunca houvesse abandonado seus pulmões, e aquela primeira aspirada matinal, naquela praia tão familiar, o fez acreditar que era novamente um *mitanguariní* em treinamento para o ritual do Turunã.

Quantas vezes seus pés marcaram aquela areia fofa? Quantos peixes pescou naquelas águas? Quantas pacas caçou naquelas matas?

Os velhos carregam seus ontens nas costas. Por isso andam curvados: o passado pesa muito, concluiu Caturama ao sentir as tímidas vagas de Iara baterem em seus pés, cansados após aquela longa jornada.

Quando a viagem a Otinga ainda era uma ideia a viver entre as orelhas de Caturama, *guariní* Jupi, o conselheiro mais sábio do *payni*, procurou-o para compartilhar seus temores com relação aos perigos de deixar Mboitatikal. *Eu não acredito que seja uma escolha sensata passarmos o ritual do ara pyau longe do Ipitatá*, disse Jupi, referindo-se à primeira chama. *Há algo que atormenta minha luz sobre essa viagem.*

Incontáveis passos separavam aquele momento do agora, e a visita à sua terra natal havia se mostrado de suma importância.

Payni Caturama era um homem com fortes laços espirituais. Ele conseguia ver nas cores do mundo um vento novo que se aproximava. Não era a simples descoloração do *ara ymã* mudando para o *ara pyau*, mas sim a chegada de uma nova era. *A luz azul de Kaluanã é o segredo*, pensou Caturama, que encontrou grande contentamento ao constatar que *abaeté* Ubiratã era um bom líder para seu povo. *Uma pena que ele seja pontudo feito pinaúna.* A aldeia havia crescido de tamanho, as ocas estavam bem cuidadas e as plantações, principalmente as de mandioca, eram tratadas com muita seriedade e dedicação. Sob a chefia de Ubiratã, os *guariní* da aldeia eram caçadores fortes e habilidosos, e os *mitanguariní,* bem treinados e empenhados.

Durante as celebrações do ritual do *ara pyau*, os líderes sentaram frente a frente e puderam conversar, pela primeira vez, sem o intermédio das Majé.

— Eu sempre achei que você fosse mais alto — disse o *payni*, acreditando que seu humor seria o suficiente para adocicar a fachada azeda de Ubiratã.

Mas a circunspecção do *abaetê* provou-se mais inflexível do que Caturama havia antecipado, e a conversa progrediu pelas diretrizes da cordialidade formal. Os homens trataram sobre o fluxo intenso e crescente da venda de ferro e sobre o *ara pyau*, que a cada *Motirõ* ficava um pouco mais longo.

— O derretimento das pedras em Ivituruí, e o nascimento de Kaluanã, e os sussurros dos *anhanguera,* e Aram cada vez mais namorador, tudo anuncia a aproximação de uma nova era, *abaetê* Ubiratã. As cores não mentem, a Ibi está mudando.

— E o que você acha que pode acontecer, *payni*?

— Isso só Monâ sabe. Mas temo o que o homem pode descobrir com as mudanças. Essa sede pelas pedras derretidas é algo novo. Vejo nos olhos dos homens e mulheres um sentimento feio.

— Também noto isso, *payni*. Uma fome sem apetite.

— Sim.

O único momento em que Ubiratã mostrou certa leveza foi ao tratar do destino de Kaluanã como futuro *payni*. O *abaetê* demonstrava grande afeto pelo garoto, e conversava sobre os amanhãs do *mitanguariní* como se este fosse luz de sua luz. Mas Caturama conseguia compreender a empolgação de Ubiratã, o garoto Kaluanã era realmente exemplar. Dedicado e obstinado, seus conhecimentos e maturidade excediam qualquer expectativa que o *payni* pudesse ter ao seu respeito. *Se há alguém digno de ser a encarnação de Kami, não há luz mais apropriada que você*, disse Caturama ao conhecer Kaluanã.

— Vai nadar, *payni*? — perguntou *pindara* Guaci, trazendo Caturama de volta ao presente.

— Não. Bem que eu gostaria de passar o dia todo a banhar-me nas águas de Iara, mas, infelizmente, não posso.

— Por que não? Você pode fazer o que quiser.

— Não, não posso.

— Você é o *payni*, quem é que vai contestar suas escolhas?

— Dos *capanema* ao *payni*, todos somos cativos às regras de nossa Ibi.

Pindara Guaci parou de arrumar seus equipamentos e mirou os olhos serenos do *payni*.

— Como é que você se compara a um *capanema*?

O desgosto esculpido no rosto de Guaci era inusitado, havia um ressentimento anormal em seu cenho cerrado. Caturama sabia que era melhor não continuar aquela linha de discussão com uma pessoa que guardava tanta mágoa sobre o assunto. *Sob a raiva e as sobrancelhas curvadas, não há diálogo. Há apenas o desentendimento.* O *payni* considerou o assunto por encerrado e deixou que a *pindara* continuasse suas preparações para a pesca sem ouvir sua réplica. Mas aquele sentimento de cor desagradável incomodou o *payni* — Guaci era uma mulher muito jovem para ter um espírito tão irascível.

Caturama subiu a duna que delimitava o fim da praia, atravessou a mata que tão bem conhecia e andou até encontrar o lar da pessoa que primeiro viu sua luz. O cabelo colorido, feito de penas de arara, permanecia idêntico à imagem que o *payni* carregava em sua mente, mesmo após tantos *Motirõ*.

Encarar os olhos das Majé era fitar o ontem, pois enquanto tudo perecia às rugas do tempo, as curandeiras que viam os amanhãs permaneciam sempre as mesmas.

— Não posso dizer o quanto eu aguardava ver seu rosto novamente — o sorriso do *payni* resplandecia com nostalgia, e o homem mais poderoso da Ibi mostrava seus dentes com a inocência de uma criança.

— Você me viu não tem muito tempo, *payni*, na nossa última reunião. — A oca de Majé era um grande vão aberto, com exceção de alguns sacos de ervas e ossos que ela mantinha para confecção de chás e elixires. Aves de diversos tamanhos e de plumagens coloridas voavam livres pelo recinto.

— Eu me referia a você, Majé, não a sua irmã de Mboitatikal.

— Todas as Majé são uma. Se você se refere a mim, se refere a minha irmã de Mboitatikal.

Caturama riu com o afeto impassível de Majé e como sua mente era ignorante às peculiaridades dos homens.

— Eu senti saudades do *seu* rosto — continuou o *payni*, sabendo que sua réplica não seria compreendida pela curandeira.

Quando ainda um *mitanguariní*, Caturama tinha o hábito de caçar insetos para dar de comida aos filhotes de aves que viviam com Majé. Foi em uma dessas longas caminhadas, entre besouros e gafanhotos, que Caturama viu pela primeira vez o couro de carvão dos *anhanguera*, os espíritos dos homens engolidos por Cajaty durante o Turunã. O *anhanguera* possuía a fisionomia de homem feito, mas sua tez era de um amarelo doente, coberta por uma grossa camada de betume. Desenhos em tinta amarela cobriam seu corpo, seu septo nasal era perfurado por dezenas de espinhos de pinaúna e seu lábio era adornado por um tembetá de jacarandá. O medo paralisou os pés de Caturama, que apenas contemplou enquanto o *anhanguera* aproximava-se. Eu conheço todos vocês, e eu vi todos vocês, e eu trarei ao homem o fim de todas as cores, disse o espírito perdido, cuja cor da voz Caturama jamais esqueceu. O mundo é um ovo na boca da serpente e seu veneno queimará tudo e todos. Taía Kulkulcán tem fome. Taía Kulkulcán tem sede.

— Desde que cheguei à Otinga, eu sonho com o *anhanguera*, Majé.

No topo do espinhaço de Ibaté, no ponto mais alto da Ibi, Majé Ceci temia o que estava por trás daquela informação que acabara de ouvir.

Os sonhos são a forma que Monã encontra para avisar a carne sobre o que está por vir.

Majé Ceci andou até o canto escuro de sua casa, tirou alguns gravetos de um dos seus ninhos de coruja e lançou-os na fogueira, lavando as palmas das mãos com a fumaça, procurando em suas tremulações os ontens que o tempo não apagou. Ela reviu a primeira geração do homem, que nasceu sob as reminiscências do *yamí ybapiranga* e que herdou dos espíritos uma dívida de sangue. Majé Ceci lembrou-se da luz primigênia daquela era, um menino cujo *aman paba* nunca terminaria e cujo *exanhé* não pereceria com o passar dos *Motirõ*.

Monã nomeou-o Kami, e ele foi criado como um deus, amamentado pelas mais fortes mulheres de Mboitatikal e paparicado com oferendas de homens devotos. Quando criança, enquanto brincava com outros de sua idade, Kami tropeçou nos pés de uma menina chamada Capanema, caindo e cortando-se. O ferimento foi superficial, mas a sequela que aquela queda teve em seu *exanhé* provou ser a escuridão de sua luz. Ao ver a pele rasgar, Kami provou o sabor de uma mortalidade que até então acreditava ser-lhe negada. O menino passou a não mais sair para caçar ou pescar, e, em pouco tempo, nem mesmo brincava de escalar árvores. Aos dezessete *Motirõ*, já não era mais o mesmo menino cheio de vida e de apetite que corria pela aldeia. Sem o toque de Aram, a sua pele amarelou e o medo gangrenou seu *exanhé*. Em sua reclusão, o menino Kami desenvolveu seus conhecimentos, estudando as cores e os sete espíritos filhos da Ibi, aprendendo com as Majé a habilidade de ver os amanhãs. Porém, para completar seus estudos, teria que ir sozinho até o topo da montanha Ibaté e buscar o *eçapira*, aquilo que ele mais desejava. Despreparado, o menino perdeu-se no caminho, engolido pelo verde de Cajaty, sendo a primeira vítima dos *anhanguera*.

  Desde então, os homens aguardam a reencarnação de Kami para que ele possa concluir a eternidade que lhe foi roubada.

  — Ele te diz algo no sonho, *payni*? — perguntou Majé.

  — Ele repete a frase que falou quando o vi. *O mundo é um ovo na boca da serpente e seu veneno queimará tudo e todos. Taía Kulkulcán tem fome. Taía Kulkulcán tem sede.*

  Os ouvidos de Majé Ceci arderam em uma comichão de surpresa.

Taía Kulkulcán está mudando o tempo de Monâ, por isso o amarelo insolente que embaça os amanhãs.

  Muitos *Motirõ* de esquecimento soterravam a origem daquele nome, que tinha um sabor amargo, porém estranhamente familiar.

  — Você entende o que isso significa, Majé?

  — Isso significa que temos que preparar bem nossos *mitanguariní*, *payni* — disse Majé. — De hoje em diante, os rituais do Turunã serão mais perigosos, pois muitos dos amanhãs que eu vejo não acontecerão.

∞

Obiru estava deitado em sua rede, amargurando mais uma decepção. Ele remoía os acontecimentos de trás para a frente, tentando achar o exato momento em que tudo deu errado. Não era a primeira vez que o menino praticava aquele exercício e, por experiência, sabia exatamente como terminaria sua noite: dormiria desejando nunca ter nascido, pois essa era a raiz de todos seus desalentos. Apertava os olhos e cerrava o cenho, tentando apagar da memória a expressão de vergonha e descontentamento no rosto de seu pai.

Os *capanema* tinham sido convocados para auxiliar os *pora-pó* na fabricação de vasos e pratos de cerâmica, e Obiru mal conseguiu conter sua empolgação — qualquer serviço que o afastasse da tarefa de descascar mandioca era apreciado. Os *pora-pó* preparavam louças e vasos de barro como presentes de despedida para a caravana do *payni*, e os *capanema* ficaram encarregados de preparar a argila, já que a demanda de artefatos excedia o número de *pora-pó* disponíveis.

Com o apagar da luz de Emarã, os lábios de Concha firmaram-se em um abatimento embatucado, e Obiru não conseguia evitar a sensação de que dois *exanhé* haviam se afogado naquele dia que sucedeu o *cairé*.

Seu amigo Concha passou a ser uma presença ausente.

A tarefa encarregada aos *capanema* era simples: molhar o barro para que sua consistência permanecesse maleável. *Tão fácil que nem você consegue estragar*, pensou o menino, que sempre fora fascinado pela competência e criatividade dos *pora-pó*, que achavam formas e desenhos que ele nunca imaginaria ser capaz de fazer. *Capanema* Diacira e *capanema* Peri aproveitavam a distração de *capanema* Marani para fazer pequenas bolinhas de argila e lançá-las no rosto de Concha, que permanecia imoto, indiferente à troça dos companheiros. Obiru queria levantar e obrigá-los a parar com aquele tormento, mas o prospecto de confrontar alguém o aterrorizava e o enraizava ao chão. Durante o almoço, enquanto os *pora-pó* saciavam suas fomes, as pirraças de Diacira e Peri intensificaram-se, mas a paciência do menino Concha só esgotou quando Peri ofendeu a memória de *capanema* Emarã. Concha lançou-se em cima do companheiro em um pulo inesperado. Como nenhum dos dois sabia brigar propriamente, os braços esquálidos acertavam mais ar que carne, e a cena seria cômica caso as emoções e repercussões não tivessem sido tão trágicas. Diacira entrou na briga empurrando Concha, limando qualquer chance de defesa do garoto.

Parem!, gritou Obiru, encolhido no canto da oca, chorando em desespero. Ele queria defender o amigo, mas as pernas pesaram com o fardo que todos os covardes carregam.

Concha, percebendo que estava em desvantagem, puxou um dos vasos já finalizados e acertou-o na cabeça de Peri, levando o *capanema* ao chão. A argila já havia endurecido, cortando a têmpora do rapaz, que sangrava desacordado.

Abaetê Ubiratã, escutando a algazarra na oca dos *pora-pó*, correu em direção ao tumulto, temendo que algum animal tivesse invadido a aldeia. Por mais que esse cenário fosse trágico, o grande guerreiro desejou que esse tivesse sido o caso, pois o que ele encontrou na oca dos *pora-pó* envergonhava-o e diminuía a sua luz: Obiru sentado no canto do recinto, chorando feito um fraco em vez de ajudar o seu melhor amigo.

— O que aconteceu aqui?!

A voz do *abaetê* era mais zangada que um trovão.

— Eu machuquei *capanema* Peri — respondeu Concha, arrependido pelo seu descontrole.

— Eu estou vendo isso — disse Ubiratã. — Esse no chão está a viver no *Motirõ* de Monâ?

— Não — respondeu *capanema* Marani, envergonhada pelo fato de não ter controlado seus subordinados.

— Pois trate de seu *capanema* e não deixem que o *jucá mairarê* caia sobre ele — disse Ubiratã a *capanema* Marani. — Você — o homem apontou seu dedo para Concha —, saiba que será castigado pelo vaso quebrado.

— Podemos chamar Majé? — perguntou Obiru ao levantar-se.

Ubiratã olhou para o filho, que limpava o rosto da secreção covarde que saía de seus olhos e nariz.

— Você, nunca mais ouse dirigir a palavra ao seu *abaetê*, *capanema*.

As palavras do pai ressoavam na mente de Obiru com a insistência do coaxar dos sapos. Repetiam-se, e repetiam-se, e repetiam-se, e repetiam-se, e o garoto não conseguia dormir. Cansado de olhar para o teto da oca, ele se levantou e andou até a praia, onde encontrou a irmã Naara e o seu pretendente, *guariní* Taiguara.

— Desculpa — disse o garoto, que não desejava interromper a intimidade do casal.

— Tudo bem — disse Naara. — Eu já estava voltando para casa.

— Já? — perguntou Taiguara, que ainda tinha carícias nas mãos.

— Já.

Naara passou pelo irmão como se fosse um completo estranho, atitude que Obiru já esperava; a frieza das irmãs não era estranha para ele. O garoto andou até o ponto em que a areia seca virava areia molhada e sentou.

Tudo o que ele queria era um pouco de paz.

Tudo o que ele queria era não ser ele.

— Sabe, para mim, não há nada mais bonito que os vaga-lumes de Jacamim — disse Taiguara ao sentar-se ao lado do garoto *capanema*.

Poucas vezes em sua vida alguém sentou ao lado de Obiru por escolha, e o menino, desacostumado às normas que todos conheciam, estranhou aquela companhia.

— Você está bem? — perguntou Obiru.

— Claro. E você?

O garoto *capanema*, que estava certo de que aquela interação era fruto de alguma troça, levantou e encarou o *guariní* nos olhos.

— Eu já vou.

— O que foi? — perguntou Taiguara, confuso pela reação.

— Eu sei que você planeja algo comigo.

— Eu planejava conversar com você, só isso.

— Um *guariní* conversando com um *capanema*?

— Pois, no escuro, há *capanema* ou *guariní*?

— *Aman paba* não respeita a luz e nem os olhos, *guariní* Taiguara. Eu sou um *capanema* aonde quer que eu vá.

— Eu estava lhe oferecendo companhia e uma conversa amiga, Obiru. Mas você parece se importar mais com seu epônimo do que eu.

Era a verdade e Obiru sabia disso.

— E o que é que você ganha conversando comigo?

— Uma conversa não é uma negociação, Obiru. Eu não preciso ganhar nada com ela.

Como a desconfiança não é um bicho que se mata na primeira investida, Obiru sentou-se ao lado de *guariní* Taiguara com olhos de soslaio.

— Vamos, deixe de suspeita. Senta! — disse o *guariní*, dono de um *aman paba* de setenta e oito *Motirõ*. — Como eu ia dizendo, os vaga-lumes de Jacamim são realmente belos, não?

— São.

— Uma das minhas histórias prediletas é o nascimento de Jacamim.

— Sabe os vaga-lumes de Jacamim que piscam?

— Sim — respondeu Taiguara.

— Meu amigo Concha inventou uma história só dele sobre a origem desses vaga-lumes.

— É mesmo? Conte-me.

Obiru estava acostumado a escutar Concha e suas histórias e encenações, tanto que conhecia todas no interior de sua luz. Mas aquela era a primeira vez que sua língua as pronunciava a ouvidos que não fossem os seus.

— Certa vez, um *capanema* que admirava a escuridão da noite viu que uma das luzes de Jacamim brilhava mais que as outras. E ela piscava para ele, como se flertasse. O *capanema*, que conhecia pouco dos carinhos, retribuiu o afeto. Mas o garoto, com o pescoço cansado de olhar para cima, resolveu dormir. O vaga-lume desgarrou-se do tapete da noite e desceu dos céus, transformando-se em uma moça de cabelos longos e dona do rosto mais belo que o *capanema* já vira. Os dois se tocaram e namoraram, mas a moça não podia ficar muito tempo na Ibi, pois morreria desgarrada do tapete da noite. Ela disse ao *capanema* que poderia levá-lo para morar nos céus, tornando-o também em um dos vaga-lumes de Jacamim. Quando o *capanema* chegou ao mundo da noite, o rapaz contou para todos os vaga-lumes de Jacamim como os homens *capanema* sempre corresponderiam aos afagos dos céus, já que não conheciam as carícias da terra. É por isso que elas piscam, namorando os *capanema*.

Taiguara, que havia escutado a narrativa de Obiru contemplando o firmamento, sorriu.

— É uma bela história, Obiru.

— Obrigado — respondeu o garoto *capanema*. — Meu amigo Concha conta as mais belas histórias.

∞

Os pés dos homens batiam no chão, levantando poeira e ritmando a música. Os mbaraká e os boré intensificavam a força do canto e os corpos iam para a frente e para trás, e as mãos balançavam e se apertavam, e a fogueira esquentava a noite fria, e Airequecê testemunhava o ritual do *bôca nambi*. O canto invocava a presença de Monâ, pois Kaluanã, com apenas onze *Motirõ* de vida, havia provado a força de sua luz e o tempo de furar a orelha havia chegado. Enquanto os homens dançavam em nome da mãe de todas as mães, Kaluanã tinha a pintura de *pu'ã* sendo aplicada em seu corpo. O desenho, que representava o tempo que Monâ costurava em todos os homens, era feito com extrato de jenipapo, cor de Iara, mãe das águas e do povo Otinga. O *pu'ã* era uma única linha ondulada, que começava no pé direito de Kaluanã, passava por sua virilha, subia por sua barriga e peito, seguia pelo braço direito, dava a volta, passava por suas costas e braço esquerdo, descia sua coluna e terminava em seu pé esquerdo.

A voz que ressoava com mais potência durante o *bôca nambi* pertencia a Ubiratã, que se via mergulhado em um orgulho sem fim pelo *mitanguariní*. E por mais que ele desejasse ter o prazer de furar a orelha de Kaluanã, ter *payni* Caturama finalizando o rito era uma honra muito maior, e, por isso, ele estava contente.

Como parte do ritual, as sete Majé, cada uma em sua aldeia, e Majé Ceci, no topo do Ibaté, abriram os olhos de seus *exanhé* e comeram os frutos dos sete espíritos. Uma folha de aroeira e um punhado de neve e um gole de rio e uma brasa em fogo e um suspiro de ar e uma gota de chuva e um pedaço de rocha tocaram as línguas das curandeiras, abrindo o *exanhé* para que Monâ entrasse.

Um sorriso atravessou o rosto de *munducuru* Leri ao testemunhar a luz de sua luz virando homem feito. Homem que, um dia, lideraria todas as aldeias da Ibi.

Kaluanã aproximou-se de Majé, certo de que aquele seria o início de algo muito maior do que ele conseguia imaginar no presente momento. A velha curandeira agachou-se, pegou um lindo vaso de barro e lançou-o na fogueira. O barro era uma representação do corpo, que nascia da terra mole, endurecia e eventualmente quebraria nas chamas do tempo. Quem havia feito aquele vaso em particular fora *pora-pó* Oribe, a mãe de Kaluanã, que, na noite anterior, havia deitado na rede com o filho e dividido com ele um pouco de suas palavras.

— Você conhece a história de como o porco-espinho nasceu, filho?
— Não, mãe.
— Pois bem, é uma história muito bonita.

Furar a orelha e ser visto como um homem era uma das coisas que Kaluanã mais desejava. Mas toda conquista carrega consigo sua parcela de perdas. O *mitanguariní* sabia que, assim que o adorno feito de osso atravessasse sua orelha, não poderia mais deitar sobre os seios da mãe e abraçá-la, não mais dormiria sentindo seu calor e o ritmo de sua vida. Kaluanã fechou os olhos, apertou a mãe e aproveitou aquele momento pela última vez.

— Em uma época em que só os homens podiam ser *pindara*, Iara entrou em uma teimosia sem fim, pois queria que as mulheres também pescassem. Mas os homens são bichos teimosos e não aceitaram. Iara se irritou, os peixes pararam de morder as iscas, e os *pindara* começaram a voltar para a aldeia de mãos vazias. Todo dia era a mesma coisa: as canoas eram lançadas ao mar, e o anzol era iscado, e os remos eram remados, e as linhas eram jogadas, e nada de peixe morder. Vendo isso, uma *arátor* chamada Bretã reuniu todas as mulheres que queriam pescar e juntas elas se aventuraram no balanço das águas de Iara. No final do dia, retornaram com uma cesta repleta de camury e piraju e piracema e uirí e abacataia e moreia e parati.

A rede balançava pouco, os vaga-lumes de Jacamim estavam todos à vista, e Kaluanã pensou que a vida poderia ter sempre aquela velocidade.

— Os homens, vendo a força das luzes das mulheres, sentiram-se pequenos e decidiram que havia alguma pajelança por trás da pesca. Quando Aram acordou no dia seguinte, os homens mandaram um juruti seguir as mulheres. Na praia, a ave viu que elas seduziam tartarugas, fazendo os animais pegarem os peixes em troca de beijos. O juruti, que naquele tempo tinha um canto alegre, contou aos homens o segredo das mulheres, e isso os chateou tanto que eles foram à praia e viraram todas as tartarugas de casco para baixo, matando-as. Iara, que já não estava muito feliz com os homens, ficou muito brava quando descobriu que suas crias haviam sido mortas sem um fim digno e prometeu punir os culpados. Quando os *pindara* saíram para pescar no outro dia, os peixes voltaram a morder as iscas. Os homens regressaram ao lar, contentes com sua vitória, assaram os peixes e comeram. Mas eles não sabiam que Iara havia posto uma pajelança na pesca, e as espinhas dos peixes prenderam nas gargantas dos homens, que começaram a gritar em dor. A cada berro, os espinhos cresciam de tamanho e de quantidade no bucho deles, saindo pelas costas, braços e pernas. Os *pindara* ingratos viraram porcos-espinhos e as mulheres puderam pescar.

A lição da mãe ecoava na mente de Kaluanã enquanto Majé pintava em sua testa o desenho de Monã — um triângulo com um círculo dentro, uma representação do tempo dado a Aram, Airequecê e Ibi.

— Que você seja sábio com o *aman paba* que Monâ lhe deu, Kaluanã. Que sua luz brilhe com intensidade e que o furo em sua orelha seja uma lembrança de seu dever e honra.

Payni Caturama aproximou-se de Kaluanã com o danhono, um osso de onça parda que era usado para furar as orelhas dos *mitanguariní*. O velho apertou o objeto contra o lóbulo do menino e sentiu o couro rasgar. Os *guariní* voltaram a dançar e *payni* Caturama puxou *mitanguariní* Kaluanã, agora homem, para uma conversa sob a vigília de Airequecê.

Os dois entraram na mata fechada que cercava a aldeia de Otinga, caminhando pelos poucos feixes de luz branca que conseguiam furar a folhagem densa e rica. A velha sensação de que olhos amarelos o seguiam voltou a atormentar o juízo de Kaluanã, mas logo a luz sábia do *payni* tratou de afugentar a ameaça. A cada passo que Caturama dava, vaga-lumes apareciam e começavam a dançar em volta do *payni*, iluminando seu corpo e deixando um rastro flavescente por seu caminho. Os insetos bailavam e giravam em torno do velho, que caminhava a passos vagarosos, sem pressa ou ambição. As araras começaram a grasnar, e os majuí começaram a trissar, e as cigarras a cigarrear, e as garças a gazear, e os sapos a coaxar.

A mata conversava com os homens.

Os dois andaram até uma clareira bem iluminada por Airequecê e sentaram sobre pedras cobertas por musgos.

— Quando retornar do Turunã, você será o *payni* da Ibi, Kaluanã, mas daqui até o dia em que completar dezoito *Motirõ*, a Ibi não será mais a mesma que é hoje. Uma nova era se aproxima — disse Caturama por trás da cortina de vaga-lumes que dançava em volta de seu rosto.

— Como assim, *payni*?

— Eu já vivi oitenta *Motirõ* e já vi mais do que meus olhos aguentam ver. Os homens estão criando e descobrindo sentimentos novos, a Ibi está nos dando novas ferramentas, os suspiros dos *anhanguera* estão cada vez mais nervosos e, a cada *Motirõ,* as coisas estão mudando mais e mais. Você será o *payni* dessa Ibi de velocidade mais apressada e precisa se preparar para isso.

— E como é que eu me preparo para tal coisa?

— O homem ainda não inventou muitas coisas, coisas que só as cores sabem, mas isso é só uma questão de tempo. Eu vou lhe contar algo que nunca dividi com nenhuma outra luz, algo que aprendi no meu Turunã.

— O quê, *payni*?

— Antes de entrar no Turunã, eu vi um *anhanguera* de perto, e ele me disse algo, algo que até hoje ecoa entre os meus ouvidos. Ele disse que Taía Kulkulcán, a serpente que voa e cospe fogo, sente fome e sede pela cor vermelha. Um grande desequilíbrio está por vir, Kaluanã. As aldeias de Aram e de Airequecê estão cada vez mais divididas. Os homens se esquecem de que todos nós somos filhos do tempo.

— E o que eu posso fazer para evitar esse desequilíbrio, *payni*? — perguntou Kaluanã, temendo o mundo que herdaria dos velhos.

— Mudar o que Monã controla é impossível, Kaluanã, nem mesmo Kami conseguiu. O que você deve fazer é dedicar seu crescimento com os espíritos com a mesma luz que dedica para a caça e a força. Kami falhou, pois era um sábio, não um guerreiro. Seu erro nos ensinou que um bom líder deve ser mais do que uma coisa só. Um *payni* não é só um *guariní*, ele não pode contar somente com a velocidade, a destreza e os punhos, mas sim com os segredos que carrega atrás dos olhos. Um *payni* tem que ser *pindara* e *arátor* e *munducuru* e *pora-pó* e *capanema*, só assim ele será realmente sábio. Quando eu estava em meu treinamento *guariní*, todos me alertaram sobre o que havia acontecido ao *mitanguariní* K'inich Yax K'uk' Mo, que teria sido o *payni* da Ibi caso não tivesse sido engolido pela fome de Aupaba — o rosto do velho murchou. — Até grandes luzes, com grandes *aman paba,* podem falhar durante o Turunã. Monã botou seus olhos, boca, orelhas e nariz próximos uns aos outros por um motivo. Pois é aqui — Caturama apontou seu dedo para a cabeça de Kaluanã, levando os vaga-lumes a voarem em torno dos dois — que o homem muda a Ibi.

— Certo, *payni*. Vou me dedicar a aprender os segredos das cores e da luz.

— Majé o ajudará nisso. Eu, porém, trouxe você aqui, neste que era o meu lugar predileto quando eu tinha sua idade, para contar o que eu vi e aprendi em meu ritual do Turunã, e sobre o *eçapira* que Majé Ceci me deu.

Quando Caturama completou dezoito *Motirõ*, ele e seus colegas *mitanguariní* largaram a vida que conheciam na aldeia de Otinga e partiram com *guariní* Paquetá em direção à aldeia de Mboitatikal, lar do Ipitatá, a primeira chama da Ibi, local onde o ritual do Turunã iniciava. Lá, Caturama conheceu a verdadeira grandeza da luz dos homens. Mboitatikal era toda construída em pedra, com templos que atravessavam o firmamento e pirâmides que desafiavam a força da Ibi. Ruas movimentadas e um comércio dinâmico davam vida à aldeia, feita de casas dos mais variados tamanhos e tipos, e com estátuas construídas em nome de Tata, Aupaba, Cajaty e Monã. Totens de madeira erguiam-se diante de Caturama, asseverando a enormidade dos deuses e o poder daquele povo. E foi naquele mar caótico de sons, pessoas e construções, que Caturama conheceu, pela primeira vez, jovens *mitanguariní* que pertenciam às demais aldeias da Ibi.

Em pouco tempo, ele estabeleceu uma amizade com *mitanguariní* Winikeneke, um homem de voz engraçada e olhos perdidos, nativo de Atibaia, filho de Votu, a mãe dos ventos. Winikeneke usava adornos estranhos chamados xanab, que abraçavam e protegiam seus pés. Caturama fez amizade também com uma *mitanguariní* chamada Xambré, uma moça que tinha o rosto perfurado por ossos de jaçanã e oriunda da aldeia de Tucuruí, filhos de Amanacy, a mãe das chuvas. E foi justamente Xambré que primeiro lhe contou sobre Ubiratã, o *mitanguariní* de Mboitatikal que havia se oferecido para o *joca ayty*, a troca de ninhos, e que seria o futuro *abaetê* de Otinga. Quando Caturama questionou sobre a possibilidade de conhecer o homem que chefiaria sua aldeia natal, ficou sabendo que o bravo Ubiratã já havia partido para o Turunã sem a companhia de outros *mitanguariní*, desafiando os segredos da Ibi sozinho.

— Todos conversavam sobre o corajoso Ubiratã e a força de sua luz. Aparentemente, fui o único que achou tal atitude extremamente tola — disse *payni* Caturama com um sorriso de velho sabido.

Kaluanã, que não apreciava os carinhos sufocantes de seu *abaetê*, riu.

— Quando o ritual do Turunã começou, mais de quinhentos *mitanguariní* adentraram o verde fechado de Cajaty e todos tinham em mente um único ideal: sobreviver até chegar ao topo do Ibaté. A maioria se aliou com seus parceiros de aldeia, formando pequenos grupos de ontens conhecidos. Primeiro, Kaluanã, eu aprendi que o homem age por desconfiança. Assim como a muriçoca, que só vê na teia da aranha o *jucá mairarê*, o homem vê o desconhecido com os olhos das costas. Ao perceber isso, fiz questão de me aliar a Winikeneke e Xambré e a um *mitanguariní* chamado Ibarantã, pois eu queria conhecer outras formas de ser, outras formas de sentir a Ibi. Não posso falar o que os outros descobriram em seu Turunã, mas o que eu descobri naquele *Motirõ* foi isso: o homem é um animal fascinante. Winikeneke aprendeu em sua aldeia a andar com os ventos e era capaz de correr para cima de árvores. Era algo realmente incrível. Já Xambré conseguia sentir as chuvas e sabia conversar com as águas. Não passamos sede em momento algum durante nossa caminhada. E Ibarantã, como um bom filho de Itaperuna, conhecia todas as plantas, flores e sementes da Ibi. O perigo do *jucá mairarê* é real e os sussurros dos *anhanguera* estão em todos os cantos, mas nunca em sua vida você verá coisas tão belas. As terras que ainda não foram tocadas pelos homens roubarão o vento de seus pulmões, Kaluanã. E os animais que ainda não conhecemos e que se escondem no grande desconhecido acompanharão seus pensamentos de rede até o dia do seu *aman paba*.

Kaluanã via, refletido nos olhos do velho *payni*, o brilho dos vaga-lumes a voar e das lembranças de um tempo que jamais voltaria.

— Monã criou o tempo em uma direção só, por isso, ela nos deu os sonhos, só assim o tempo volta.

Caturama, Winikeneke, Xambré e Ibarantã já tinham visto Aram e Airequecê trocarem de reino duzentas vezes quando conheceram os vales do Cabiru Manu, o rio morto das corujas. O nome provinha da lenda do Acauã Cabrué, a grande coruja branca que gostava de sobrevoar o rio e que um dia correu por aqueles cânions. E foi lá, onde o vento era capaz de derrubar as mais fortes árvores, que Caturama conheceu o lado ruim do Turunã. Enquanto os quatro *mitanguariní* atravessavam uma ponte de grama enrolada, um ser de estatura colossal emergiu das profundezas do Cabiru Manu e começou a circular os céus, ameaçando os homens com seu berro estridente.

— Há coisas na Ibi, Kaluanã, que nós não conhecemos e que por isso não têm nome. Nem o mais bravo *guariní* poderia ter nos treinado para enfrentar aquele ser, que eu chamei de Jubapira Acará Bebé.

A monstruosidade que rasgava os céus do Cabiru Manu tinha o corpo e o rabo de uma arraia, porém o pescoço e o bico eram de garça. Sua sombra era do tamanho de uma aldeia, asseverando a magnitude de sua destruição. Os *mitanguariní* começaram a correr pela ponte, que balançava e rangia com a força do vento. Caturama mirou o abismo embaixo de seus pés, cujo fundo não conhecia os toques de Aram. A grama enrolada era forte, porém instável, e o chão começou a dançar de um lado ao outro. O

Jubapira Acará Bebé desceu em um rasante destemido, deixando de acertar a ponte por muito pouco. O vento de sua velocidade, no entanto, acertou os *mitanguariní* em cheio, levando Ibarantã a sumir no precipício. Durante a investida, Caturama notou que a monstruosidade não tinha olhos e que a boca não ficava em sua cabeça de acará, mas sim na barriga, assim como as arraias. Ao chegarem no outro lado da ponte, eles perceberam que o Jubapira Acará Bebé havia voltado a rasgar os céus. O trio estava, finalmente, em solo estável, preparados para o combate, mas suas armas ainda pareciam pequenas demais para tal adversário.

— Quando se está diante de algo tão grande e formidável, você aprende que há várias formas de lutar e várias formas de vencer, Kaluanã, e nem sempre elas significam a derrota de seu oponente. A arma de preferência de Winikeneke era o lala lanake, uma lança duas vezes maior que você — disse Caturama a Kaluanã. — E Winikeneke acertou em cheio o Jubapira Acará Bebé com seu lala lanake, mas a carcaça da fera era dura e partiu a madeira como se fosse um graveto. Nós sabíamos que, diante daquele ser, nossas armas eram inúteis. Nossa única vitória, naquele momento, era fugir. Foi quando uma sombra ainda maior apareceu nos céus. Uma coruja de penas brancas, bico preto e olhos amarelos atacou o Jubapira Acará Bebé e, com suas garras, lançou a fera para longe. Era um animal de luz boa e cor forte, Kaluanã. Era o Acauã Cabrué.

Enquanto Caturama, Xambré e Winikeneke fugiam, a grande ave atacou o Jubapira Acará Bebé. As duas feras colossais embrenharam-se, e o chão e o ar começaram a vibrar, desestabilizando o cânion em que os *mitanguariní* se encontravam. Winikeneke correu em direção à próxima ponte de grama enrolada, mas logo percebeu que seus companheiros não conseguiram acompanhar seus passos ligeiros. *Vamos! O chão vai cair!*, gritou. Xambré foi a segunda a chegar à ponte, só restando Caturama, que havia parado para testemunhar o duelo que tomava conta do firmamento. *Ela precisa de nossa ajuda!*, gritou Caturama. *Se você não correr, nossas luzes vão se apagar no fundo da Ibi!*, gritou Winikeneke, que voltou e conduziu o amigo pelo braço. *Não há nada que nós possamos fazer.*

— O que é a coragem, Kaluanã?
— Coragem é fazer aquilo que deve ser feito.
— E se aquilo que deve ser feito for impossível?

— Nada é impossível, *payni*.

— Muito é impossível, *mitanguariní* Kaluanã, principalmente aos homens. Tenho medo do que aconteceria à Ibi se nós fôssemos capazes do impossível. Quando eu vi o Acauã Cabrué entrelaçando-se com o Jubapira Acará Bebé, o treinamento *guariní* me fez querer ajudá-lo, mas isso custaria o meu amanhã. Isso não é coragem, isso é jogar fora o *aman paba* que Monã lhe deu. Como eu lhe disse, Kaluanã, o homem inventou muitas coisas, sendo uma delas o orgulho da carne, uma coisa terrível. Compreender o alcance de seus braços é um ato de coragem também.

— Compreendo — respondeu Kaluanã.

— Quando finalmente chegamos ao pé do Ibaté, quase um *Motirõ* havia se passado. Durante a caminhada, nós três havíamos visto mais do que minha língua velha e cansada está disposta a contar agora.

Ao longo do Turunã, Caturama havia escutado, por diversas vezes, os suspiros dos *anhanguera*, os espíritos perdidos. Ameaças e promessas, mentiras e verdades eram sussurradas por todos os cantos. E toda vez que ele procurava a fonte daqueles cochichos venenosos, nunca achava os culpados.

— Um deles apareceu em nossa frente, sua pele parecia coberta por carvão, rachada, amarelada e doente. Ele olhou para nós com aqueles olhos distorcidos e disse:

Eu conheço todos vocês, e eu vi todos vocês, e eu trarei ao homem o fim de todas as cores. A voz amarela do *anhanguera* lançou espasmos nervosos pelo corpo de Caturama, que se posicionou entre Xambré e Winikeneke — os três com suas armas em punhos. O maquahuitl do *anhanguera* tinha lâminas de obsidiana, uma espécie de vidro vulcânico raro e extremamente afiado, capaz de arrancar a cabeça de uma jaguatirica em um único golpe. Vocês acham que podem me vencer com esses brinquedos humanos? Por trás da grossa camada de carvão, o semblante do *anhanguera* curvou-se em uma risada tétrica.

— Nem mesmo Winikeneke, o *mitanguariní* mais veloz que eu conheci em todos meus *Motirõ* de vida, foi capaz de acertar um único golpe naquele *anhanguera*. E apesar da luta fácil, o espírito perdido não tentou nos acertar uma única vez. Era como se ele só quisesse nos mostrar que lutar contra ele era tão fútil como lutar contra o Jubapira Acará Bebé. E só para provar o estrago de sua força, o *anhanguera* arrancou um dos braços de Winikeneke com a mesma facilidade com que se tira as penas das araras.

Caturama e Xambré trataram a ferida do amigo e fizeram de tudo para chegar o mais rápido possível à casa de Majé Ceci. O branco de Tinga, cujo frio era desconhecido tanto para Xambré quanto para Caturama, castigou os *mitanguariní* durante a subida à medida que os amanhãs escorriam pela ferida de Winikeneke, que gradualmente ficava da mesma cor que a neve.

— Majé Ceci salvou meu amigo Winikeneke e me deu o meu *eçapira* — disse *payni* Caturama, puxando um colar debaixo da gola de suas vestes cerimoniais.

Era uma pedra amarela, da mesma tonalidade de Aram e dos vaga-lumes que bailavam em torno do *payni*. Sua superfície era brilhante e refletia a luz de Airequecê.

— Essa é a Itajubá.
— E o que ela faz?
— Nada. Ainda.
— Como assim, *payni*?
— Majé Ceci, que vê todos os amanhãs, me disse que esse pedaço de Aupaba vai corromper os homens e que muitos *jucá mairarê* acontecerão em nome dessa pedra.

Kaluanã olhou para o *eçapira* de *payni* Caturama com uma certa decepção nos olhos. Era uma pedra sem muita graça, nem de longe tinha a mesma beleza que as itapitanga ou as itaúna.

— O que esse pedaço de Aupaba tem de tão especial dentro dele?
— Dentro dele, nada, eu acho. Mas, segundo Majé Ceci, a Itajubá revelará a real natureza dos homens e de suas luzes. Acredito que essa é a maior lição que eu posso lhe dar, *mitanguariní* Kaluanã: o homem corrompe o homem.

— Mas o homem é bom, *payni*.
— O homem pode ser bom. Nós não somos formados de uma coisa só, Kaluanã, somos muitas coisas. Dentro do vaso que é nosso corpo, cabem coisas maiores que nós mesmos, e nós estamos esquecendo coisas primordiais, básicas. Hoje, o homem cria coisas ruins e coisas feias com muita facilidade.

— Como o quê?

— Como a hierarquia de nossos povos. O homem criou a ideia de que homens podem ser diferentes, que uns podem ser melhores que os outros. A criação dos epônimos é a primeira corrupção do homem.

— Uma Ibi sem *abaetê*, *guariní*, *pindara* e...

— Sim.

— *Payni*, mas isso...

— Não se prenda a esse pensamento, Kaluanã, pois eu sou velho o suficiente para perceber quando a raiz de um mal está tão fundo no chão, que a única forma de consertá-la é cortando a árvore como um todo. E confesso, me falta coragem para ser essa pessoa. Mas o que anda me incomodando é que eu vejo que os homens estão se dividindo ainda mais. Esta disputa entre adoradores de Aram e adoradores de Airequecê é o começo do fim das luzes como nós conhecemos, Kaluanã. E eu e você devemos cuidar para que essa rivalidade não venha a roubar todos os nossos amanhãs.

Por mais que o discurso de Caturama fosse repleto de atribulações futuras e profecias tristes, ouvir do *payni* que ele estaria lá para ajudá-lo fez Kaluanã sorrir.

— Majé Ceci disse que o homem depois de mim a segurar o Itajubá seria o homem que mudaria a Ibi, e acho que esse homem é você, Kaluanã. Tome.

Payni Caturama retirou o colar, estendeu seu braço e ofereceu seu *eçapira* ao *mitanguariní*. A pedra amarela viria repleta de presságios tempestuosos e dona de um peso inimaginável.

— Ainda não, *payni* Caturama. Quando eu regressar do Turunã com o meu próprio *eçapira*, aceitarei o seu — disse Kaluanã.

— Mais do que justo — respondeu Caturama ao colocar a pedra de volta em seu pescoço. — Mas lembre-se, Kaluanã, o braço esquerdo não fica triste quando o braço direito fica forte, e nem o braço direito se irrita com o braço esquerdo quando este fraqueja. Os homens devem ser como o seu corpo: um, feito de vários.

Os dois homens levantaram-se e começaram a caminhar de volta à aldeia. Era a primeira vez que Kaluanã presenciava um ser que o olhava e o tratava como um igual, sem nenhuma discriminação ou preceito. E era justamente aquela luz tão sábia e bondosa que ele haveria de substituir quando retornasse do Turunã. Uma luz muito mais preparada que ele no dever de chefiar todas as aldeias da Ibi. E a injustiça daquele fardo apertou a consciência de Kaluanã.

— O que aconteceu com *guariní* Winikeneke e *guariní* Xambré? — ele perguntou, tentando tirar sua mente daquele redemoinho de pensamentos ruins.

— *Guariní* Winikeneke, mesmo sem um braço, é um dos maiores caçadores da aldeia de Atibaia e me manda notícias pelas Majé todo *Motirõ*. E *mbo'eaguariní* Xambré, com seu rosto repleto de ossos de jaçanã, hoje treina os *mitanguariní* em Tucuruí.

Payni Caturama foi dormir naquela noite pensando nos velhos amigos que fez durante o seu ritual do Turunã, e foi justamente quando os sonhos recordavam a felicidade de ser jovem, as alegrias de um ontem remoto, que uma adaga de pedra cruzou seu coração e roubou todos os seus amanhãs.

∞

Depois de dançar no ritual do *bôca nambi* de Kaluanã, *abaetê* Ubiratã foi até sua oca e dançou em nome dos espíritos, para que estes invocassem uma velha inimiga.

Hoje a minha vergonha termina.

Testemunhar *mitanguariní* Kaluanã virar homem lembrou Ubiratã do fato de que ele jamais teria a mesma felicidade que *munducuru* Leri.

— Vamos, Obiru, eu preciso conversar com você — disse Ubiratã com uma voz grave e sem emoção.

O rapaz estranhou, afinal, o pai fazia de tudo para evitá-lo, e os dois dividiam o silêncio dos escorpiões desde o incidente com os vasos dos *pora-pó*. A noite era clara e fresca, e Obiru não pôde conter o coração de se alegrar e cantar naquela primeira andada ao lado do pai. Ele sabia que Ubiratã ainda estava zangado e provavelmente ouviria reclamações, mas as alegrias dos homens não são ditadas pela razão.

— Desculpe pelo que aconteceu na oca dos...

— Ainda não é o momento de falar — interrompeu Ubiratã com o mesmo tom apático.

Pai e filho caminharam por um bom tempo em silêncio, até que chegaram em uma parte escura da mata, escondida da luz de Airequecê e da vigília dos vaga-lumes de Jacamim. Os olhos de Obiru, destreinados à escuridão, demoraram para se acostumar ao mundo das penumbras, e quando finalmente voltou a enxergar, em sua frente, viu Iarateguba, uma jaguatirica duas vezes maior que seu pai e dona de caninos afiados e longos. Ubiratã, no entanto, permaneceu impávido ao tamanho extraordinário do animal. Na mão do *abaetê,* sua fiel lança, que havia sido tocada por um raio e fora usada para matar uma das filhas da fera.

— Eu matei uma de suas filhas, Iarateguba. Eu a venci com a força de minha luz, mas você ainda vive a circundar a minha aldeia, ameaçando aquilo que mais prezo. Então, lhe ofereço esta luz, o meu filho, como oferenda.

Ubiratã empurrou Obiru, que caiu de joelhos sobre as folhas secas que cobriam o chão. O terror petrificou todos os músculos do *capanema*, que, inicialmente, não compreendeu o que exatamente o seu pai acabara de ofertar.

Iarateguba aproximou-se de Obiru e cheirou com o focinho o sabor de sua luz. A fera assoprou ar quente no cangote do *capanema* em um sinal de desgosto.

— Você me oferece uma luz com poucos amanhãs, Ubiratã — Iarateguba carregava na voz o peso de todos as cores que havia devorado.

— Este é o meu único filho homem, Iarateguba.

— És então um homem fraco, dando luz a essa desculpa de comida.

Ubiratã sabia que era melhor não atiçar a ira da jaguatirica, mas aquele comentário o feriu mais que qualquer lança ou machado poderia. Os músculos enrijeceram em um suspiro nervoso.

— Pode levar essa oferenda de volta, Ubiratã, e me traga aquela luz azul repleta de amanhãs que você anda treinando.

O *abaetê* de Otinga tinha suas suspeitas sobre as intenções da jaguatirica, mas nunca acreditou que ela estivesse de olhos tão atentos ao seu povo.

— Eu sei que você está pensando em me atacar, Ubiratã, mas não quero os seus amanhãs, quero os amanhãs de sua cria, e essa folha seca que você me oferece não é o suficiente.

Iarateguba virou-se e o chão tremeu, mas, antes de sumir, seus dois olhos amarelados furaram a escuridão e miraram o homem que matou uma de suas filhas.

— Diga ao guerreiro de incontáveis amanhãs que minha dívida com você será paga no ritual do Turunã. E sobre esse amontoado de ossos que você chama de filho, eu não os usaria nem para limpar meus dentes.

A ameaça de Iarateguba fez os pés de Ubiratã afundarem na grama molhada. O *abaetê* pensou em correr atrás da fera e perfurar o coração da besta com sua lança, mas o choro de Obiru roubou a força de suas pernas.

A jaguatirica tinha fugido, e o *capanema* agora era obrigado a enfrentar uma realidade bem mais cruel do que o fim: a verdade era que o seu pai o odiava. Ubiratã não era um homem de pedra, compreendia plenamente o peso de suas palavras. Ele não esperava que Obiru vivesse para saborear o gosto azedo de sua decisão. O *abaetê* contemplou a possibilidade de sujar sua honra e ele mesmo apagar a luz de seu filho. E por mais terrível que aquela ideia fosse, era a primeira vez que Ubiratã a contemplava tendo o bem de Obiru em mente. Contudo, por mais forte e destemido que o homem fosse, ele não tinha a coragem de cometer um *jucá mairarê*.

— Vamos, Obiru.

∞

Pelo incidente ocorrido na oca dos *pora-pó*, *capanema* Concha foi obrigado a passar pelo *suindára*, a grande fome que dura trinta dias. Durante esse período de punição, o menino não podia sair da oca dos pais e só podia se alimentar com patas cruas de siri, animais que nunca andavam para a frente.

Os primeiros dias do castigo foram cruéis e tristes, e quando Concha se via em momentos desgostosos, ele gostava de pensar na mãe.

A mãe de Concha, *munducuru* Maíra, morreu ao dar à luz o menino, fato que seu pai, *pindara* Cimeína, nunca perdoou. E por nunca ter conhecido a mãe, tudo o que Concha sabia ao seu respeito era por meio das histórias que os outros contavam ou das histórias que o próprio inventava. Era certo, e todos concordavam, que *munducuru* Maíra era uma das mais belas mulheres de Otinga, de olhos grandes e dona de uma voz doce feito abacaxi. Era segredo, e só *capanema* Concha sabia, que Maíra havia nascido, na realidade, debaixo do mar, na forma de boto-tucuxi, e que ela gostava tanto de saltar da superfície para ver os homens que Iara, mãe das águas, lhe fez uma proposta: a transformaria na mais bela mulher, mas isso custaria uma vida curta, de apenas trinta e dois *Motirõ*. E foi por isso que a mãe de Concha nasceu tão formosa. Sua beleza irradiante conquistava todos, e até os *guariní* queriam casar com ela, mesmo ela sendo *munducuru*. Mas Maíra era apaixonada pelos *pindara* e acabou escolhendo se casar com Cimeína.

Obiru, que não conseguia fechar os olhos naquela noite sem ver a face de Iarateguba, foi visitar o amigo em sua penitência, buscando nas palavras sempre alegres de Concha algo que o fizesse esquecer as palavras de umbu de seu pai e o hálito quente da jaguatirica. Mas, ao entrar na oca, quem Obiru encontrou não era o seu melhor amigo, mas sim as pegadas na areia da pessoa que um dia ele foi. A pele estava pálida e os olhos, afundados. Concha sentava em um canto mofado e malcheiroso da oca, suspirando o nome de sua mãe e comendo as patas arrancadas de um siri, que ainda se contorcia em agonia no chão. Obiru aproximou-se do amigo e chamou sua atenção, mas Concha estava perdido nas histórias que ecoavam silenciosamente entre suas orelhas.

— Concha! Concha! — Obiru chorou e berrou. — Por favor, não me deixe você também.

Mas antes que Obiru terminasse sua súplica, uma voz revoltosa rompeu o silêncio da madrugada em Otinga. O *capanema* correu para o centro da aldeia, assim como a maioria dos homens e mulheres da aldeia. No meio do alvoroço, *guariní* Jupi levantava suas mãos sujas de sangue aos céus.

— Esta aldeia está manchada! — seu rosto tomado pela raiva e desgosto. — Roubaram os amanhãs do *payni*!

Um suspiro de pavor uníssono ecoou pela aldeia de Otinga e todos os olhos voltaram-se a *abaetê* Ubiratã, que não podia acreditar na desgraça que havia acontecido sob sua vigilância e proteção.

— Você deveria ter protegido o *payni*, Ubiratã! Você, grande guerreiro, falhou! Onde você estava ontem quando Aram se pôs para descansar? — gritou Jupi. — Onde? Pois o maior *jucá mairarê* de nosso tempo aconteceu sob os olhos de Airequecê, que, assim como você, nada fez para impedir essa tragédia que cai sobre todos os homens! Onde você estava, Ubiratã? Onde estava você em vez de salvar o *payni*?

Obiru olhou para expressão confusa e desamparada do pai. Apenas Obiru sabia a resposta para aquelas perguntas de *payni* Jupi, apenas ele sabia onde Ubiratã estava. E por mais cruel que o pai tivesse sido com ele, o garoto *capanema* sentiu pena. A honra que Ubiratã tanto prezava escorria por seus dedos como se fosse água.

Uma tristeza sem tamanho caiu sobre Kaluanã, ele sabia que aquele *jucá mairarê* era o início de coisas ainda piores. O *mitanguariní* correu em direção à oca do *payni* sentindo o desalento escapando por seus olhos. O futuro, repleto de maus presságios, parecia ser ainda mais desolador agora. O corpo frio e pálido de Caturama descansava em sua rede, o rosto calmo refletia a paz com que sonhava. O *payni* havia adentrado a Ibi Além com um sorriso bonito. O *mitanguariní* andou em direção à rede e percebeu que o Itajubá não estava mais no pescoço de Caturama.

Kaluanã lembrou das palavras do velho sábio a respeito da ameaça do Taía Kulkulcán, do grande desequilíbrio que se aproximava e o poder de corrupção do Itajubá. O *mitanguariní* estava certo de que aquela nova era de desgraças começava ali, em Otinga, com ele e o maior *jucá mairarê* já cometido desde Kami e a primeira geração de homens.

APOSTAS E DERROTAS

O chão do Tauá Caninana era seco e vermelho e rachado. Quando Amanacy se sentia caridosa e resolvia amenizar o calor do deserto com seu pranto, o que não acontecia com frequência, o único verde que brotava naquela terra vinha com espigas ou com espinhos. Mas era naquela região sem aconchegos, nos complexos sistemas de cavernas do Itapitanga, que o povo Buiagu florescia. No fim do mais comprido e ramificado túnel da aldeia, que recebia o nome de Pukuyvy, ficava o Muk'buiagu, o grande moedor de milho. O aparelho recebia esse nome porque eram suas pesadas rodas e toras de madeira — que geralmente demandavam a força de quatro *guariní* para serem giradas — que serviam como os dentes da aldeia, triturando todos os grãos comprados nas transações entre os povos ou colhidos nas módicas plantações locais. Era lá, na profundeza mais escura da terra, que Batarra Cotuba testava o poder de seu corpo, dedicando toda a força que tinha em seu *exanhé* ao trabalho de girar as engrenagens do Muk'buiagu.

Suor escorria pela pele do jovem *mitanguariní*, cujas mãos e pés sangravam devido ao esforço necessário para mover, sozinho, as engrenagens do moedor. A visão escureceu e o corpo ameaçou tombar, mas Batarra Cotuba não desistiu, afinal, estava prestes a completar a segunda volta, sua maior proeza até então.

O corpo do menino tinha um tempo apressado, com apenas doze *Motirõ* de vida, a sua altura já era de um *guariní*. A musculatura já era robusta, forte como o tronco de um salgueiro, o que despertava olhos cobiçosos por toda a aldeia. Os companheiros *mitanguariní* invejavam o seu tamanho, e as meninas queriam namorá-lo. Constantemente, era obrigado a escutar comentários sobre as várias vantagens que ele teria na vida. Era verdade que muitos desafios mostravam-se fáceis ou menores perante a sua estatura fenomenal, mas todos esses triunfos não vinham sem sacrifícios. Por mais que Batarra Cotuba pudesse levantar pedras que nenhum outro homem conseguia, havia coisas sem peso algum que pareciam ser impossíveis de carregar. Os seus colegas não sabiam o fardo que era ser um *mitanguariní* preso em um corpo *guariní*. Os amigos o olhavam como se fosse um velho, os sábios o encaravam como se fosse uma criança. Por vezes, Batarra Cotuba não conseguia dizer ao certo quem ele era.

Por isso, ele treinava.

Por isso, ele girava as engrenagens do Muk'buiagu.

Ele não queria ser fraco.

Ele queria ser forte.

Os túneis do Itapitanga eram iluminados por tochas acesas, uma conveniência necessária apenas aos destreinados, pois um verdadeiro filho de Aupaba conseguia locomover-se pela escuridão do subsolo sem o auxílio dos olhos. Os pés conheciam cada ramificação, cada buraco cavado na pedra. Ao perceber sombras aproximando-se, Batarra afrouxou os músculos e parou de girar o Muk'buiagu.

— Ainda tentando girar? — perguntou Quiabelagayo Bahpu, que tinha seu lábio inferior atravessado por um tembetá de resina. O furo era recente, o que afetava a sua oratória.

— Sim — mentiu Batarra Cotuba, constatando que faltavam poucos passos para completar a segunda volta.

— Desista, meu amigo — disse Itzam Tzacab, primo de Quiabelagayo. — Você é forte, mas é apenas um. Girar o Muk'buiagu sozinho é impossível.

— Verdade — concordou Quiabelagayo, trocando os "vês" por "bês".

— Você não deveria abrir a boca. Sua voz está muito estranha — disse Itzam em tom de troça, imitando a oratória prejudicada de seu primo.

— Pode parecer estranho agora — respondeu Quiabelagayo, salivando mais do que articulando. — Mas, assim que eu trocar o tembetá por um em disco, serei o homem mais cortejado de Buiagu. Depois de Batarra, é claro.

— Pode até ser, mas hoje você é só um *mombo* babão.

Os primos dividiram um riso chistoso. Batarra Cotuba, contudo, viu-se obrigado a forçar um riso torto. Após doze *Motirõ* de prática, seus amigos não mais percebiam a diferença entre seus risos honestos e falsos. Ele era bom fingindo ser uma criança. Ele era bom fingindo ser um adulto.

Por isso, ele treinava. Por isso, ele girava o Muk'buiagu.

Não é possível fingir a força: ou você é, ou você não é.

Os três caminharam até o lado de fora do Itapitanga e começaram a vagar pela parte externa da aldeia, local onde o comércio era montado, as plantações eram cultivadas e os rituais eram realizados. Era um dia ameno, Aram descansava sobre nuvens caridosas e Votu corria pelo Tauá Caninana com um frescor infrequente. De longe, escutavam-se os gritos acalorados dos torcedores que assistiam a uma luta de *muramunhã*. No centro da arena triangular, dois *guariní* duelavam, seus corpos banhados por sangue que escorria das feridas abertas.

Batarra Cotuba despediu-se de seus amigos e subiu as escadarias do grandioso púlpito sacrificial, onde *abaetê* Teyacapan Tlalli Tlachinolli assistia à luta na presença de suas três filhas: *guariní* Urpi Ixchel, a primogênita, *guariní* Taruca Ixbalanque, e *mitanguariní* Izel Pachacutec, a caçula. Desde o dia em que retornou do deserto do Tauá Canina com Izel, Batarra guardava um sentimento especial pela filha do *abaetê*, uma mistura de fascínio e um bem-querer que ainda não compreendia perfeitamente. Sabia apenas de uma coisa: ao lado de Izel, ele não precisava fingir.

— Meu *abaetê*, quem luta hoje? — perguntou Batarra Cotuba ao sentar ao lado de Izel Pachacutec, que vestia trajes leves e finos.

— Hacan Paucar foi desafiado por um *guariní* andarilho. A luta começou agora, mas já podemos ver que será um belo combate — respondeu o *abaetê*, que acabou desenvolvendo uma relação paternal com o menino que crescia mais rápido do que os outros.

— Eu apostei um punhado de vasos e um cocar com penas de acará na vitória de Hacan — disse Ozcollo Inti, namorado de Urpi Ixchel.

— Ele tem que vencer — concluiu Urpi, apertando a mão de seu amado.

— Não confio nesse andarilho. Escolher Hacan Paucar para um desafio de *muramunhã* é a atitude de um homem covarde — disse *guariní* Cuyuchi, o mais exímio lutador da aldeia e guarda pessoal de *abaetê* Teyacapan.

— Se todos desafiassem apenas você, Arapuã, as lutas não teriam graça — respondeu Teyacapan, referindo-se aos talentos natos do guerreiro, que recebia a alcunha graças às suas juntas duras e poderosas, que ferroavam o adversário tal como um enxame de abelhas. — Não há graça alguma apostar em uma luta da qual já sabemos o resultado. Hacan Paucar pode não ter a força das pedras, mas ele é um filho digno de Aupaba.

Batarra Cotuba encarou Izel, que tinha seus olhos voltados para o combate que se desenrolava na arena triangular. A menina tinha a mesma idade que ele, ambos nasceram no mesmo dia, quase ao mesmo momento, no entanto os seus tamanhos não eram compatíveis.

Ela era maior que ele em todos os sentidos, menos em um.

O *mitanguariní* voltou sua atenção ao combate e espantou-se com o número de pessoas que se aglomeravam ao redor da arena, a maioria apostando suas pedras e penas mais preciosas.

— Você apostou algo? — perguntou Batarra.

— Não. Não conheço a força de nenhum dos dois. Apostar assim, cegamente, não me parece sábio — respondeu Izel, que acariciava o colar preso ao seu pescoço, feito com as garras do guará branco que ela havia derrotado.

— Hacan parece ser um bom lutador — continuou o jovem *mitanguariní*, que prestava atenção nos movimentos do menino.

— Ele é lento. Pensa demais e não deixa o instinto tomar conta da luta — respondeu Izel, levando Cuyuchi a um riso orgulhoso.

— A Guarapyrupã se tornará uma grande guerreira, meu *abaetê* — disse Arapuã. — Ela tem bons olhos para o combate.

— Ela nasceu brigando — respondeu o *abaetê*.

Um urro ecoou pelo Itapitanga, chamando a atenção de todos. No chão da arena estava Hacan, ensanguentado, desacordado, derrotado. *Abaetê* Teyacapan Tlalli Tlachinolli levantou-se e parabenizou o desafiante, que havia realizado um feito incrível: vencido um filho de Aupaba em seu próprio lar.

— Compartilhe conosco o seu nome, estranho — gritou Teyacapan do alto do púlpito sacrificial.

O vencedor tinha uma estatura mediana, cabelos longos amarrados em um coque volumoso, e vestia um saiote tradicional de Tucuruí.

— Meu nome é K'ulam Jäb, grande *abaetê* Teyacapan. É uma honra lutar perante o homem que matou o Taturanaruxu — respondeu o vencedor, batendo a mão no peito em um sinal de respeito.

— Pois bem, K'ulam Jäb. Espero que você tenha planos de dormir em nossa aldeia esta noite. Amanhã teremos uma disputa de ulama-ariti. Será uma festa como você nunca viu.

Os nativos de Buiagu urraram ao escutar as palavras de seu líder.

— Ozcollo Inti, líder do time Baläm Achalal, escolherá os homens que ele gostaria de desafiar.

A tradição ditava que o líder do time vencedor deveria selecionar os homens que deveriam integrar o time a ser desafiado, escolhendo aqueles que julgava serem os mais fortes e habilidosos. Era um momento de honra, pois ser escolhido significava ser temido. E ser temido era bom.

O homem a subir no púlpito sacrificial não era um mero *guariní*. Era Ozcollo Inti, detentor do segundo maior *aman paba* de Buiagu, o futuro *abaetê* da aldeia, guerreiro que lutou ao lado de Teyacapan no ataque do Taturanaruxu.

— A equipe será formada por Cuyuchi e Cauac Xee e Hozanek Na e Mitlan Nahual e Popol Buj e Batovi Beraba e Biraquera Tohil e Yum Pel e Olmec Huani e o líder será Batarra Cotuba.

Ozcollo mirou o jovem *mitanguariní* e sorriu. Batarra não entendeu porque ele havia sido escolhido, mas seu primeiro impulso foi levantar e bater a mão no peito. Somente ao escutar o som dos aplausos e berros da multidão é que compreendeu plenamente o que havia acontecido. A expressão de surpresa nos olhos de Cuyuchi indicava que ele também fora pego desprevenido, já que os *mitanguariní* não tinham o hábito de participar dos jogos entre adultos.

— *Abaetê*, como assim? — O gigante perguntou.

— Nós não sabemos o que o horizonte do amanhã guarda, *mitanguariní* Batarra Cotuba, mas um homem sábio constrói o amanhã fazendo o hoje. É fácil dizer que você será, um dia, o homem mais forte da Ibi. Somente Monâ sabe que tamanho terá quando se tornar um *guariní*, meu jovem, então, aproveitemos o agora para que você tenha a chance de participar dessa bela tradição nossa.

Batarra encheu-se de orgulho ao perceber que aquela decisão não era um simples desafio de orgulho de Ozcollo Inti, tratava-se de um plano de seu *abaetê*.

— Vá visitar Majé para o ritual de preparação — ordenou o líder.

O jovem *mitanguariní* bateu a mão no peito mais uma vez e andou até encontrar Izel Pachacutec, que estava sentada no topo de um muro, sorrindo para seu amigo. O coração do menino acelerou e o Ypó, a gota d'água presa ao colar em seu pescoço, esquentou como se o próprio Aram morasse em seu peito.

— Veja só você, pequeno menino grande. Primeiro *mitanguariní* a ser líder de um time adulto de ulama-ariti.

Batarra sorriu encabulado.

— Não sei o quanto isso realmente será bom para mim. Minha experiência sempre foi jogando contra outros *mitanguariní*. Agora, terei que enfrentar *guariní* experientes, homens que já sobreviveram ao Turunã.

Izel pulou do muro e acompanhou Batarra Cotuba, que caminhava em direção ao túnel Eakuã-porãyvy, onde Majé morava.

— Ozcollo é esperto e rápido. Forte também. Mas carrega a tolice da vitória nos olhos. Ele é arrogante, e homens arrogantes erram muito. O dever de vencer é inteiramente dele, o que lhe dá muita força. — Os olhos de Izel pareciam mirar algo muito além do que o presente momento. — Se você conseguir assustá-lo, mesmo que brevemente, toda a sua defesa estará aberta.

— Ozcollo venceu as últimas sete partidas que participou. A última foi uma vitória humilhante, com três *mossapyra* seguidos — rebateu Batarra Cotuba, referindo-se à contagem de pontos do ulama-ariti.

— Sim. Ele é muito competente, não à toa Monâ o agraciou com o segundo maior *aman paba* de Buiagu.

Batarra Cotuba concordou com um aceno.

— Agora que conhece os competidores, você poderá apostar na partida.

— Sim — respondeu a Guarapyrupã.

— Você sabe em quem apostará? — Batarra lançou a pergunta com um otimismo bobo em cada sílaba.

— Apostarei no vencedor, é claro.

Batarra Cotuba sabia que aquela resposta era propositalmente enigmática. Izel não gostava quando os outros sabiam, ou achavam que sabiam, o que se passava dentro de sua cabeça. *Se o inimigo não tem ideia do que você está preparado para fazer, ele esperará tudo de você. Tudo, menos o óbvio*, disse a menina, certa vez.

Enquanto Batarra Cotuba e Izel Pachacutec caminhavam pelo Eakuã-porãyvy, juntaram-se à dupla Itzam Tzacab e Quiabelagayo Bahpu.

— Líder de um time de ulama-ariti? — perguntou Quiabelagayo.

— Se as nuvens de Amanacy chorassem tanto quanto você está babando agora, primo, o Tauá Caninana seria mais verde que Itaperuna.

— Você só está com inveja do meu adorno. Responda, Batarra, como isso se deu?

— Eu não saberia responder.

— Eu sei — interrompeu Izel Pachacutec. — Ozcollo teme a força que você tem agora. Mas teme ainda mais a força que você terá amanhã. E Ozcollo sabe que o *aman paba* de meu pai eventualmente chegará e, uma vez *abaetê*, vai querer o homem mais forte da Ibi ao lado dele.

A perspicácia de Izel sempre surpreendia Batarra Cotuba.

— Não se engane, o que está em jogo não é honra ou força. Este é um jogo de alianças e sobre o futuro *abaetê* de nossa aldeia.

Os três meninos encararam Izel, assombrados com a mente que ela tinha. A *mitanguariní* havia presenciado apenas doze *Motirõ* em sua vida, mas já percebia todas as táticas e tramas por trás das decisões entre os povos.

— Lembre-se, gigante, tolos apostam às cegas e contam com a sorte. Os bons vencem. Sempre.

Os quatro caminhavam pelos túneis do Eakuã-porãyvy quando um suspiro fraco e quase sem vida chamou a atenção do grupo.

— Com licença, *mitanguariní* Batarra Cotuba?

Atrás deles estava um jovem mirrado, de aparência debilitada e vestes sujas e remendadas. Seus olhos miravam o chão, incapaz de encarar os *mitanguariní* nos olhos. Tratava-se, obviamente, de um *capanema*.

— Desculpe atrapalhar os seus afazeres. Eu me chamo Ariribá, e fiquei sabendo que você será o líder de um time de ulama-ariti.

— Sim — respondeu Batarra Cotuba.

— Se você puder me honrar, eu gostaria de me oferecer como o *teçá* de seu time, *mitanguariní* Batarra Cotuba.

Ariribá referia-se ao ritual de sacrifício que seguia ao término da partida, no qual o *capanema* escolhido pelo time vencedor era ofertado a Monâ como um *teçá*, purificando assim seu sangue *capanema* e trazendo honra de volta a sua família.

— Você me honra com esse pedido, *capanema* Ariribá. Pensarei no assunto.

Um sorriso inocente e bobo cortou o rosto do jovem, que saiu correndo de volta ao trabalho.

Diante dos quatro *mitanguariní* estava o buraco feito na pedra onde a Majé de Buiagu residia. Não era um buraco desagradável, sujo e úmido, tampouco um buraco repleto de lodo e minhocas: era o lar de uma Majé, e isso queria dizer perfumado. O cheiro que o buraco exalava era uma mistura de manacá, hortelã e manjericão — aroma tão agradável que dava nome ao túnel, considerado o mais cheiroso do Itapitanga.

A entrada era estreita, mas o interior era espaçoso, de chão irregular e repleto de tatus e toupeiras que caminhavam a esmo pelo recinto. Havia, também, vasos de barro, estantes de madeira, plantas e raízes dos mais vários tipos e cores, e uma coleção de pedras preciosas, todos usados nos poderosos rituais que a curandeira preparava.

— Batarra Cotuba, o menino cujo tempo é apressado — disse Majé, que estava de costas, revirando uma colher de pau em uma panela de barro.

Os olhos de Majé eram vermelhos, seus cabelos eram embebidos em piche e sua pele era feita de pedra negra, queimada, áspera e irregular. Se os visitantes prestassem bastante atenção, poderiam ver, entre as rachaduras em sua pele, o sangue vulcânico que corria por suas veias e que, durante os rituais de sacrifício, sangrava lava.

— Eu fui selecionado para ser líder de um time de ulama-ariti, Majé — disse Batarra Cotuba.

— Ela é Majé, gigante. Ela vê todos os amanhãs — interrompeu Quiabelagayo, repreendendo o amigo por dizer o óbvio.

— Você veio passar pelo ritual de preparação — continuou Majé, jogando um punhado de folhas no chá que preparava.

— Sim.

O costume ditava que, antes de uma partida de ulama-ariti, os jogadores deveriam preparar-se espiritualmente. O chá de ayahuasca abria o *exanhé* dos homens, permitindo que eles pudessem interagir com os segredos e mistérios da Ibi Além.

— Seu corpo pode ser de um *guariní*, Batarra Cotuba — disse Majé, aproximando-se do menino com um copo repleto de chá —, mas o seu *exanhé* ainda é novo. A bebida agirá com mais força em você.

Batarra sentou, cruzou as pernas e segurou o copo com as duas mãos, tentando não deixar seu nervosismo transparecer. Olhou para seus amigos e sentiu o calor da amizade esquentar cada pequena parte de seu ser. O sorriso otimista de Izel deu a coragem necessária para levar o copo aos lábios e beber o chá de ayahuasca.

O gosto era de capim molhado, mas logo o paladar começou a evaporar no céu da boca. As mãos foram as primeiras a formigar, como se a carne que cobria seus ossos vibrasse como um tambor de guerra. Os sentidos emaranhavam-se em uma única bola vermelha de energia. Ele não precisava mais dos olhos para enxergar e nem do nariz para respirar, toda a plenitude de seu ser apenas existia.

O buraco que era o lar de Majé se abriu e ele estava no topo de uma pirâmide. Batarra voltou a ter um corpo feito de matéria, mas os ossos estavam mais largos, os músculos estavam mais fortes e os olhos estavam mais cansados.

No firmamento, Aram e Airequecê duelavam, derramando sobre a Ibi uma sombra inquieta.

No chão, os homens guerreavam, semeando a Ibi com o sangue inocente.

— Olhe só o quão belo é tudo isso.

O homem ao lado de Batarra Cotuba tinha a pele clara e olhos azuis, tal como o firmamento em dia de calor. Seus cabelos, alaranjados como as folhas desgarradas do ara ymã, invadiam seu rosto, contornando seu maxilar. As vestes eram pesadas, feitas com os couros de muitos animais, e ele trazia em uma mão um machado de ferro, e na outra, um capacete, também de ferro.

— Quem é você, estranho? — perguntou Batarra Cotuba.

— Meu nome é Awasa'í Quetzalcoatl e eu serei o seu deus.

A prepotência por trás daquela afirmação seria suficiente para que Batarra Cotuba erguesse os punhos em combate, mas aquele lugar onde ele se encontrava era fora do tempo que ele conhecia, e uma certa paz reinava sobre o *exanhé* do *mitanguariní*.

— Toda essa guerra, todo esse sangue, todos os amanhãs perdidos, tudo isso é para o bem de Araruama, grande guerreiro de Buiagu.

— O que é Araruama?

— Araruama será o nome de seu lar. Araruama será o maior império do mundo dos homens, o império do primeiro *tlatoani*. Você, gigante, será um dos homens mais temidos e respeitados dessa terra. E, se for esperto, estará ao lado do *tlatoani* quando ele decidir derramar o vermelho de seus inimigos.

— Você não teme essas ofensas que faz a Monâ, a verdadeira dona do tempo e de tudo?

— Não. Monâ é uma escrava de sua própria invenção — disse Awasa'í ao estalar os dedos.

Em um piscar de olhos, Batarra Cotuba estava no meio de uma floresta densa e viva. Araras e tucanos rasgavam o firmamento enquanto muriquis e saguis pulavam de galho em galho. Ele caminhava ao lado da divindade com no rosto, ambos seguindo uma trilha de terra batida marcada no chão.

— A Ibi que você conhece está mudando, Batarra Cotuba. O homem está descobrindo novas fomes, desejos e sentimentos. O homem está perto de compreender que o estado natural da ordem não é a paz, mas sim a guerra. Novos deuses surgirão, e para que essa era possa nascer, os velhos costumes precisam morrer. E para isso acontecer, eu preciso de você.

— Você é engraçado, Awasa'í. Você se diz um deus, mas não age como um. Que tipo de deus precisa da ajuda de um homem?

— Você ainda decide viver a ilusão criada por homens mortos há muito tempo. Mas chegará o dia em que questionará tudo o que aprendeu. Você verá o verdadeiro valor de um sacrifício e sentirá a raiva de ser traído, e caminhará até uma bifurcação e não saberá que direção escolher.

O caminho que os dois trilhavam dividiu-se em dois; um iluminado por Aram, o outro iluminado por Airequecê.

— Você é realmente um tolo, Awasa'í Quetzalcoatl. Eu sou filho de Buiagu, filha de Aupaba, pai da terra, filho de Aram. O caminho a seguir é claro. Não há escolha.

Awasa'í Quetzalcoatl retirou de seu bolso uma pedra amarela e brilhante.

— Eu aposto que a decisão não será tão fácil.

O deus lançou a pedra para o alto, a qual acabou sendo engolida por Aram. Raízes brotaram do chão e levaram Batarra para a escuridão do subsolo. Pedras e areia caíram sobre o *mitanguariní*, que sentiu a agonia sufocante que é respirar a própria terra.

De repente, tudo era silêncio.

A escuridão era total e plena.

Ele era nada. Tudo era nada.

— Você está no meu território, homem. Esta é a minha casa!

Dois pequenos olhos amarelos brilharam nas trevas. Diante de Batarra Cotuba estava o Tori Tabowu, o grande tatu que vivia nos subsolos do Tauá Caninana.

— Não há como escapar do Kogoyvy. A verdade vive presa aqui.

A fera abriu a boca e desceu sobre Batarra Cotuba, que acordou, novamente sentado no chão do lar de Majé, olhos arregalados e suor escorrendo por seu corpo.

— Seu *exanhé* é forte, garoto — disse Majé.

— Eu vi coisas fantásticas, Majé — disse o menino, que ainda tentava compreender todas as visões que tivera.

— Seria sábio de sua parte não compartilhar suas visões, *mitanguariní* Batarra Cotuba. As mensagens da Ibi Além só são passadas com a ajuda do chá de ayahuasca por um motivo.

— Você está bem? — perguntou Izel.

— Acho que sim.

Os amigos ajudaram Batarra Cotuba a levantar e o acompanharam até o lado de fora do Itapitanga, para que ele respirasse um pouco de ar fresco. Airequecê derramava sua luz alva sobre Buiagu, criando a ilusão de que o deserto do Tauá Caninana era um vasto lago de águas serenas e límpidas. Batarra encarou a mãe do frio e pensou nos mistérios e segredos revelados sob os efeitos do chá de ayahuasca.

Nos arredores da aldeia, havia incontáveis fogueiras e tendas montadas pelos andarilhos de passagem, homens e mulheres que decidiram ter uma vida errante, parando de aldeia em aldeia, descobrindo o tamanho da Ibi.

— Eu ouvi dizer que *guariní* K'ulam Jäb nasceu na aldeia de Tucuruí — disse Itzam aos companheiros.

— É uma vergonha que um filho de Aupaba tenha perdido para um filho de Amanacy — respondeu Izel. — Eu gostaria de ver se ele teria coragem de enfrentar *mbo'eaguariní* Kacoch Hunahpu ou o Arapuã.

— Mas o Arapuã perdeu a luta contra o Majuí — respondeu Quiabelagayo.

— O Arapuã estava cansado, tinha acabado de chegar em Otinga. Isso sem falar que a vitória se deu sob os caprichos de Airequecê — Izel replicou.

— Eu sei, mas a verdade é que ele perdeu...

— Chega! — gritou Batarra Cotuba. — Izel está certa. Nós somos filhos de Aupaba, filhos de Aram, o pai do calor. É nossa obrigação sermos mais fortes. Airequecê é vaidosa — o *mitanguariní* mirava o firmamento —, seu brilho não queima e sua luz não ilumina a Ibi. Eu nunca teria orgulho de ser filho dela!

— Batarra!

O dono daquela voz de jaguar era *mbo'eaguariní* Kacoch Hunahpu, um dos homens responsáveis por ensinar as técnicas de caça e força aos *mitanguariní* de Buiagu. Ele trajava vestes cerimoniais, feitas com as peles de coiotes e castores, e braceletes e tornozeleiras feitas com couro de jacaré. Os olhos do mestre estavam espremidos, e os braços, cruzados.

—Siga-me. Sozinho.

Batarra despediu-se dos amigos e acompanhou seu mestre. O tom na voz de Kacoch Hunahpu indicava que ele não estava contente com algo, mas o menino não sabia dizer o que, exatamente. Os dois andaram em silêncio por um bom tempo, até que o homem decidiu falar.

— Ofender a honra de um povo inteiro é a atitude de um tolo. Ofender a mãe do frio é inadmissível.

Mesmo tendo o mesmo tamanho que Kacoch Hunahpu, Batarra abaixou a cabeça, diminuto perante a imponência de seu mestre.

— Desculpe...

—Não quero saber de desculpas. Não quero saber de arrependimento. Quero mudança. Somos filhos de Aupaba, mas não estaríamos vivos hoje sem a chuva de Amanacy, e as águas de Iara, e os frutos de Cajaty. Airequecê é uma deusa, você é só um homem. Saiba o seu lugar.

— Eu entendo...

— Não, não entende. Você quer ser forte. Sempre mais forte. Você acha que são seus músculos que o tornaram forte, Batarra Cotuba. Mas está errado. A verdadeira força vem da união. Um graveto, por mais firme e forte que seja, é sempre mais difícil de partir quando acompanhado de outros gravetos. Amanhã você será o líder de um time. Se jogar contando apenas com a sua força, Ozcollo não terá dificuldade nenhuma em vencê-lo.

Havia uma resposta berrando dentro de Batarra Cotuba, mas este preferiu permanecer calado. O mestre estava certo, ele havia deixado que seu encontro com Awasa'í Quetzalcoatl afetasse seu julgamento e suas ações.

— O medo faz com que a gente cometa besteiras. — A língua do garoto suspirou sem o seu pleno consentimento.

— A coisa mais sábia que eu já ouvi você falar.

Kacoch Hunahpu levou Batarra Cotuba até o púlpito sacrificial, onde um grande ritual estava acontecendo. Tambores e flautas entoavam uma canção pulsante e vívida, ao tempo que *abaetê* Teyacapan Tlalli Tlachinolli, usando a máscara da mãe do tempo, dançava. A máscara de Monâ imitava a face de uma coruja, com o símbolo da deusa desenhado na testa, logo acima do bico. O triângulo com um círculo dentro representava os três filhos de Monâ e o tempo que reinava sobre eles, criando assim o dia e a noite. Em volta do líder, doze sábios dividiam fumo e harmonizavam a canção do sacrifício.

Após o término do ritual, *abaetê* Teyacapan sentou e chamou Batarra para o acompanhar. Em frente ao dois, fileiras repletas de *capanema* foram organizadas, todos ávidos pela honra de representar o time do *mitanguariní*.

— Escolha o *capanema* que será seu *teçá* caso você vença, meu jovem — disse o líder, que retirava o suor aglomerado em sua testa.

— Eu fui abordado por um *capanema* de nome Ariribá.

O jovem renegado correu até a primeira fileira e apresentou-se ao *abaetê* e ao *mitanguariní*. O rosto, imundo devido ao trabalho árduo nas escavações do Itapitanga, era pura felicidade.

— Eu escolho ele — disse Batarra, para a euforia do *capanema*, que chorou de orgulho.

∞

Batarra Cotuba não conseguiu dormir direito aquela noite. As ideias corriam soltas entre suas orelhas, berrando ansiedades e nervosismos, impedindo que o *mitanguariní* gozasse do descanso tão necessário.

Sua mãe preparou um desjejum farto, feito com purê de milho e mandioca cozida. Era um prato que trazia boas lembranças; fora a primeira refeição ao retornar de sua empreitada com Akbal Yumil e Izel Pachacutec.

—Concentre-se nos arremessos *mossapyra* de Ozcollo — disse a mãe enquanto o filho deliciava-se com a comida. — Calma, meu querido. O tempo dentro de você pode ser o de sucuri, mas você não precisa comer como uma — repreendeu a mãe.

— Desculpe. Eu estou ansioso.

— Ansioso? — perguntou Izel Pachacutec, que estava parada em frente à entrada do lar de Batarra Cotuba. A menina trajava vestes cerimoniais longas, vermelhas e repletas de pedras coloridas. — Que Ozcollo não escute isso.

Batarra Cotuba sentiu o Ypó esquentar novamente e o sangue correu mais rápido por seu corpo. Era sempre assim quando via Izel, como se o coração quisesse musicar a vida.

— Vamos? — perguntou a menina.

— Vamos — respondeu o menino.

A movimentação no interior do Itapitanga era quase nula, todos já estavam do lado de fora, na arena, aguardando o começo do jogo. Aram ainda não havia nascido no horizonte e, naquele momento, na escuridão tímida do crepúsculo, era como se toda a Ibi se resumisse a eles dois. E assim, com um suspiro longo e prazeroso, toda a ansiedade dissipou-se do *exanhé* de Batarra Cotuba. A disputa de ulama-ariti que o atormentou por toda a noite, de repente, não tinha mais peso algum.

Subitamente, os pés de Izel pararam. A menina encarava a entrada do túnel Akuyvy, que havia sido selada após o ataque do Taturanaruxu. A fera havia abalado toda a estrutura interna da caverna, obrigando todos que residiam naquele túnel a buscar abrigo em outro lugar. Foi lá, nas profundezas do Akuyvy, que Izel Pachacutec descobriu o quão escuras as trevas podiam ser.

— Sorte do vento de não ter pernas, para não cair — suspirou a menina.

— O quê? — perguntou Batarra.

— Nada... Vamos, você não pode se atrasar.

Os dois correram até a arena principal, que estava lotada de espectadores, todos ansiosos para mais uma disputa de ulama-ariti. A essência do jogo era simples: dois times com dez jogadores cada, um goleiro, três defensores, três jogadores no meio do campo, dois atacantes e um capitão. O objetivo era arremessar uma bola de borracha maciça através dos aros redondos que demarcam os gols. Para tal, cada jogador usava um bastão de madeira com uma espécie de cesta na extremidade, que servia para segurar e lançar a bola. Atrás do goleiro havia três postes com circunferências nas pontas, uma pequena, pouco maior que o tamanho da bola, uma mediana e uma grande. Ao arremessar a bola através do círculo grande, o jogador marcava um *ypy*. Ao arremessar a bola pela circunferência mediana, ele marcava um *mocõia*, que valia duas vezes um *ypy*. Caso ele conseguisse acertar o buraco de menor circunferência, o jogador marcava um *mossapyra*, que equivalia três vezes o valor de um *ypy*. O campo era definido por zonas circulares, desenhadas de branco na terra dura e seca. O goleiro ficava confinado em sua zona, onde ficavam também os três postes. Pouco maior que a zona do goleiro era a zona da defesa, área onde somente os defensores e os atacantes do time adversário podiam atuar. Boa parte do jogo acontecia na zona central, a maior de todas e onde ficavam os jogadores de meio de campo, e os únicos jogadores que podiam atravessar todas as zonas eram os capitães.

Batarra Cotuba ajeitou as cotoveleiras e estalou os dedos da mão. Uma longa inspirada denunciou seu nervosismo. Do alto, o jovem *mitanguariní* podia ver toda a arena.

— Você já fez sua aposta? — perguntou Batarra.

— Claro.

— O que você apostou?

— As garras do grande guará branco.

Aquela não era a resposta que o jovem *mitanguariní* esperava ouvir. As garras do grande guará branco eram relíquias preciosíssimas, provas da honra e coragem da menina.

O valor daquele mimo era inestimável.

— Em quem você apostou? — perguntou, claramente assustado.

Izel olhou para cima e mirou Batarra Cotuba nos olhos.

— Eu apostei no time que vai vencer.

Ela sorriu.

O *mitanguariní* sorriu de volta e correu para o centro da arena, onde a multidão o recebeu com aplausos e berros de comemoração. Do lado direito do campo, seus companheiros de time o aguardavam, ansiosos para saber quais eram as ordens e as estratégias do líder tão incomum.

— Pois bem, *mitanguariní* Batarra Cotuba. Como você dividirá o time? — perguntou *guariní* Popol Buj, o mais baixo do time.

— Eu posso servir como atacante. Sempre jogo nessa posição — respondeu Cuyuchi, homem que, graças aos seus talentos no *muramunhã*, era o mais temido *guariní* em toda Buiagu.

Batarra encarou os homens que o cercavam. Todos eram detentores de grandes *aman paba*, eram respeitados e admirados por todo o povo, homens honrados e mais experientes que ele. O jovem então mirou o púlpito sacrificial, onde *abaetê* Teyacapan e sua família aguardavam o início da partida. De longe, reconheceu a figura de Izel e pensou o que ela faria para vencer aquele jogo.

— Respeito sua força, Arapuã, mas acho que seu tamanho e reflexos serão mais bem aproveitados no gol — a voz de Batarra falhou. Ele sabia que Cuyuchi não apreciaria a ordem, já que as posições de defesa eram menos desejadas. — Popol Buj, você e Batovi Beraba serão os atacantes. Tentem usar a velocidade a seu favor. Só tentem o *mossapyra* quando tiverem a absoluta certeza de que há uma chance real de acertar. Somos um time mais jovem, podemos cansá-los e usar a fadiga a nosso favor.

Apesar de não gostar da ideia de assumir o papel de goleiro, Cuyuchi apreciou a firmeza e a lógica dos comandos de Batarra Cotuba. Caso não conhecesse o garoto, jamais acreditaria que estava a ouvir ordens de um *mitanguariní*.

— Mitlan Nahual, Yum Pel e Olmec Huani, vocês ficarão no meio de campo. Segurem a bola em seus bastões o máximo que puderem. Prendam o jogo, aproveitem a posse. A responsabilidade de pontuar é inteiramente deles. Quanto menos controle tiverem, mais nervosos eles ficarão. Isso vale para a defesa também.

— Muito bem, vocês ouviram o capitão. Foco, determinação! — gritou Cuyuchi, fazendo seus companheiros urrarem. — Do chão viemos, ao chão retornaremos!

— Fortes como pedras! — gritaram todos juntos.

Os jogadores caminharam para suas zonas, deixando apenas Batarra Cotuba e Cuyuchi no centro da arena. O mestre encarou o aluno e saudou-o com um leve balançar de cabeça, o suficiente para que o jovem percebesse o respeito e a admiração que ele havia conquistado.

— Você falou o que todos devem fazer. E você fará o quê?

— Hoje, eu não vou me segurar. Vou mostrar a minha força para todos!

Batarra Cotuba bateu as mãos nas cotoveleiras e o som se fez ouvido, mesmo com todo o alvoroço que tomava conta da plateia. Ozcollo Inti aproximou-se do desafiante e sorriu para a expressão sisuda que tomava conta do rosto do *mitanguariní*, que estava pronto para o desafio. Os dois se abaixaram e colaram os ombros, a posição que dava início à partida.

— Está preparado? — a voz de Ozcollo era pura soberba.

— Forte como pedra.

Assim que o primeiro vermelho de Aram se fez visto, a corneta na mão do *abaetê* soou, dando início ao jogo. Ozcollo Inti lançou toda a força de seu corpo sobre Batarra Cotuba, mas este permaneceu no mesmo lugar. O *guariní* berrava, usando as pernas para arrastar o adversário, mas este não sedia.

— Você não percebeu ainda, Ozcollo. Eu sou o chão que tudo sustenta. Eu sou a pedra que tudo esmaga.

Batarra Cotuba empurrou o *guariní* para trás, retirou a bola do centro do campo e a lançou para Popol Buj, que obedeceu aos comandos iniciais do líder e começou a correr pelo campo, aproveitando os vinte passos permitidos por jogada e procurando uma chance de atacar. Mas o time Baläm Achalal era experiente e sabia usar bem o posicionamento de zonas. Graças ao seu tamanho, Popol Buj conseguiu esquivar-se com certa facilidade das investidas, mas, por mais que tentasse, não encontrava uma única oportunidade de lançar a bola aos gols. Foi quando Tupac Yutu, um meio-campista do time adversário, usou seu bastão para roubar a bola de Popol. *Guariní* Tupac então lançou a bola para Ozcollo Inti, que atravessou a zona de defesa com facilidade e arremessou a bola em direção ao gol. Não fossem os reflexos precisos de Cuyuchi, ele teria marcado um *mossapyra*.

— Atenção! — berrou o goleiro.

Do alto do púlpito sacrificial, *abaetê* Teyacapan Tlalli Tlachinolli assistia à intensa e equilibrada disputa na companhia de sua família, dos sábios e dos sacerdotes detentores dos maiores *aman paba* de Buiagu. Ao seu lado também estava *guariní* K'ulam Jäb, o andarilho que havia vencido o desafio de *muramunhã* no dia anterior.

— Como estão os punhos? — perguntou *abaetê* Teyacapan, sem tirar os olhos do jogo.

— Inchados.

— Os filhos de Aupaba são conhecidos por terem o couro duro feito pedra.

— Isso vocês têm — concordou o guerreiro.

— Nossos povos já foram mais cordiais e amigos. Como está sendo recebido por meu povo, *guariní* K'ulam Jäb?

— Com olhos desconfiados e línguas afiadas.

— Essa desavença entre nossos povos é fruto de um sentimento tolo — disse o *abaetê*, aplaudindo o *ypy* que havia sido marcado pelo time liderado por Ozcollo Inti. — O homem tem uma inclinação por sentimentos tolos.

— Verdade. Veja só esse time desafiante. O que vejo são homens fortes, sem dúvidas, mas não há organização. Não há estratégia. É um caos completo.

— Talvez o problema esteja em seus olhos — interrompeu Izel. — Onde você vê o caos, eu vejo a vitória.

Apesar de ter a posse de bola por mais tempo, o time de Batarra Cotuba perdia para o time de Ozcollo Inti, que havia marcado três *ypy* e um *mossapyra*. Até um observador mais desatento perceberia que o time Baläm Achalal era o mais preparado e o mais eficiente, fruto dos vários *Motirõ* de treinamento. Aqueles homens se conheciam, sabiam quais eram os pontos fortes e fracos de cada um. Foi quando uma ideia atravessou a mente de Batarra Cotuba, que aproveitou o fato de que seu time tinha a posse da bola para passar a nova tática para seus jogadores.

— Temos que ser rápidos. Esse plano só funcionará uma vez, então temos que tirar proveito dele. Temos que marcar um *mossapyra*.

— Certo — concordou Popol Buj.

Batarra correu para o lado esquerdo do campo, usando sua força para empurrar os jogadores em seu caminho. No seu vigésimo passo, ele lançou a bola para Mitlan Nahual, um dos jogadores no meio do campo, que, por sua vez, correu em direção a Olmec Huani e bateu seu bastão com o dele. Olmec, outro jogador do meio de campo, ao perceber a aproximação de Ozcollo Inti e de Tupac Yutu, virou o corpo e disparou em direção a Batarra Cotuba, batendo bastões.

Ozcollo Inti sabia que era perigoso permitir que Batarra Cotuba tivesse a posse de bola, já que ele poderia usar sua força para aproximar-se da zona do goleiro. Ozcollo ordenou que seus jogadores de defesa se juntassem e derrubassem o líder adversário, para que ele pudesse roubar a posse da bola. Os três jogadores obedeceram à ordem e, juntos, avançaram sobre o *mitanguarini*. O peso dos corpos não foi suficiente para derrubar Batarra Cotuba, mas este permitiu que seu corpo fosse ao chão. Ozcollo Inti aproveitou o ensejo e correu imediatamente em direção ao bastão do adversário, apenas para perceber que este estava vazio.

— Eu sou forte, Ozcollo. Mas o meu time também é — sorriu Batarra Cotuba.

Completamente desmarcado, Popol Buj correu até o limite da zona de ataque, pulou e lançou a bola em direção ao gol. A esfera de borracha atravessou o gol *mossapyra*, levando a torcida ao delírio.

No alto do púlpito sacrificial, Izel Pachacutec sorriu para o visitante.

— *Guariní* K'ulam Jäb tem muito a aprender sobre Buiagu e o ulama-ariti. Quem sabe da próxima vez ele escolhe um adversário mais preparado que *guariní* Hacan Paucar.

K'ulam Jäb riu com o comentário da menina.

—A língua de sua filha perfura mais que jumbeba, *abaetê* Teyacapan.

— Ela é impetuosa e deve aprender a controlar os pensamentos antes de saírem de sua boca — repreendeu o pai, lançando um olhar desaprovador para a Izel, que abaixou a cabeça.

— Eu prefiro a honestidade a palavras calculadas, *abaetê* Teyacapan. A honestidade pode furar, mas palavras insinceras podem matar.

— Nisso você tem razão, *guariní* K'ulam Jäb.

— Então, você não vai me repreender por dizer o que anda incomodando *abaetê* Tzuultaq'ah Bacabs e o verdadeiro motivo da minha visita a Buiagu.

— Não veio atrás de uma boa luta? — perguntou Teyacapan com um ar irônico.

— Não. Seus homens já devem ter o alertado que estou em sua aldeia há alguns dias.

— Sim — respondeu Teyacapan, que precisou gritar por cima do barulho da torcida, que comemorava mais um *mossapyra* marcado pelo time de Batarra Cotuba. — Cuyuchi me avisou sobre você, seu irmão gêmeo e os *guariní* de Tucuruí que estão sob o seu comando.

— O Arapuã aparentemente não é somente um bom lutador e bom goleiro.

— Ele é um homem de muitos talentos — concordou Teyacapan.

— Muito bem, *abaetê* Teyacapan — *guariní* K'ulam Jäb aproximou-se do líder de Buiagu, aproveitando aquela oportunidade única —, *abaetê* Tzuultaq'ah Bacabs acredita que a desavença entre as aldeias filhas de Aram e as aldeias filhas de Airequecê seja fruto das ações de alguém poderoso, alguém que trabalha contra os desejos de Monâ e a paz sobre a Ibi. O mesmo homem que roubou os amanhãs de *payni* Caturama.

Ao escutar aquela afirmação tão inesperada, os olhos do *abaetê* Teyacapan finalmente abandonaram a partida e miraram K'ulam Jäb.

— Uma acusação ousada, já que não sabemos quem foi o culpado pelo *jucá mairarê* de nosso antigo *payni*.

— Nosso *abaetê* está convicto de que há alguém agindo pelas sombras, alguém que deseja que nossos povos entrem em conflito. Alguém que deseja a guerra.

— *Abaetê* Tzuultaq'ah Bacabs é um homem sábio, mas essas acusações me parecem absurdas... Você não estaria aqui para me espionar, não é, *guariní* K'ulam Jäb?

— Espionar talvez não seja a palavra correta, *abaetê* Teyacapan. A verdade é que alguém roubou os amanhãs de *payni* Caturama e nós precisamos descobrir quem foi o culpado.

— Mais de um *Motirõ* se passou e não temos provas ou ideia de quem tenha sido o culpado. Seja lá quem foi, esse alguém soube esconder sua identidade e seus motivos.

— A verdade pode evaporar, *abaetê*. Mas ela há de chover sobre nós novamente. — K'ulam Jäb levantou e bateu a mão do peito. — Espero que, no dia da tempestade, os homens de Buiagu sejam nossos aliados.

O *guariní* estrangeiro deixou o púlpito sacrificial, mas não sem antes se abaixar ao lado de Izel Pachacutec e dividir com a menina um sentimento bom que vivia entre suas orelhas.

— Algo me diz que ainda escutarei muito sobre os seus feitos, Guarapyrupã.

No centro do campo, embalado pela vibração da torcida, Batarra Cotuba estudava a melhor forma de terminar aquela disputa. Apesar de toda a desvantagem, o seu time havia marcado dois *mossapyra* seguidos, e caso marcasse mais um, a vitória seria deles. A duração do jogo era ditada pela vontade de Aram, e a partida só se encerraria quando o pai do calor fosse dormir e iluminar a Ibi Além. No entanto, o jogo poderia terminar de outra forma: quando um dos times marcasse três *mossapyra* seguidos, um para cada divindade filha de Monã. Popol Buj havia marcado o primeiro, e, logo em seguida, Batovi Beraba marcara o segundo.

O time de Batarra Cotuba estava muito perto de realizar um feito extraordinário, e por mais determinados que os atacantes de seu time fossem, aquela chance de vitória era fruto da determinação e talento de Cuyuchi. O goleiro havia conseguido defender três arremessos precisos do time Baläm Achalal.

No lado oposto do campo, com o medo da derrota consumindo cada fibra de seu corpo, Ozcollo Inti aos poucos perdia o controle de seu time. Batarra Cotuba estava no campo de defesa, com a posse de bola. O time adversário protegia bem todas as zonas, optando por uma marcação individual, limitando as chances de movimentação. Ainda restavam ao *mitanguariní* sete passos naquela jogada, mas, sem jogadores livres, não havia muito o que fazer. Ozcollo Inti, percebendo a oportunidade, correu em direção a Batarra Cotuba, determinado a roubar a bola de seu bastão. O *mitanguariní*, notando a aproximação, decidiu avançar, encarando o líder adversário nos olhos.

Um: Batarra lembrou-se do dia em que decidiu seguir Akbal Yumil em uma caçada. Era uma lembrança alegre, um momento honrado. Dois: Akbal tinha suas entranhas sendo devoradas pelo guará branco. Lembrou-se de como havia sido fraco. Como havia falhado. Três: o *mitanguariní* recordou do dia em que viu Izel surgir no deserto vermelho. O dia em que recebeu o Ypó. Quatro: ele sentiu em cada músculo de seu corpo o peso ao girar o Muk'buiagu. Ainda sentia-se fraco. Cinco: todas as outras memórias evaporaram em sua mente, restando apenas o sorriso dela. Seis: ele a pediria em namoro. Sete: Batarra Cotuba lançou a esfera de borracha em direção ao gol adversário com toda a força que tinha.

A bola voou pelo campo inteiro, seguindo seu caminho entre os jogadores, passando por todos até atravessar o menor gol defendido pelo time Baläm Achalal.

O grito da torcida embalou a vitória do time liderado por Batarra Cotuba, para muito espanto e desgosto de Ozcollo Inti, que coçava a cabeça, incerto sobre como ele e seus companheiros tinham perdido o jogo contra um time tão despreparado e tecnicamente inferior. Cuyuchi e Cauac Xee, Hozanek Na e Mitlan Nahual e Popol Buj e Batovi Beraba e Biraquera Tohil e Yum Pel e Olmec Huani e Batarra Cotuba subiram a escadaria da arena sob os aplausos e urros da plateia e caminharam juntos em direção ao púlpito sacrificial.

Abaetê Teyacapan Tlalli Tlachinolli aguardava a chegada dos vitoriosos completamente trajado para o ritual do sacrifício. As vestes eram feitas com couro de jaguar, animal que tinha a mesma cor que Aram, o pai do calor, o Deus a ser louvado pelas partidas de ulama-ariti. A máscara que cobria seu rosto também era amarela, representando a face animalesca do boitatá, a serpente emplumada. Ao lado do grande líder estava *capanema* Ariribá, que chorava de alegria pela vitória de seu time.

— Vocês mostraram honra e força. — O formato da máscara projetava a voz do *abaetê*, que soava ainda mais imponente e poderoso. — Vocês demonstraram a todos que são um time, uma unidade, e, por isso, passaram a ser dignos de terem um nome. Líder Batarra Cotuba, qual é o nome de seu time?

— Somos os filhos da pedra, somos o Itámemby! — respondeu o garoto com corpo de homem.

— Pois bem, Itámemby, eu ofereço à apreciação de vocês Ariribá, o *teçá* que representa a força da sua união.

Um a um, os componentes do time cumprimentaram o *teçá*, apertando o seu ombro e encarando-o diretamente nos olhos. Ariribá tentava conter a emoção e a alegria, mas a barriga tremia e as lágrimas escorriam de seus olhos com a voracidade de uma cachoeira.

— Nós nos encontraremos na Ibi Além e você poderá me ensinar sobre a graça do sacrifício — disse Batarra Cotuba ao apertar o ombro do *teçá*.

— Muito obrigado por confiar a mim essa honra, *mitanguariní* Batarra Cotuba.

Ao tempo que *abaetê* Teyacapan começava a dança ritualística, evocando os espíritos dos deuses, os sábios despiam o *teçá*. O canto era quase que um suspiro, exaltando a glória do sacrifício feito em sangue. Dançando no centro do ritual, Majé cortou a palma da mão, deixando que seu sangue em forma de magma penetrasse o chão do Tauá Caninana. A terra tremeu e, a distância, o vulcão K'a'n Juyub entrou em erupção.

— O primeiro jogador a marcar um *mossapyra* do seu campo de defesa. Nada mal — disse a Guarapyrupã, que levantou o queixo e examinou o tamanho do amigo. — Sabe, eu acho que você cresceu um pouco de ontem para hoje. Se continuar assim, será conhecido como o gigante de Buiagu.

Batarra Cotuba riu com o comentário da menina. Ele estava prestes a fazer uma piada própria quando percebeu o colar feito com as garras do guará branco.

— Você apostou na minha vitória?

— Eu disse que eu apostaria no vencedor, não disse?

No púlpito sacrificial, deitado de dorso para os céus, Ariribá soluçava em um choro de sorriso. Teyacapan aproximou-se do *teçá* e acariciou seu cabelo. O *abaetê* inclinou-se e sussurrou algo no ouvido do renegado, um segredo só deles. A cabeça de Ariribá inclinou-se levemente para a direita e seus olhos encontraram os olhos de Batarra Cotuba, o homem que o havia agraciado com aquele presente divino.

Naquele momento, palavras não eram necessárias, pois o silêncio era repleto de significados.

A adaga na mão do *abaetê* subiu e desceu, e a dor aguda fez com que os olhos do *teçá* se arregalassem em um sorriso de encanto. No horizonte, o vulcão K'a'n Juyub pintou o firmamento com fumaça negra, lançando fragmentos abrasados pelo ar. Em seu último suspiro, Ariribá falou as palavras que por muitos *Motirõ* incomodariam as noites e os sonhos de Batarra Cotuba.

— Obrigado, Awasa'í.

O coração do *teçá* palpitava na mão de Teyacapan, que o erguia aos céus, agradecendo aos deuses pela honra e coragem que fortaleciam a sua aldeia. Sangue escorreu pelos braços do *abaetê* e coloriu o chão com a cor da vida.

Muitos *Motirõ* no futuro, em um tempo em que o homem viveria o verdadeiro terror da guerra, quando Araruama fosse tomada pelo amarelo ambicioso, Batarra Cotuba se lembraria daquela cena e do sacrifício do *capanema* chamado Ariribá.

O PULO DE APOEMA

O corpo de Apoema já dava sinais de pleno amadurecimento quando a *mitanguariní* conseguiu aperfeiçoar o completo domínio sobre a arma que ela havia nomeado de ankangatu, uma homenagem ao seu primeiro *moronguetá*. Depois de sete *Motirõ* de prática, as flechas lançadas por Apoema, com suas pontas de ferro, conseguiam acertar uma muriçoca com certa distância.

Mas seu domínio sobre a arma que rasgava o ar oferecia pouco, ou nenhum, efeito quando se tratava do combate corpo a corpo.

Os *mitanguariní* de Ivituruí treinavam a luta de tepoztopilli sobre as águas quentes do rio Bacuri. O vapor que emergia da superfície criava uma cortina turva e densa, que bailava com os movimentos dos *mitanguariní* e dos seus tepoztopilli, longas varas de madeira que possuíam um pequeno maquahuitl nas extremidades. Era comum que os maquahuitl tivessem, presos às suas laterais, adornos amolados e pontiagudos, como conchas cortadas, pedras lascadas ou lâminas de obsidiana, mas como se tratava de um combate entre aprendizes, a madeira era leve, sem quinas e sem aprimoramentos.

Mesmo assim, o treinamento tinha sua qualidade vermelha.

— Durante o Turunã, vocês vão encontrar os mais variados desafios! — gritou *mbo'eaguariní* Araní. — Os *anhanguera* estarão esperando, e as grandes feras desejarão engolir seus amanhãs, e as bestas pequenas vão apeçonhentar vocês, e a fome e a sede roubarão sua força da luz.

Treinando a luta de tepoztopilli estavam os melhores alunos de Araní: Apoema e Kurumã. Os *mitanguariní* haviam criado uma espécie de rivalidade, e cada um teve, ao longo do tempo, sua cota de vitórias e derrotas.

Apoema, que já tinha dezessete *Motirõ* de idade, lutava contra o suor que escorria por seu cenho e se aglomerava em seus cílios, atrapalhando a visão. O combate direto não era uma das táticas prediletas de Apoema, que encontrava grande dificuldade em conseguir atacar e se defender ao mesmo tempo. Como se isso não fosse o bastante, adicionar o calor e o vapor do rio Bacuri parecia ter a única finalidade de favorecer *mitanguariní* Kurumã.

Apoema defendia-se e encontrava poucas chances para contra-atacar seu oponente, que já tinha as orelhas furadas e era simplesmente rápido e esperto demais para baixar a guarda ou tratar o assunto com leviandade. E por boa parte da manhã, tudo que Apoema havia treinado fora suas habilidades de esquiva.

Se ela quisesse vencer, teria que mudar sua estratégia. Foi quando percebeu o erro de sua abordagem tática.

Apoema começou a ampliar a dimensão de seus passos, aumentando a distância entre ela e seu adversário. A fumaça subia ao tempo que os olhos de Araní seguiam os movimentos de seus alunos, analisando tudo para poder trabalhar aprimoramentos e apontar os erros posteriormente.

Apoema afastou-se significativamente de seu oponente, e o tepoztopilli de Kurumã já não tinha o tamanho necessário para atingi-la, golpeando apenas o vapor.

Aquele era o momento.

A *mitanguariní* aproveitou a cortina de névoa para segurar seu tepoztopilli como se fosse uma lança e aguardou até que Kurumã reaparecesse no meio da neblina. O tepoztopilli voou em direção ao peito do oponente, mas este usou sua própria arma para proteger-se do ataque. Antes que Kurumã conseguisse acertar um único golpe em Apoema, *mbo'eaguariní* Araní parou o combate, declarando-o vencedor. O *mitanguariní* não gostou do fato de que seu mestre interrompeu a disputa antes que ele pudesse dar o gosto da dor à derrota de *Aráoema*, no entanto, Kurumã já não era mais um menino e sabia o seu papel e suas obrigações perante seus superiores.

— Hoje, Apoema deu a todos uma bela lição. Nunca se desfaça de sua arma! Quando a luz de um *guariní* se apaga, a arma em sua mão o acompanha para a Ibi Além.

Araní juntou os *mitanguariní* que aproximavam-se da idade de embarcar no Turunã e ordenou que sentassem em um círculo, possibilitando que todos pudessem encarar seus companheiros nos olhos.

— Não há mais lições que vivam entre meus ouvidos e que a minha boca possa ensinar a vocês. O Turunã se aproxima e a Ibi vai terminar os seus ensinamentos *guariní*. Com o apagar da luz de *payni* Caturama, o Turunã tem ficado mais difícil e vocês veem que, a cada *Motirõ*, menos *mitanguariní* conseguem voltar do Ibaté com seus *eçapira*. Os sussurros dos espíritos perdidos estão em todos os cantos e os perigos crescem com cada despertar de Aram. Lembrem-se: o homem está sempre em conflito com a natureza.

Guariní Araní nasceu no mesmo dia em que Ivituruí conheceu a pior chuva de sua história. Por seis ininterruptos *Motirõ*, os céus castigaram o povo, e, por seis *Motirõ*, as construções sofreram grandes atrasos e as colheitas se perderam e os músculos dos homens definharam e a aldeia filha de Tinga se viu sob a ira e o controle de Amanacy. As safras perdidas e as pedras paradas começaram a apertar os buchos e os nós da aldeia, e como o desespero é o cordão umbilical da tragédia, os homens começaram a procurar algo que explicasse aquela punição desmedida. Todos os olhos esfomeados voltaram-se ao menino de seis *Motirõ* que nascera com a chuva. Aritanã, *abaetê* de Ivituruí, consultou Majé Ceci para que ela deferisse sua opinião sobre a culpa do garoto a respeito do choro eterno dos céus. Majé Ceci inocentou o menino, no entanto, afirmou que era a sina de Araní sofrer pelos caprichos de Amanacy. *Abaetê* Aritanã convocou sua cúpula de sábios para que, juntos, debatessem sobre o destino do garoto. Depois de uma noite de conversas, decidiram que *mitanguariní* Araní, que ainda estava no início de seu treinamento para o ritual do Turunã, seria escolhido por *guariní* Ekkekko Tupac, um *guariní* bem treinado e disciplinado, para ser ofertado a Amanacy como uma oferenda de paz. *Você*, disse *abaetê* Aritanã a Ekkekko, *levará o mitanguariní até o Upã Amanara, próximo à aldeia de Tucuruí, e o oferecerá à Icóamana, a grande garça dos cantos da chuva, como um pedido de piedade.*

Assim que Araní e Ekkekko chegaram aos pés do Guaçuaté, o garoto olhou para os céus, procurando pelo único lar que conhecia. O saiote branco de Ivituruí estava cinza, tomando o cume por completo e tornando impossível que o calor de Aram encontrasse seu caminho até a aldeia.

Guariní Ekkekko era egoísta com suas palavras e com a carne abatida — raramente conversava com o menino ou deixava que ele provasse o sabor dos animais que ele caçava. Como Araní ainda não dominava a técnica de fazer lanças ou como usá-las, o menino viveu boa parte da viagem em uma dieta de tanayu'ra, besouros e frutas.

Foi naquela primeira grande caminhada que Araní descobriu que a Ibi tinha um mais-querer por sua filha Cajaty, deixando que suas costas fossem cobertas pelo verde das árvores, e capim, e arbustos, e flores. Por dias, eles andaram pelas matas fechadas, escutando os cantos dos sabiás, o sibilar das serpentes, os rugidos das jaguatiricas, o cuinchar dos macacos e o zunir das muriçocas. Mas o som que o *mitanguariní* jamais esqueceu fora o suspiro dos *anhanguera*. Cochichos que pareciam sair do próprio ombro, perto e longe ao mesmo tempo, ameaçando roubar os amanhãs que viviam dentro dele.

Aos poucos, as árvores começaram a diminuir de tamanho, e o chão foi virando pântano, e o andar foi se tornando mais penoso, até que *guariní* Ekkekko viu-se obrigado a construir um caiaque, pois a água do rio Paraguaí estava em todos os cantos.

Enquanto cortavam as correntes preguiçosas da região do Upã Amanara, Araní contemplava a diversidade de cores que a Ibi tinha longe do frio de Ivituruí. O céu se pintava como o bico de um tucano, indo do amarelo ao vermelho em um sossego despretensioso, e as águas brincavam entre o verde e o azul. O branco das garças, que voavam baixinho, marolava sobre a tímida correnteza do rio Paraguaí, e o tamanho da fome dos jacarés escondia-se sob suas águas turvas, revelando apenas o apetite dos olhos, escuros e pequenos. No domínio desconhecido de Cajaty, tudo era fascinante, da inimaginável coleção de cores que voava com as borboletas à ausência de cor das chuvas, que caíam a todo momento, quase sempre sem aviso.

Toda aquela beleza encantou Araní ao ponto de que as lembranças da chuva de Ivituruí aos poucos começaram a desgarrar-se da árvore de sua memória. Pensava nos encantos do Upã Amanara quando um solavanco o derrubou nas águas escuras e misteriosas do rio Paraguaí. A embarcação partiu sobre as mandíbulas de um bando de jacarés, estalando a madeira em onomatopeias famintas. Quando Araní conseguiu retornar à superfície, encontrou Ekkekko usando seu maquahuitl para conter os animais, que desejavam provar o sabor de seus amanhãs. Ekkekko, no entanto, não havia sido escolhido pelos sábios de Ivituruí à toa. O escudo de madeira em sua mão direita evitava os ataques dos animais enquanto a mão esquerda desferia golpes com seu maquahuitl. Com a força de seu corpo, ele apagou a luz de dois jacarés, levando o resto a fugir. As feras abatidas boiavam em volta do homem, que suspirava de forma extenuada, incrédulo com o sucesso de sua façanha. Ekkekko virou-se e começou a nadar em direção a Araní quando um imenso volume de água voou aos céus. Um jacaré-açu surgiu das profundezas do rio e começou a nadar em direção aos dois. O animal tinha facilmente o tamanho de seis homens deitados e forçava seu caminho pela superfície plácida do rio Paraguaí. Seus movimentos eram sinuosos e serpentinos, rapidamente diminuindo a distância entre ele e suas presas. Os braços e pernas de Araní se batiam em um nado desesperado, e tudo que o menino escutava era o som da água em seus ouvidos ou o silêncio submerso de Iara. Queria olhar para trás, queria ver como Ekkekko estava e a distância que havia entre ele e a ameaça, mas o medo berrava dentro de seu corpo, e nenhum de seus membros tinha a audácia de obedecer à sua curiosidade. O fundo de areia barrosa e grudenta do rio começou a arrastar-se no peito do *mitanguariní*, que se levantou e mirou seu defensor, que ainda tentava fugir do jacaré-açu. Araní começou a procurar por algo que pudesse ser usado como arma, mas antes que encontrasse, o jacaré-açu abriu sua mandíbula e, com toda sua força, desceu sobre Ekkekko, destruindo a carcaça que segurava sua luz.

    A lama na margem do rio tinha uma consistência mole, e os pés de Araní afundavam no barro naturalmente, mas, para o menino que nunca havia presenciado um *jucá mairarê*, os pés afundavam pelo peso do medo. Emergindo do vermelho de Ekkekko, o jacaré-açu continuou seu caminho em direção ao garoto, que permaneceu imóvel, resignado ao fim que se aproximava. Sem o *guariní* para protegê-lo, sua luz era fraca como uma brasa sob a chuva.

    O silêncio que circundava o rio Paraguaí cessou com o palrar das araras e o grasnar dos abutres e o chapinhar das águias e o crocitar dos caracarás e o chirriar das corujas e o gazear das garças. O canto das aves retumbava pela mata, e o *mitanguariní* viu o medo que se apossou dos olhos do jacaré-açu.

    — Você ousa saciar sua fome com os amanhãs de meus convidados? — uma voz rouca e falhada gazeou sob a cabeça de Araní. — Eu deveria engoli-lo só pela ousadia, Aguarachaim.

    O jacaré-açu deu alguns passos para trás e fugiu, procurando segurança nas profundidades do rio.

Araní virou-se e contemplou todo o esplendor da Icóamana, a garça com o canto da chuva. Nada que Araní conhecia na natureza assemelhava-se à magnitude daquela ave — nada que tivesse um coração, pelo menos. As patas de Icóamana eram longas como os troncos dos ipêaçu e embaúba, suas penas eram de um branco imaculado e seu bico era extraordinariamente grande, podendo ser capaz de engolir o jacaré-açu sem perder o fôlego.

— Você tem o cheiro de Votu — gazeou Icóamana.

— Eu vim me oferecer à Icóamana, espírito de Amanacy, mãe da chuva, para que ela deixe de castigar minha aldeia — gritou Araní para as alturas, tendo que cobrir os olhos com as mãos para não se cegar com o brilho de Aram.

— E por que você, pequeno homem que cheira a Votu?

— Pois eu nasci no mesmo dia que começou a grande chuva que já dura seis *Motirõ*.

— Homens acham que Amanacy os castiga e mandam você, pequeno homem que cheira a Votu?

— Sim.

As enormes patas de Icóamana dobraram-se, seu torso volumoso e plumado deitou-se sob a margem do rio, seu pescoço curvou-se e Araní pôde contemplar os olhos da garça.

— E quem disse que você é a oferenda necessária para acabar com as chuvas de Ivituruí, pequeno homem que cheira a Votu?

— Os sábios da aldeia.

— Não há entre os homens um único que mereça ser chamado de sábio, pequeno homem que cheira a Votu. As chuvas em Ivituruí não são uma punição, apenas uma chuva prolongada. Você não tem culpa alguma.

— Majé disse que era minha sina sofrer pela chuva de Amanacy. Vim ser ofertado.

— E ela estava certa, não? Pois aqui você está. Veio até mim e viu coisas que nunca tinha visto antes, não foi, pequeno homem que cheira a Votu?

— Mas o povo de minha aldeia não vai acreditar em mim. Eu caminhei oitenta dias para chegar aqui, para que a chuva deixasse de cair em minha aldeia. O que direi a eles?

— Diga que o homem está sempre em conflito com a natureza, pequeno homem que cheira a Votu, e que a chuva não foi culpa sua.

— Eles não vão acreditar em mim. E além do mais, eu não sei como voltar para casa. *Guariní* Ekkekko era o meu defensor — disse o *mitanguariní*, lutando contra o choro que queria descer.

— Então é a vida que está lhe dando um presente, pequeno homem que cheira a Votu, pois se você conseguir regressar à sua casa com sua luz, é porque ela é forte — gazeou Icóamana ao esticar as pernas e subir aos céus, cobrindo o chão com uma enorme penumbra.

Guariní Araní nunca dividiu com outra luz o que seus olhos viram nas margens do rio Paraguaí. No entanto, as lições que aprendeu, fossem os ensinamentos de Icóamana ou as técnicas de sobrevivência que desenvolveu durante o regresso a Ivituruí, estas ele fazia questão de compartilhar com todos seus alunos.

— *Guariní* Araní, você não acha que eu estava certa ao tentar acertar Kurumã do único jeito que eu sei? — perguntou Apoema, que trazia consigo seu ankangatu e uma aljava repleta de flechas.

— No momento do treino, é você e seu adversário, Apoema. Você perdeu, então fez a escolha errada. No ritual do Turunã, isso pode significar o apagar de sua luz.

— Mas se eu tivesse acertado, teria ganho.

— Você ganhou?

— Não, mas...

— Você perdeu, aceite. Na próxima vez, vença.

Alunos e professor andavam pelo verde abafado e fumacento do rio Bacuri, caminhando de volta ao pé da montanha Guaçuaté para a grande subida até Ivituruí. Kurumã, que tinha sua pele enfeitada com desenhos em tinta branca, feita com cal, sal e leite de lhama, celebrava sua vitória com um rosto sério e compenetrado, impermeável à felicidade do orgulho.

Ao longo da caminhada, *guariní* Araní notou ruídos sibilares e estava certo de que alguma jararaca estava por perto, pronta para aplicar o bote. O grande guerreiro diminuiu a velocidade de sua marcha e deixou que todos seus alunos passassem a sua frente. *Um, dois, três, quatro, cinco, seis, sete, oito, nove...*

— Onde está Cuxi Uarcay? — perguntou Araní.

Os *mitanguariní* se viraram e constataram a ausência da amiga.

— Ela estava aqui — disse Keamuka.

— Vamos voltar — ordenou o professor, sentindo uma coceira nervosa atrás de sua orelha.

A cada passo dado, o vapor do rio Bacuri engrossava e os sussurros sibilares aumentavam de volume.

— Armas em mãos — cochichou Araní, que carregava consigo seu tepoztopilli, cuja extremidade cortante era feita de ferro e pedra de gelo.

O grupo encontrou Cuxi Uarcay amarrada pelos braços e pernas a um tronco de jacarandá. A *mitanguariní* estava desacordada e tinha sua pele coberta por uma camada grossa de tinta preta, quase que impossibilitando distinguir sua carne da árvore. Em frente à menina, dois *anhanguera* executavam algum tipo de ritual. O primeiro cobria a *mitanguariní* com desenhos feitos em tinta amarela e o outro apertava seu dedão contra o cenho da moça, recitando algo. Os dois *anhanguera* eram homens adultos, com as cabeças raspadas e olhos de serpente. O que tinha seu dedão pressionado contra a testa de Cuxi Uarcay recitava algo em uma língua que Araní desconhecia.

— Kurumã, você e Keamuka atacam o *anhanguera* que está pintando Cuxi. Eu e Acahuana atacamos o outro. O resto eu quero que cerque os dois, caso um deles tente fugir.

Apoema retirou uma flecha de sua aljava, descansando-a na corda e sobre os dedos de sua mão direita.

Guariní Araní e os *mitanguariní* Kurumã, Keamuka e Acahuana avançaram sobre os *anhanguera*, que logo perceberam a investida. Araní correu em direção ao espírito perdido que enfeitiçava Cuxi Uarcay e cravou a ponta de seu tepoztopilli no estômago dele. Mas, em vez de tombar, o *anhanguera* alvejado sorriu e andou em direção a Araní, forçando a lança a atravessar seu corpo, como se ele não sentisse dor ou medo de perder o amanhã. Os músculos de todos os *mitanguariní* travaram feito muriçoca presa em teia de aranha, testemunhando enquanto o impossível acontecia diante de seus olhos. O *anhanguera* alvejado levantou seu maquahuitl com lâminas de obsidiana e acertou um golpe forte e preciso na cabeça de Araní, levantando uma golfada vermelha ao ar e cravando o medo do *jucá mairarê* em todos os aprendizes.

O primeiro a sair do estado de transe e reagir foi Kurumã, que usou seu cuauhololli sem fio para desferir um golpe raivoso na cabeça do *anhan-*

guera que estava prestes a atacar Keamuka, partindo o crânio do espírito perdido como se fosse casca de jatobá. O *mitanguariní*, então, acometeu sobre o segundo *anhanguera*, que ainda carregava no bucho o tepoztopilli de Araní. Kurumã girou sua clava em direção à cabeça do homem de pele de carvão, mas este impediu o golpe segurando o cuauhololli com a mão.

— Taía Kulkulcán vai se alimentar com todos os seus amanhãs — sibilou o *anhanguera* com um sorriso de dentes podres e sujos de sangue amarelo.

O *anhanguera* fechou o seu punho em volta da clava de madeira e a partiu com a mesma facilidade com que se esmaga folhas secas. O espírito perdido ameaçou acertar Kurumã, mas antes que ele pudesse, uma flecha de Apoema o acertou entre os olhos, finalmente levando o *anhanguera* a cair.

Apoema e os outros *mitanguariní* aproximaram-se do corpo de Araní, que estava deitado sobre uma poça vermelha. Kurumã ajoelhou-se ao lado do mestre e começou a chorar. Aquele homem havia o ensinado a ser um verdadeiro caçador, o havia lapidado à melhor forma de si. O *mitanguariní* estava perdido em lembranças tristes e alegres quando os olhos de Araní se abriram e o *mbo'eaguariní* arfou, procurando um ar que estava cada vez mais grosso e difícil de engolir.

Os *mitanguariní* subiram o Piaçu carregando *guariní* Araní, *mitanguariní* Cuxi Uarcay e o corpo de um dos *anhanguera*, levando-os aos cuidados de Majé.

A velha, que já havia visto aquele momento antes, aguardava a chegada do grupo. Ela usou extrato de urtiga-azul para limpar a ferida de Araní e usou polpa de maracujá e pasta de mendubi para acender a cor de sua luz. Majé fez de tudo para salvar o olho do guerreiro, mas o estrago tinha sido severo demais, e a velha se viu obrigada a arrancar o glóbulo e fechar o orifício com tabatinga, uma espécie de argila branca que reagia bem com o couro machucado.

Assim que os amanhãs de Araní haviam se agarrado novamente ao seu corpo, Majé tratou de examinar *mitanguariní* Cuxi Uarcay, que apesar de não ter um arranhão em seu corpo, estava em situação bem mais desesperadora. Os símbolos desenhados na pele da moça eram feitos com o veneno de potira-ajubá e sangue de manjuba, partes de uma pajelança poderosíssima criada por Kami durante a primeira geração dos homens. O medo de perder os seus intermináveis amanhãs levou Kami a criar magias que ousavam desafiar as regras do tempo de Monâ, encantos que garantiriam a imortalidade, mesmo se seu coração sangrasse o *jucá mairarê*. Aqueles desenhos pertenciam a uma língua antiga, usados em um feitiço aprimorado, e nem mesmo Majé Ceci conseguiu reverter a podridão que corrompia a luz da *mitanguariní*.

As pálpebras de Cuxi Uarcay abriram e seus olhos já não eram mais os mesmos: eram olhos de serpente.

— O fruto de Tata tem fome pela carne de vocês — sibilou Cuxi, cuja língua também havia sofrido uma transmutação ofídia.

Como vocês estão conseguindo conjurar uma pajelança tão forte sem a ajuda dos espíritos dos deuses? Que aberração vocês criaram?

Perguntou Majé Ceci, no topo do Ibaté, usando a boca de sua filha de Ivituruí. Era a primeira vez, em mais de setecentos *Motirõ*, que a mãe de todas as Majé se via intrigada com dúvidas que nasciam no interior de seu corpo.

— E quem lhe disse que nós não temos um deus ao nosso lado, Majé Ceci? — A voz denunciava que aquele corpo não mais pertencia a Cuxi Uarcay, mas sim a um espírito perdido.

Os deuses não querem fazer parte das decisões dos homens. Este é um rio no qual eles não querem se banhar. As cores não mentem.

— Deuses e homens são os mesmos, Majé Ceci. Até um ser sem olhos pode enxergar isso.

E o que vocês querem, anhanguera?

— Nós vamos nos banhar nas cinzas dos homens.

E com aquela frase, a tinta amarela entrou em combustão e o corpo de Cuxi queimou com o fruto de Tata.

— Majé, o que foi que eles fizeram com Cuxi Uarcay? — perguntou Kurumã, ao encarar as cinzas que cobriam o chão da casa de Majé.

— Vocês partiram na companhia de Cuxi Uarcay, mas quem vocês trouxeram de volta foi um *anhanguera*... um não, dois — disse Majé, que apesar de não enxergar com os olhos, sentia tudo à sua volta.

Eu me lembro deste aqui. Seu nome era Jurecê e ele nasceu há noventa e três Motirõ.

Disse Majé Ceci no topo do Ibaté.

Sua mãe era pindara e seu pai um guariní. Ele era um menino forte e alegre, dono de um aman paba alto, mas nunca retornou de seu Turunã.

— E *guariní* Araní, ele ficará bem? — perguntou Apoema, que estava tão aflita com o estado de seu mestre que não parou para apreciar o fato de que havia escutado a voz de Majé Ceci, uma honra reservada a poucos.

Kurumã aproximou-se de Araní e examinou o rosto do grande caçador, que estava coberto por uma grossa camada de pasta de mendubi.

— A luz de *Araní* está salva. Contentem-se, não é qualquer *mitanguariní* que consegue o que vocês conseguiram — disse Majé ao acariciar os ossos cansados que carregava em volta do pescoço. — Vencer um *anhanguera* é um feito para poucos.

Apoema e Kurumã voltaram para suas casas sob os primeiros flocos brancos de Tinga, que caíam com a chegada iminente do *ara ymã*. O frio já era o bastante para que todos na aldeia andassem com casacos de lhama e alpaca, lutando contra as notórias temperaturas baixas de Ivituruí. Ao chegar em casa, o peso do confronto com os *anhanguera* finalmente caiu sobre os ombros de Apoema, que rejeitou a janta e deitou-se para uma boa noite de sono pesado.

No entanto, não foi isso que ela encontrou ao fechar seus olhos.

Apoema andava na beirada do penhasco Amopiraçu, seu lugar predileto, sentindo as batidas das asas do Acauã Cabrué levantarem seus cabelos e espalharem o cheiro de sua luz pelo ar frio e gelado daquele pedaço de mundo. Ela sentia a velha paz que só a solidão e o silêncio traziam ao seu *exanhé*, pensando na maravilhosa pajelança que era a felicidade sem motivo. Na distância, além da linha que separava o mar e o firmamento, o chalrear do Acauã Cabrué a chamava e desafiava a nadar até a ilhota perdida de Caçumipuã para descobrir seus vários segredos. Apoema olhou para a enorme queda que se estendia embaixo de seus pés com um sentimento inexplicável, como se já houvesse sonhado com aquele momento antes e já soubesse seu desfecho. A moça estirou os braços e pulou. As borboletas em seu bucho levantarem voo e ela mergulhou para abrir os olhos em sua cama, como se tudo não passasse de um sonho dentro de um sonho dentro de um sonho. Seu pai tratava peixes em um canto da casa e sua mãe ajeitava os vasos da sala. Apoema soube reconhecer logo que aquele acordar não era real, pois a verdade sempre se fazia ser reconhecida, e apenas nos sonhos ela duvidava dos sentidos. A *mitanguariní* colocou os pés no chão e não sentiu o toque frio, confirmando apenas aquilo de que ela já suspeitava — estava em um sonho. O riso veio logo, pois pensou nas inúmeras possibilidades de coisas que poderia fazer agora que não estava mais amarrada às regras da Ibi. Mas antes que Apoema pudesse tirar proveito de um mundo sem cordão umbilical, a realidade de ver o futuro fez-se presente em um berro de sua mãe, que caiu no chão em uma tremedeira nervosa. Um escorpião, que estava escondido embaixo de um dos vasos da casa, picou o pé de *arátor* Baepeba. O veneno teve efeito rápido, sua mãe logo começou a espumar pela boca, seus olhos reviraram, a respiração ficou engasgada, os músculos enrijeceram e sua luz apagou.

Apoema acordou assustada. Sabia que sua mãe vivia o *Motirõ* de Monâ e que o tempo dela sobre a Ibi estava se aproximando do fim, mas a moça sempre acreditou que ainda lhe sobrava mais tempo. A *mitanguariní* virou o rosto e viu que sua mãe já estava de pé, arrumando a casa. A semelhança entre a realidade e o sonho foi suficiente para que Apoema levantasse em um pulo, pegasse seu cuauhololli, andasse até a mãe, levantasse o vaso certo e esmagasse o escorpião com a arma de madeira. Todo aquele movimento calculado e desesperado chamou a atenção de seus pais, que se aproximaram da menina para ver sobre o que se tratava.

— Como é que você sabia que havia um escorpião debaixo dos vasos, filha? — perguntou *arátor* Baepeba.

Apoema virou, abraçou a mãe e a apertou contra o seu peito.

— O que foi?

A filha nada respondeu.

Apenas chorou.

∞

Era como se uma lhama descansasse suas quatro patas em cima de sua cabeça. A visão de Araní estava turva, dando náuseas e tontura ao homem, que sentia algo muito errado com seu olho esquerdo. Passou a mão por cima da cicatriz e lembrou-se do braço estirado do *anhanguera* e do calor que se seguiu.

O *guariní* levantou e andou até a porta de sua casa. O branco de Tinga cobria o chão e os tetos das casas, e as lhamas, que sempre vagavam pela aldeia, não podiam ser encontradas, escondidas em algum canto, procurando abrigo para o frio do *ara ymã*. Enquanto contemplava a beleza morosa da neve, Araní ponderou sobre a verdade que havia descoberto em combate. Os *anhanguera* estavam cada vez mais audazes em seus arrebatamentos, chegando ao ultraje de tentar levar um *mitanguariní* fora do ritual do Turunã.

— Cuxi Uarcay...

Araní recompôs ao máximo suas forças, despediu-se de sua mulher, cobriu-se com três camadas de pele de suçuarana e aventurou-se pelo leite pastoso que cobria Ivituruí. A luz de seu ser não passava de uma chama fraca, oscilando de um lado para o outro, castigada pelo vento da derrota. Lembrar as palavras amarelas dos *anhanguera* fazia a ferida recente arder como se essa fosse tocada pelas garras chamuscadas de Tata. Araní sabia que havia mais por trás daquele ataque do que o simples arrebatamento de um *mitanguariní*, sabia que os *anhanguera* não se arriscariam e não se aproximariam das aldeias sem um motivo maior, e esperava que as Majé tivessem respostas para suas dúvidas.

A casa da velha curandeira cheirava a cal e cinzas, e o silêncio dos papagaios, das araras e das corujas incomodou os ouvidos do *guariní*, tão acostumados ao canto desgovernado das aves. Majé explicou ao homem o que se sucedeu após o ataque e como se deu o *jucá mairarê* de *mitanguariní* Cuxi Uarcay.

— Amanhãs estão sendo roubados com mais frequência, Majé. Cada vez mais, meus *mitanguariní* estão se perdendo no verde de Cajaty durante o Turunã.

— Sim, *guariní* Araní. Desde o *jucá mairarê* de *payni* Caturama, tantos amanhãs foram roubados dos homens que eles deveriam começar a se perguntar se não é o hoje que está em perigo.

— O que devemos fazer, Majé?

No alto de Ibaté, Majé Ceci escutava as conversas de suas filhas enquanto preparava os *eçapira* que entregaria naquele ritual do Turunã. A honestidade por trás do medo de Araní fez com que a velha largasse seus afazeres e respondesse àquela pergunta tão simples.

O amanhã já pertenceu aos nossos olhos, mas as invenções dos homens tornaram tudo imprevisível, guariní Araní. A resposta para sua pergunta é algo que os homens responderão juntos. Em breve, nós não lembraremos mais dos segredos das cores e das coisas pequenas da Ibi. A grande subversão amarela aproxima-se.

A voz de Majé Ceci era uma das lembranças que todos os *guariní* tinham de seu ritual do Turunã.

— O homem de Otinga que talvez seja a reencarnação de Kami, poderia ele nos ajudar a recuperar nossos amanhãs?

Kami terá uma enorme responsabilidade nos amanhãs dos homens. Isso eu ainda vejo nos amanhãs.

Após sua conversa com as Majé, *guariní* Araní andou até a casa dos homens e, mesmo cansado e ferido, dançou em nome da luz azul de Kaluanã. Quem sabe ele fosse forte o suficiente para mudar as promessas que nasciam amareladas.

∞

Apoema encarava o fim da Ibi enquanto ponderava sobre os segredos que se escondiam por trás da morte. Ela sabia que sua mãe vivia os últimos dias de seu *aman paba*, e acreditava estar em paz com a ideia da escuridão final. Mas ela estava errada. O sonho provou isso. Ao longo dos *Motirõ*, havia sonhado com o futuro algumas vezes, mas, agora que tinha alterado o curso das coisas, Apoema ponderava sobre o que realmente era o tempo.

— Apoema.

Quem a chamava era Kurumã, rosto sério, corpo rígido, olhos semicerrados, expressão tão dura como o rochedo em que andava.

— O nosso ritual do Turunã será difícil, Apoema. Os *anhanguera* já não sussurram mais, eles bradam. Nós temos que deixar nossas diferenças de lado e nos unir, pois o que nos aguarda na nossa jornada é algo pior que nosso ódio.

— Eu não te odeio, Kurumã.

— Pois eu te odeio, Apoema — os olhos do *mitanguariní* encaravam as gaivotas que planavam sobre o horizonte, arejando suas penas e deixando o vento trabalhar por elas. — Odeio você e seu *aman paba,* sua luz de cor sem nome, suas pedras derretidas e sua arma que corta o ar.

— Eu nunca quis te antagonizar, Kurumã.

— Dizem que há um *mitanguariní* em Buiagu tão alto e forte que qualquer um que o enfrente haverá de lutar sob sua sombra. Ele é respeitado, pois é bravo e lutador. Já você? Você é pequena, fraca, despreparada e afoita, mas, mesmo assim, sou eu quem vive sob sua sombra, Apoema. Como isso é justo, me diga?

— Você é o mais forte, mais temido e o mais respeitado aluno de *guariní* Araní, só você que acredita que vive sob a minha sombra.

— As pessoas a respeitam, pois você pode ser Kami.

— Eu não sou a reencarnação de Kami, Kurumã. Só porque a cor de minha luz não tem nome não quer dizer que eu seja especial.

— Não importa o que você acha sobre si mesma, o que importa é como os outros a veem.

— Esse talvez seja o seu erro, Kurumã, viver pelos olhos dos outros — disse Apoema ao lançar uma pedra pelo precipício e encarar a longa e silenciosa queda.

— Por que você gosta tanto deste lugar? — Ele perguntou.

— Há tantos motivos — respondeu Apoema com um sorriso gracioso. — O fim da Ibi, o vento, os sons e as cores.

— Você acha que a ilha de Caçumipuã existe?

— Eu sei que ela existe. Eu sonhei com ela.

— Então vamos descobrir?

Antes que Apoema conseguisse compreender a provocação, Kurumã estirou os braços e pulou. O corpo do *mitanguariní* foi diminuindo de tamanho e Apoema sentiu o ar de seus pulmões evaporar. Kurumã mergulhou, evitando os rochedos, e retornou à superfície depois de algum tempo submerso. O homem gritou alguma coisa, mas a distância e o vento eram bravos demais para carregar sua voz. Apoema encarou o feito de Kurumã com surpresa, e o que antes era medo, virou fascínio. A *mitanguariní* deu alguns passos para trás, retirou seus trajes, correu, abriu os braços e, por um piscar de olhos, ela voou.

A queda foi gloriosa.

O vento forte, e os cabelos esvoaçando, e os rochedos passando por ela em um infindável borrão, e as borboletas desvairadas voando em sua barriga.

Era como reviver um sonho bom.

O mergulho foi frio. Mas não o frio que incomoda, dói, treme e mata, mas o frio revigorante, que limpa o *exanhé*.

— Vamos! — Kurumã gritou.

Os braços dos *mitanguariní* eram fortes e eles ganharam das ondas bravas de Iara. Em pouco tempo, a terra sumiu e tudo o que seus olhos viam era água. *Algo de estranho acontece com o homem quando ele se vê cercado por tanto mar. Ele aprende que a sede da Ibi é muito maior que a dele e não há nada maior que o reflexo do céu.* As palavras do pai ecoavam na mente da menina, que nadava em direção ao nada como se respondesse a um chamado irrefutável. Kurumã, por outro lado, nadava apenas aguardando o momento em que o medo de Apoema gritasse mais alto que sua curiosidade.

Algo que não parecia provável.

— Apoema! — gritou Kurumã.

— Fale — disse a *mitanguariní,* parando suas braçadas.

— Se nós continuarmos, vamos cair da Ibi.

— Então vamos ver como é o fim de todas as coisas?

— Caçumipuã já teria aparecido para nós. Ela não existe.

— Ela existe, Apoema. Continue.

Disse a voz que vivia dentro de seu *exanhé*.

— Vamos continuar, Kurumã. Eu sei que ela existe.

— Não. Eu vou voltar. Você quer cair da Ibi? Caia. Eu não vou acompanhar.

Kurumã deu meia volta, mas Apoema continuou nadando em frente, decidida a encontrar a ilhota perdida. A *mitanguariní* permaneceu em seu trajeto e só parou quando o cansaço finalmente venceu a determinação de seu *exanhé*. Ela deixou que seu corpo boiasse sobre a superfície plácida, sentindo a brisa do alto-mar acariciar seu rosto, os dedos dos pés e seios. À sua esquerda, Aram estava prestes a deitar-se sobre o horizonte. Os céus e a água se acenderam em um fogo sem calor e o mundo pintou-se em tons de magenta, amarelo, vermelho e azul. A moça suspirou e sentiu a paz da mais completa e absoluta solidão.

O estado de transe de Apoema foi abruptamente interrompido por um berro abafado e eruptivo, que lançou uma quantidade significativa de água aos céus e fez chover sobre a mulher. Uma pirapuan emergiu ao seu lado, lançando marolas que agitaram a *mitanguariní*. Aquele era o maior ser que ela havia visto em todos seus *Motirõ*. Apoema mergulhou de olhos abertos e, apesar da escuridão do fim do dia, conseguiu enxergar a sombra da gigante submersa. Ao regressar à superfície, notou que não se tratava de apenas uma pirapuan, mas de um bando inteiro. Apoema sorriu e nadou com os animais, escutando seus cantos reverberarem pela água, sentindo as ondas criadas por seus pulos alegres.

A noite caiu e duas Airequecê brilharam, uma no firmamento e outra espalhada no mar, flutuando ao lado de Apoema e das pirapuan. A mulher nadou ao lado das baleias por um belo tempo, cada uma apreciando a companhia da outra — ela pela magnitude singela daqueles seres dóceis, as pirapuan pela imensa coragem daquele ser minúsculo e de nado desengonçado. Quando Apoema se cansou, um filhote de pirapuan a levou sobre seu dorso, e a *mitanguariní* dormiu sentindo as águas de Iara fazendo cafuné.

As pirapuan deixaram a moça próxima à ilha de Caçumipuã. A praia, banhada pela luz carinhosa de Airequecê, parecia uma terra de espíritos, pois a penumbra florescia junto às árvores. A orla era bonita, de águas calmas e rasas, que refletiam a beleza marasmada dos vaga-lumes de Jacamim. A *mitanguariní* andou pela beira-mar, desfrutando da calmaria e deixando desenhos de seus pés na areia fofa. Apoema então pensou na qualidade do tempo. As pegadas eram os ontens, a sensação dos grãos macios era o hoje, e o caminho à sua frente era os amanhãs.

Um. Dois. Três.

A moça andou até encontrar um velho sentado em frente a uma fogueira branda, esperando uma sororoca assar sobre folhas de caju.

— Seus pés são os primeiros a tocar essa parte da Ibi — disse o velho com voz arranhada.

Apoema mirou os pés do velho e notou que eles eram invertidos, virados como se andasse para trás.

— Seus pés não contam? — perguntou Apoema.

— Não.

— Por que não?

— Porque minha luz não tem cor e nem *aman paba,* e eu nunca tive pai, e nem mãe, e nem filho. E, principalmente, meus pés não deixam rastros.

— Não ter essas coisas importa? — perguntou Apoema.

O velho sorriu com aquela resposta de pensamento incomum.

— Por que você veio até Caçumipuã, moça?

— Eu queria ver o fim das coisas.

— As coisas não terminam, elas dão voltas.

Apoema sentou ao lado do homem. O cheiro do peixe frito fez sua barriga reclamar como o céu em dia de chuva.

— A janta logo, logo, estará pronta.

— O que é que você faz aqui, sozinho assim? — ela perguntou.

— O que é que você faz aqui, sozinha assim? — ele rebateu.

— Eu vim ver onde as coisas terminam.

— Eu vim lhe dizer que as coisas não terminam. Elas dão voltas.

— Então, se eu nadar, e nadar, e nadar, e nadar?

— Eventualmente, vai acabar voltando para o mesmo local em que começou.

— E o Acauã Cabrué? Eu achei que encontraria ele aqui.

— Você há de encontrá-lo, mas não aqui. Se um dia ele deixar de teimosia, acho que vocês dois poderão ser bons amigos.

Apoema e o velho conversaram sobre muitos assuntos naquela noite. Foram tantas palavras trocadas que Aram ficou curioso e acordou só para espiar a conversa dos dois. O velho contou que tinha muitos nomes, mas que gostava de ser chamado de Baquara. Apoema disse a Baquara que ela tinha apenas um nome, mas alguns já a chamaram de *Aráoema*, só para chateá-la, e outros acreditavam que ela era a reencarnação de Kami, pois sua cor não tinha nome.

— As coisas são naturalmente sem nome. Só o homem se preocupa em como chamar as coisas. Esse brinquedo aqui — o velho tirou de sua sacola um pedaço de madeira fino e curvado — alguns homens o chamam de Iuitú Iuíre, pois ele brinca com o vento.

Baquara lançou o brinquedo com um movimento forte de seu braço e o pedaço de madeira girou bem rápido, cortando o ar em um som que muito parecia assim:

VRUMVRUMVRUMVRUMVRUMvrumVRUMVRUMVRUMVRUMVRUM.

    O brinquedo voltou à mão do velho após dar uma volta no ar, como se fosse um periquito treinado.

    — Se eu mudar o nome deste brinquedo, ele em si não mudará, ele continuará voltando para mim.

    — Que pajelança é essa que faz o brinquedo retornar para sua mão? — perguntou Apoema, fascinada pela destreza do Iuitú Iuíre.

    — Não é pajelança. Quando Monâ criou a Ibi, ela criou forças invisíveis aos olhos humanos. A força que faz as frutas caírem e a força que faz as coisas continuarem suas andadas e a força que faz as coisas flutuarem e a força que faz o Iuitú Iuíre brincar com o ar. Julgando pela bela cor sem nome de sua luz, Apoema, você já conhece bem essas forças, não?

    — Sim.

    Baquara mostrou a Apoema o movimento correto que ela tinha que realizar para que o objeto cortasse o ar de forma perfeita e voltasse para suas mãos. Logo na primeira tentativa, a *mitanguariní* foi bem-sucedida. O velho, que conhecia muitos segredos daquele mundo e a enorme capacidade de todos os homens, não conseguiu esconder sua expressão de espanto. Aquele brinquedo vinha de terras além do mar de Iara, e lá era comum dedicar muitos dias para aperfeiçoar o arremesso do Iuitú Iuíre.

    Aram estava em seu momento de maior soberba quando Apoema decidiu retornar para casa, pois sabia que a mãe e o pai logo começariam a ficar preocupados.

    — Leve o Iuitú Iuíre, Apoema. Os ventos parecem gostar de sua cor sem nome e há um pouco do cheiro de Votu em você.

    A moça agradeceu o presente e começou a nadar de volta a Ivituruí, desta vez assistida pela companhia de um bando de botos.

    Ao escalar os rochedos do precipício que ela tanto apreciava, a *mitanguariní* pensou nos ensinamentos que havia aprendido com Baquara, sobre o seu presente e como nada daquilo teria acontecido caso ela não tivesse decidido continuar nadando em direção ao fim das coisas. Uma decisão ia puxando um resultado, e todas as outras possíveis consequências daquela decisão se perdiam, afogadas no mar da escolha.

    Após chegar ao topo do precipício, a *mitanguariní* olhou para trás e achou engraçado como suas braçadas não deixavam rastros na água, diferente das pegadas que deixara nas praias de Caçumipuã. Ela apertou os olhos e forçou a vista, mas, por mais que seu nome fosse Apoema, e por mais que conseguisse sonhar com o futuro e ver além dos outros, a distância era demais e a ilhota agora não passava de uma boa lembrança.

A trilha do Piaçu, que conduzia ao topo da montanha Guaçuaté, era longa e íngreme, e Apoema não sabia o que era dormir direito há duas noites. Seus olhos pesavam e seus ombros estavam derrubados pela fadiga. Ao aproximar-se da muralha de pedra que circundava Ivituruí, percebeu que as pessoas a olhavam de forma estranha, com rostos tomados por uma seriedade e uma tristeza sem tamanho. E assim, sem muitas explicações, ela sentiu sua luz enfraquecer e seus olhos começaram a chorar, como se parte dela já soubesse o que tinha acontecido. Ao passar pela porta de casa, Apoema encontrou o pai sentado ao lado da mãe, que estava deitada sobre mantos de couro de lhama, como se dormisse o mais profundo dos sonos.

— O que aconteceu? — perguntou Apoema ao aproximar-se da mãe e do pai.

— Ontem, assim que você saiu, sua mãe caiu em um sono pesado, e não há nada que a faça despertar. A luz dela apagou, minha filha, mas o *exanhé* não pode ir para a Ibi Além.

Apoema deitou ao lado da mãe e colocou a mão sobre seu seio direito. A pele estava fria e seu coração parecia bater por uma insistência descontente. Baepeba era prisioneira de seu próprio corpo e a escuridão final havia chegado, mesmo com sua intervenção. Não havia como escapar do *aman paba*.

A *mitanguariní* chorou até os olhos doerem.

Foi quando um terrível pensamento decidiu residir entre as duas orelhas de Apoema.

Teria sido ela responsável por aquela situação? Teria ela mudado o percurso natural das coisas? Teria sido o amor que tinha por sua mãe a razão por trás daquela mazela? E se sim, por que Monã lhe daria o dom de ver os amanhãs sem a possibilidade de poder mudá-los para o bem, sem poder salvar aqueles que eram queridos e amados?

Deitada ao lado da mãe, cujo coração pararia de cantar dois dias depois, Apoema jurou que nunca mais alteraria o futuro que seus sonhos apontassem.

Juramento este que só quebraria tentando salvar a luz preta de Obiru.

AS PALAVRAS DE EÇAÍ

Eçaí adorava acordar sentindo a pele quente e macia de uma cunhã prensada contra seu corpo, acariciando seu couro com seus toques, cheiros e sabores. Naquele dia, a cunhã em questão era uma *guariní* chamada Palapi Owena, que apesar de seu medo de altura, escalava o mais alto pinheiro de Itaperuna para poder dividir carícias de rede com o homem mais belo de toda Ibi. Palapi sabia muito bem que outras mulheres eram convidadas a se deitar com Eçaí e provar de seu calor e de suas orelhas de jaguatirica, mas isso não a incomodava, pois os homens ainda não tinham inventado o ciúme da carne.

— Essa é uma história de um tempo esquecido, dias em que dormir era dolorido, pois o sonho ainda não era nascido. Escuridão, escuridão, era nela que o homem era mantido.

— O quê? — perguntou Palapi, que acordou ao som da voz rouca e grave de Eçaí.

— Nada — ele desconversou.

Eçaí estava a compor mais uma de suas palavras engraçadas, frases que tinham terminações de sonoridade parecida e com um ritmo musicado. Ao longo de seus dezessete *Motirõ* de vida, ele havia composto e memorizado mais de duzentas palavras engraçadas, sendo assim a segunda atividade preferida do *mitanguarini* — a primeira, é claro, namorar. Eçaí gostava de pensar que a vida sobre a Ibi deveria ser muito mais do que caçar, pescar, dançar, plantar, comer e cultuar. Para o *mitanguariní*, a vida era sobre criar algo que ainda não tinha nome, mas que era a verdadeira representação das coisas inomináveis que transformavam o ordinário em algo fantástico; algo que era maior que a maior montanha, mas que ainda assim cabia dentro dele. Algo que um dia chamaria de amantessidão.

Desde o dia em que seu pai furou suas orelhas e tornou-o homem, o *mitanguariní* só queria saber de deitar-se com alguma cunhã e compor suas palavras engraçadas. Agora adulto, Eçaí era capaz de decidir o que fazer e quando fazer, optando por abandonar seus treinamentos *guariní* — para muito desgosto e preocupação de seu pai, *abaetê* Huitzilopochtli. *Guariní* Malinali, a mãe de Eçaí, também vivia dias de aflição com as decisões do filho, no entanto, por outros motivos, os quais não dividia com seu marido.

Mas, para Eçaí, a vida era boa demais para ser gasta pensando nas glórias e nas obrigações de um *aman paba* alto. A própria ideia de saber quando sua luz iria eventualmente se apagar tirava a graça e a beleza da vida, que sempre se mostrava mais interessante sob as névoas da incerteza. Todavia, a negligência de Eçaí com os treinamentos mandatórios não implicava um despreparo completo do *mitanguariní*, que fez questão de desenvolver suas próprias técnicas de caça. O passar dos *Motirõ* serviram para amadurecer os músculos e o *exanhé*. Até os seus sentidos estavam mais aguçados; além de sua audição felina, Eçaí era capaz de sentir o cheiro ruim que o veneno das serpentes tinha e conseguia contar as penas dos acauãs quando estes cortavam as nuvens.

Você é mais rápido do que qualquer homem que eu conheça, disse certa vez *pindara* Tonauac, seu melhor amigo e professor de pesca. E era verdade, a velocidade de seus reflexos era impossível de ser executada por mãos ordinárias, tanto que em pouco tempo Eçaí deixou as linhas e as redes de pesca de lado e começou a pescar usando as próprias mãos. *Você parece mais bicho que homem*, brincava Tonauac toda vez que Eçaí emergia do rio Arariboia segurando a pesca do dia. E por mais que Tonauac brincasse, a verdade era que Eçaí sentia-se muito mais à vontade quando se via cercado pelo verde de Cajaty do que em sua própria aldeia.

— O que é que você está pensando? — perguntou Palapi, interrompendo os devaneios de Eçaí.

— No que é que faz nossa casa ser nossa casa.

Guariní Palapi virou e mirou os olhos cor de mel de Eçaí, olhos que faziam sua luz se acender feito vaga-lume e arrebatavam seu *exanhé* como uma pena em dia de ventania.

— O que faz nossa casa ser nossa casa é o fato de nós morarmos nela.

— Eu não estou falando de casas feitas de palha, barro, pedra ou madeira, estou falando daquele lugar em que nós nos sentimos mais confortáveis, que pode ser tocado ou que pode existir somente entre nossas orelhas, aquele lugar que é só nosso, nossa verdadeira casa.

— Eu não entendo.

— Quando é que você se sente mais feliz?

— Quando nós nos sentamos em círculo, cantamos, e os homens dançam em nome de Cajaty, e o fumo é passado de mão em mão.

Eçaí não tinha a mesma opinião que a cunhã, mas compreendia bem que aquele era um momento que muitos outros homens e mulheres admiravam e ansiavam.

— E você? — ela perguntou.

— Eu ainda não achei minha casa.

Eçaí e Palapi desceram da rede presa nos cumes dos mais altos pinheiros da região e começaram a jornada de volta a Itaperuna, que, graças à chegada do *ara ymã*, vivia dias movimentados. Andarilhos e visitantes de outras aldeias peregrinavam até a aldeia para testemunhar a troca de folhas da Aroeira, momento destinado ao culto à paz entre Aram, Airequecê e Ibi.

Quando Monâ decidiu ter seus três filhos, a mãe do tempo e de todas as coisas jamais imaginou que estes fossem ter filhos próprios. Aram, o pai do calor, cortejou sua irmã mais nova, Ibi, e dessa relação nasceram Tata, pai das chamas, e Aupaba, pai da terra. Airequecê, a mãe do frio, também se apaixonou por sua irmã, e do amor das duas nasceram Iara, a mãe das águas, e as gêmeas Tinga, a mãe da neve, e Amanacy, a mãe das chuvas. Mas Aram e Airequecê não queriam dividir o amor de sua irmã, e o calor e o frio começaram a brigar. Ibi, na tentativa de acalmar as tormentas dos conflitos, beijou Aram e Airequecê ao mesmo tempo, e desse encontro nasceu Cajaty, mãe das florestas, filha dos três deuses. E aquilo que deveria pôr um fim aos ciúmes divinos acirrou ainda mais a desavença entre os filhos de Monâ. Vulcões entraram em erupção e o chão tremeu e se partiu, e ondas enormes colidiram, e pedras de gelo caíram dos céus, e inundações castigaram a Ibi, que viveu sob a escuridão vermelha do *yamí ybapiranga*. Cansada com as brigas de seus filhos, Monâ colocou uma nova filha no ventre da Ibi, Votu, a mãe dos ventos e do ar, que, com seus fortes sopros, controlaria as brigas entre os espíritos divinos. A mãe do tempo também criou o dia e a noite e a primeira geração de homens, que nasceram para venerar os deuses, sendo a troca das folhas da Aroeira, o primeiro verde de Cajaty, um dos cultos mais celebrados em toda Ibi.

— Itaperuna está tão bonita — disse Palapi, que brincava de passar o dedo sobre a superfície do rio, criando pequenas oscilações enquanto Eçaí remava a canoa. — Você vai comparecer ao banquete da troca de folhas da Aroeira?

— Vou.

— É mesmo? — perguntou a *guariní*, que estava acostumada à inadimplência de Eçaí em eventos cerimoniais.

— Sim.

— E que pajelança é essa que faz você comparecer a um evento da aldeia?

— Minha paz com o meu pai não vem de bom grado. Há sempre uma troca exigida. O banquete do *ara ymã* é um dos sacrifícios a que tenho que me submeter.

Eçaí deixou Palapi no centro da aldeia e remou em direção à casa dos pais, onde encontrou sua mãe, *guariní* Malinali, conversando com *pindara* Huenupan sobre os preparativos para a grande celebração que ocorreria naquela noite. Malinali tinha uma pele mais clara se comparada à coloração predominante em Itaperuna, assim como seus cabelos, que, ao contrário do habitual negro liso, eram cor de areia e levemente ondulados. Mas eram os lábios de Malinali que realmente chamavam a atenção, pois ela parecia sempre sorrir com a intensidade do brilho de Aram. Quando um homem fazia Malinali rir, era como se a própria Monâ lhe permitisse uma espiadela para a glória da eternidade. Sorriso este que não saía de seu rosto durante as celebrações do *ara ymã*, principalmente quando o banquete era farto e diverso.

Enquanto a mãe discutia os pormenores das celebrações, Eçaí andou até sua parede, repleta de desenhos, e pôs-se a trabalhar em sua mais nova palavra engraçada, a mesma que havia iniciado na rede com *guariní* Palapi. O *mitanguariní* ponderava sobre as criações de Monâ e como ela não havia criado tudo de uma vez só. A mãe de todas as coisas primeiro criou Aram, depois Airequecê, depois Ibi, e só criou Jacamim e seus vaga-lumes depois de criar o dia e a noite. E entre criar os deuses e criar a primeira geração de homens, muitos *Motirõ* se passaram e muitas coisas nasceram, como todos os animais e flores e rios e montanhas. Eçaí via-se fascinado por isso, pois essas histórias contradiziam o que ele havia aprendido na mata. Na natureza, as coisas não nascem do jeito que são, elas mudam, como os ovos das serpentes, pequenos, redondos e singelos, que geravam seres enormes e vorazes, ou como os próprios homens, pequenos e frágeis de primeira, mas que, com o passar dos *Motirõ*, tornam-se mais robustos. E com isso em mente, o *mitanguariní* caiu em um pensamento confuso, que girava, e girava, e girava, e girava, e nunca chegava a um fim. *Se Monâ é a mãe do tempo e de todas as coisas, ela tem que ser filha de algo, e esse algo tem que vir de algo, e esse algo de algo.* Ao chegar em tal conclusão, Eçaí sentiu um grande vazio e uma grande tristeza que o fez chorar. Nasceu, no interior de sua luz, uma dúvida cruel que o separava de todos os outros *exanhé* que o cercavam. O *mitanguariní* virou o rosto e encarou a felicidade que aflorava entre as bochechas da mãe, um sorriso genuíno. Ele soube ali e então que as coisas nunca mais poderiam ser as mesmas. A distância entre eles, mãe e filho, nunca poderia ser medida, pois, para Eçaí, uma grande verdade começava a ficar abundantemente clara.

Algo está errado nas histórias que os velhos contam.

— Pensando em quê, filho?

— Nada, mãe.

Malinali sabia que filhos só contam às mães aquilo que querem contar.

— Onde você estava hoje?

— Você faz perguntas para respostas que não quer ouvir, mãe.

— O verde de Cajaty pode ser um lugar perigoso, filho.

— Todo lugar na Ibi pode ser perigoso, mãe, até ficar em casa.

Guariní Malinali havia sobrevivido ao ritual do Turunã e conhecia bem as ameaças que derramavam vermelho e roubavam amanhãs, mas não era a esse perigo que ela se referia, mas sim aos perigos que derramavam verdades e desenterravam segredos.

Quando Malinali foi escolhida por *abaetê* Huitzilopochtli para ser sua mulher, a *guariní* não sabia que aquele momento de felicidade também acarretaria noites de extrema angústia e que culminaria em uma das mais difíceis escolhas de sua vida. Huitzilopochtli era um homem de poucas regalias e vivia metodicamente sob suas restritas regras, tendo pouca paciência para erros, desatenções e fraquezas. E pelo primeiro *Motirõ* de sua união, o *abaetê* e a *guariní* dividiram a rede todas as noites, ansiosos pelo fruto que nasceria do enlaço de suas sementes. Mas nada floresceu, e Huitzilopochtli começou a culpar o ventre da mulher, que devia ser seco e que não era capaz de nutrir um filho para o *abaetê*. Malinali, envergonhada, correu em direção às matas fechadas que cercavam o lago Tenochtitlan, procurando esconder sua presença desonrosa da companhia dos outros. Lá, sozinha e desalentada, chorou por três dias e três noites seguidas, e suas lágrimas formaram um pequeno córrego. No quarto nascer de Airequecê, uma enorme jaguatirica, de nome Iarateguba, apareceu das penumbras de Cajaty e saciou sua sede com o rio que nasceu do choro de Malinali. Os olhos brilhavam naturalmente, como dois imensos vaga-lumes de Jacamim, e os caninos eram longos e afiados, e mesmo sem pronunciar uma palavra, a *guariní* sabia que aqueles dentes já haviam devorado vários amanhãs. A água de seu choro era tão pura que Iarateguba aproximou-se de Malinali para agradecer, e esta contou à fera a origem de seu desalento e o porquê de suas lágrimas terem aquele gosto peculiar. O animal escutou com atenção a história da mulher, mesmo não compreendendo os costumes arbitrários e estranhos daqueles seres que se chamavam homens. Comovida pela tristeza de Malinali e encantada com o sabor de seu desalento, Iarateguba ofereceu colocar a sua semente na barriga da mulher, afirmando que um fruto haveria de nascer, pois o problema não era o ventre da mulher, mas sim as sementes do homem com quem ela se deitava. Malinali aceitou, decidida a criar a criança como filho de Huitzilopochtli. Mas Iarateguba foi enfática. *A cria é minha*, disse a fera, *e eu vou pegá-la quando ela crescer*. A *guariní* voltou à aldeia e em pouco tempo seu bucho avolumou. Eçaí nasceu com as orelhas de jaguatirica, fato que nunca incomodou Huitzilopochtli; orgulhoso, o homem atribuiu aquela excentricidade à força de sua luz. Além das orelhas, a criança nasceu com um *aman paba* alto, de cento e trinta e quatro *Motirõ*, e com uma inclinação para perambular pelas florestas. Desde então, Malinali temia que Iarateguba cumprisse sua promessa e roubasse seu filho.

— Não importa para você que sua mãe fique nervosa com suas caminhadas pelo verde de Cajaty?

— Importa, mas eu não posso fazer nada a respeito disso, posso, mãe?

— Pode sim, você pode parar.
— A chuva não para de cair porque você pede.
— Você é a chuva, filho?

Eçaí conhecia muito bem sua mãe e sabia que aquela conversa não teria um fim se ele continuasse a provocá-la. O *mitanguariní* decidiu mudar o assunto, perguntando sobre as festividades, levando Malinali a deixar suas inseguranças para um outro dia. A mãe contou ao filho sobre o grande número de viajantes que haviam chegado a Itaperuna, homens e mulheres de todas as aldeias da Ibi, ansiosos para testemunhar a troca de folhas da Aroeira. Enquanto Malinali esmiuçava os detalhes dos preparativos que antecediam o banquete do *ara ymã*, Huitzilopochtli chegou em casa com o corpo pintado com desenhos feitos em polpa virgem de jacarandá. O *abaetê* havia passado boa parte da tarde na tenda de Majé, cuidando de seu corpo e do seu *exanhé* para poder agradecer Cajaty pelo bom *Motirõ* que tiveram. Os desenhos em seu corpo representavam as raízes da Aroeira, a árvore que conectava a Ibi ao grande tapete do tempo. A tinta teria que permanecer no corpo do *abaetê* até que ele se banhasse com a primeira chuva de Amanacy.

Malinali deixou o filho de lado e assistiu o marido na tarefa de pôr as pesadas vestes cerimoniais, togas de couro adornadas com sementes das mais variadas árvores de Itaperuna. Eçaí conversava pouco com o pai, que nunca compreendeu o brilho de sua luz, mas o *mitanguariní* sabia dizer que por trás de seu rosto duro e de seus lábios retos, o pai sorria do seu próprio jeito. *A felicidade alheia é como um punhado de sementes,* pensou o *mitanguariní, cada uma tem sua cor e sua forma de brotar.*

— Antes de você partir para Mboitatikal para o ritual do Turunã, eu gostaria que você dedicasse seus últimos dias treinando com *guariní* Quenti.

— Eu não estou preocupado.

— Pois eu estou — disse Huitzilopochtli, asseverando com os olhos que ele não era igual à Malinali e não deixaria o assunto morrer tão facilmente.

— Tudo bem — Eçaí respondeu.

O cansaço de Aram já pintava os céus quando o *abaetê* e sua família chegaram ao centro da aldeia, erguida por palafitas sobre as águas do lago Tenochtitlan. Eçaí deixou o pai e a mãe atenderem às suas obrigações e foi à procura de seu amigo Tanuac, buscando alívio nas conversas despretensiosas que os dois dividiam sempre que podiam.

Como Cajaty era filha dos três deuses, todas as aldeias da Ibi sentiam-se ligadas ao espírito da floresta, que era também conhecida por ser mãe da paz e da ordem. O grande número de novos rostos que perambulavam pelo centro de Itaperuna tornou a tarefa de encontrar Tanuac um pouco mais difícil, mas nada que suas orelhas e olfato de jaguatirica não resolvessem. O cheiro do amigo era único, fácil de captar, mesmo na bagunça sensorial que tomava conta da aldeia. O *pindara* estava conversando com um desconhecido de pele mais escura e avermelhada, de cabelos curtos, que trajava vestimentas mínimas e tinha um tembetá labial, um enorme disco pintado com tinta de urucum que adornava seu beiço inferior. Ao aproximar-se, Eçaí notou que os dois conversavam sobre um casal de *mitanguariní* de Buiagu. Segundo o estranho, a mulher havia matado o maior guará já visto naquela aldeia, e o homem não parava de crescer, capaz de matar, usando somente as mãos, uma sucuri. O assunto, obviamente, entediou Eçaí por completo, e assim que achou uma oportunidade, ele puxou Tanuac para longe do homem de Buiagu.

— Eu não sei como você não se importa com essas coisas — disse o *pindara*, que sonhava em poder participar de algo emocionante e honroso como o ritual do Turunã.

— Uma luta é apenas uma luta.

— Se você for por esse pensamento, tudo é apenas algo.

— Mas existem algos mais interessantes que outros algos — disse Eçaí ao sorrir para *pindara* Cocomama, uma cunhã que havia passado ao seu lado.

— Você sabe que *arátor* Capotira adoraria ser convidada a passar uma tarde com você em sua rede.

— Sei — disse Eçaí, agora tomado por uma tristeza enorme.

— E por que você não põe um sorriso no rosto dela?

— Se eu dividisse minha rede com Capotira, seria algo para ela e seria outro algo para mim. Deitar-se com sentimentos em desequilíbrio é terrível, algo que eu não faria. O sorriso que Capotira merece eu não sou capaz de proporcionar.

— Eu não te entendo, Eçaí.

— Não sei dizer, ao certo, se eu me entendo também, Tanuac.

Os amigos andaram em volta da Aroeira, um jequitibá-rei de tronco branco acinzentado, dono de uma folhagem que camaleava entre o âmbar e o ecru, cujas folhas velhas, ao desgarrarem-se dos galhos, brincavam de dançar enquanto caíam das alturas. Eçaí e Tanuac debatiam sobre os peixes mais difíceis de pescar, assunto predileto e recorrente entre os dois, quando perceberam que um *guariní* da aldeia de Tucuruí havia desafiado um local para uma disputa de *nhenheguaçu* e havia vencido. O *guariní*, que se chamava Kokopelli, esbravejava orgulho por ter derrotado um sábio de Itaperuna naquele dia sagrado, e, de longe, Eçaí viu o desgosto apossar-se do rosto de seu pai.

— Eu o desafio! — gritou Eçaí, antes mesmo de perceber aquilo que sua língua havia proferido.

Kokopelli sorriu, pois o homem que o desafiava era jovem, inexperiente e filho do *abaetê* — uma vitória sobre ele seria lembrada por muitos *Motirõ*.

Eçaí começou a caminhar em direção à pequena arena, que tradicionalmente era designada a combates de *muramunhã*, mas que, naquele dia, encontrava-se vazia para as festividades do *ara ymã*. O filho notou que o desgosto no rosto do pai havia se transmutado em uma espécie de pavor contido. Sua mãe também não parecia muito contente com sua decisão em desafiar um *guariní* experiente em uma disputa de sabedoria.

— Você já venceu uma disputa de *nhenheguaçu*? — perguntou Tanuac.

— Não. Mas o quão difícil deve ser?

Tanuac tinha uma resposta pronta para dar, mas preferiu não abalar o otimismo do amigo. O *nhenheguaçu* era uma disputa dificílima, em que cada resposta dada tinha que ser calculada, antecipando a possível resposta de seu concorrente.

— Pois bem, jovem com orelhas de jaguatirica, como você é mais novo, eu deixarei que você comece — disse Kokopelli com um sorriso imodesto em seu rosto.

— Meu nome é Eçaí, e como anfitrião das celebrações do *ara ymã*, é costume que o visitante faça as honras de começar.

— Pois bem — disse Kokopelli, que agora mirava Huitzilopochtli, como se desafiasse o próprio *abaetê*, e não Eçaí. — Eu sou o escorpião, que pica os homens e rouba seus amanhãs com seu veneno.

— Eu sou o lagarto, que engole os escorpiões — respondeu o *mitanguariní* sem titubear.

— Eu sou a cobra, que se alimenta de lagartos e cujo tamanho e força não têm equivalentes — disse Kokopelli.

Eçaí compreendeu a tática do velho de Tucuruí, que prolongava suas descrições para dificultar a réplica de seu oponente.

Só não caia em uma armadilha, ele pensou.

Os olhos de toda Itaperuna voltaram-se para o filho do *abaetê*, homem que era conhecido em toda Ibi pela sua beleza, não pela sua sabedoria.

— Eu sou o homem — disse o *mitanguariní* —, que apesar de ser menor e mais fraco que as serpentes, é mais inteligente e perseverante, e as caça e come no jantar.

Na distância, Eçaí podia jurar ter visto o pai sorrir.

— Eu sou o ferro, que corta a carne dos homens e é duro e inquebrantável.

— Eu sou o fogo, que derrete o ferro.

— Eu sou o vento, que apaga o fogo, derruba árvores e faz tudo se curvar.

— Eu sou Aráybaca, a grande arara-azul, que brinca com o vento e nem precisa bater as asas para voar e jogar os homens dos céus — respondeu Eçaí.

Kokopelli percebeu que seu julgamento prévio com relação a Eçaí estava completamente errado. Ele jamais imaginou que o jovem fosse capaz de respostas como aquela. Decidido a não dar mais chances ao azar, o *guariní* pôs um fim àquele combate de *nhenheguaçu*.

— Eu sou Monâ, que criou Votu, e os ventos, e os homens, e que castiga tudo que existe.

O silêncio tomou conta de todas as bocas presentes.

Eçaí pensou em responder que os deuses não eram esses seres grandiosos e que, na realidade, os homens eram os maiores criadores da Ibi, pois sem ter alguém para adorá-los, os deuses nada eram. Pensou em dizer que Monâ era subserviente à sua própria criação e que tudo que eles acreditavam era nada mais que histórias bonitas criadas por homens há muito tempo mortos. Mas o *mitanguariní* olhou para o pai e para a mãe e pensou no estrago que aquelas palavras teriam e como ninguém mais olharia para ele da mesma forma.

Se era para vencer, que ele vencesse sendo fiel àqueles que amava.

Mas como vencer algo tão grandioso como a ideia de um deus?, pensou Eçaí. *Como encontrar uma resposta maior que a maior de todas as coisas?* Eçaí estava prestes a aceitar a derrota quando conseguiu, pela primeira vez, abraçar o conceito do impalpável e do intangível. E nesse desdobrar de pensamento, ele compreendeu que nada tem realmente início ou fim e que o tamanho das coisas é dito pelos próprios olhos. E nas descrições exageradas de Kokopelli, escondida na vontade do *guariní* de vencer, estava a resposta que Eçaí precisava.

— Eu sou o perdão — respondeu Eçaí. — Sentimento tão forte que até a mãe do tempo se curva para ele.

Aquela resposta roubou toda a pompa que sustentava o sorriso no rosto de Kokopelli. Os pulmões viram-se desprovidos de palavras, restando apenas olhos arregalados e um balbucio nervoso. A vitória de Eçaí foi motivo de conversa entre todos os presentes, e até o imutável Huitzilopochtli parabenizou o filho pela coragem e astúcia, acrescentando que aquilo não o isentaria de treinar com *guariní* Quenti. E foi justamente aquele comentário do pai que fez Eçaí perceber que, por mais que ele tentasse, certos homens possuem sedes tão grandes que nunca poderiam ser saciadas. E enquanto todos congregavam, o *mitanguariní* com orelhas de jaguatirica aproveitou as distrações das celebrações e do cair das folhas da Aroeira para sumir, procurando na solitude um pouco de alento.

Os sons das danças, das músicas e dos risos logo foi sumindo, dando espaço para o grunhir dos caititus, e o grasnir dos carcarás, e o crocitar das corujas. A mata era densa e a luz de Airequecê não conseguia atravessar a folhagem das árvores, mas Eçaí enxergava claramente tudo à sua volta. Andou por um bom tempo, perdido em pensamentos e nas demandas de seu pai. *Por que ele não pode aceitar que não sou como ele?*, perguntou-se. *Por que ele não pode se contentar com minha vitória? Por que ele não descansa? Por que ele não é feliz por mim?*

O *mitanguariní* andou até o outro lado da mata, onde o rio Ibepetuba, a serpente de escamas brancas, corria com suas correntezas tempestuosas. Aquelas eram as águas mais perigosas e traiçoeiras da região, e nem os mais corajosos *pindara* ousavam arriscar-se em suas profundidades. O nome Ibepetuba veio exatamente da força de sua correnteza, que era sempre nervosa e de vagas quebradas, e que, como uma serpente, engoliam todos que atreviam adentrá-la.

Talvez meu pai esteja certo, pensou Eçaí. Talvez ele fosse realmente fraco e despreparado. No entanto, se levasse em conta o que seu pai considerava como forte, todos na Ibi seriam fracos. Eçaí sabia que havia muito mais em sua luz do que seu pai podia imaginar.

Muito mais brilho.

O *mitanguariní* jogou o corpo para a frente e mergulhou nas águas raivosas de Iara. A força da correnteza puxou Eçaí para baixo, levando-o ao coração do rio. Os sons abafados e serenos da água abraçaram o *mitanguariní*, que usava de todas suas forças para retornar à superfície e recuperar o ar que havia deixado lá em cima. Os braços e as pernas debateram-se e o coração acelerou, e o mundo fora da água não chegava. A força do rio era bem maior do que ele esperava.

O silêncio o engoliu.

Quando finalmente arfou e pôs ar em seus pulmões, as onomatopeias do rio fizeram questão de mostrar sua veracidade e truculência.

O silêncio do mundo submerso era intercalado com os ruídos aterrorizantes da água colidindo com pedras e galhos e qualquer coisa que arriscava se pôr em sua frente. O corpo girou e brincou de ser folha enquanto a serpente d'água aplicava o bote, sufocando e devorando seus amanhãs.

A morte é um cafuné, constatou Eçaí, *arrepia até o exanhé, que não tem pelo*.

Porém, ao invés de entregar-se à promessa de eternidade que era a Ibi Além, o corpo de Eçaí reagiu instintivamente, agarrando-se com todas as forças ao pedaço de efemeridade que envolvia sua luz. Os braços e as pernas acharam forças escondidas e agarraram-se a um galho de igapó, permitindo que ele se puxasse de volta à terra seca. Eçaí deitou e ficou um bom tempo no chão, recuperando tudo aquilo que o rio havia tentado tirar dele.

— Poucos homens podem dizer que venceram o Ibepetuba.

Parado em frente ao *mitanguariní* estava um velho de cabelos afogueados e pés virados. Seus olhos emanavam uma sabedoria pacífica, como se conhecesse os nomes de todas as cores da Ibi e todos seus segredos.

— É uma vitória sem gosto — disse Eçaí ao levantar-se. — Não há um propósito.

— Vencer a força da natureza não basta?

— Depende... a natureza precisa ser vencida?

— O homem, com certeza, tornou desafiar a natureza uma prática corriqueira.

— Mas isso não quer dizer que ele esteja certo — respondeu Eçaí, que agora mirava o rio e as vagas nervosas que se quebravam e pintavam de branco a superfície fluminense, dando a ela a aparência de escamas alvas. — O que é que você faz aqui, do outro lado do Ibepetuba, velho?

— O mesmo que você, não? Vim ver a vista do outro lado.

— Não é grande coisa — riu Eçaí.

— Não, não é — riu o velho. — Mas as melhores coisas sobre a Ibi nem sempre são belas ou grandiosas.

— Sim. Às vezes, o feio nos conquista pela honestidade.

O estranho e Eçaí começaram a andar em direção à ponte construída para atravessar o Ibepetuba, um tronco de um grande ipê derrubado que cruzava de uma margem a outra do rio. O velho apresentou-se ao *mitanguariní*, disse que se chamava Baquara, mas que ele haveria de ficar conhecido por outro nome. *Qual?*, perguntou Eçaí, que por nenhum momento duvidou da veracidade das palavras do velho, que falava dos amanhãs com a mesma propriedade que as Majé.

— Crianças me chamarão de um nome que ainda não existe — respondeu Baquara — e duvidarão de minha existência, assim como da sua, Eçaí. Elas não acreditarão nas histórias de Araruama.

— Araruama? O que é Araruama?

— É o nome que a Ibi terá um dia, mas a pessoa que colocará esse nome nela ainda não sabe disso.

Baquara abriu a mão e ofereceu a Eçaí uma pequena semente azul, perfeitamente redonda e do tamanho de um ovo de majuí.

— Essa é a semente de Guayitié, dela nascerá o fruto mais doce de toda Ibi. Leve, é o meu presente para você.

Eçaí agradeceu o velho pelo mimo oferecido, pela companhia e pelas histórias fantásticas.

— Eu devo ir, sinto que meu irmão está aprontando uma de suas travessuras — disse Baquara, que se virou e sumiu na escuridão.

As orelhas de jaguatirica do *mitanguariní* viraram para trás, tentando escutar os passos do velho com cabelo cor de urucum, mas tudo que escutou foram os sons do verde de Cajaty. Eçaí examinou o pequeno grão que descansava sobre sua mão, curioso com o que poderia nascer de dentro de algo tão pequeno e insignificante.

O fruto daquela semente, ele não veria florescer.

A FORÇA DE BATARRA COTUBA

Quem desafia Batarra Cotuba luta sob sua sombra.
Os feitos do enorme *mitanguarini* ganhavam notoriedade além da aldeia de Buiagu. Apesar de ter visto apenas dezessete *Motirõ* em sua vida, Batarra já era quase duas vezes maior que um homem ordinário e quase tão bom no manuseio do maquahuitl quanto *abaetê* Teyacapan Tlalli Tlachinolli. Determinado e focado, Batarra treinava todos os dias; estava de pé antes de Aram acordar e só parava para dormir quando Airequecê brilhava na companhia dos vaga-lumes de Jacamim. Quando tinha algum tempo livre, adentrava o Pukuyvy e girava o Muk'buiagu e todo seu peso. Tanto empenho resultou em um corpo montanhoso, duro como os rochedos do Tauá Caninana e tão forte que, sozinho, conseguia carregar uma pedra que nem cinco homens juntos carregariam.

Apesar de seu tamanho descomunal e sua aparência intimidadora, de escalpo raspado e olhos semicerrados, Batarra não era um homem rixoso ou irascível. Pelo contrário, gostava de ser querido e prestativo, e, quando necessário, seus músculos eram postos em prática ajudando seus conterrâneos nas mais variadas tarefas.

Sua prometida, Izel Pachacutec, por outro lado, prezava sua fama de guerreira rígida, e desde que regressou do grande deserto do Tauá Caninana, a mulher ostentava com orgulho a vestimenta feita com a pele do grande guará branco que ela havia abatido. Guarapyrupã, chamavam-na.

Às noites, quando os vaga-lumes de Jacamim pareciam centenas de olhos a bisbilhotar os homens, Batarra e Izel costumavam dividir uma rede, namorando e aproveitando a companhia um do outro. Ela deitava sobre o tronco dele, descansando sua cabeça sobre seu peito, e ele a abraçava, permitindo-se sentir pequeno diante dela. E nas carícias do bem-querer, os papéis invertiam-se: Izel encontrava uma paz confortável e um sossego para seu *exanhé* ao tempo que o calor da paixão esquentava a luz do gigante de Buiagu.

E foi em uma dessas noites corriqueiras, sem particularidade alguma que a diferenciasse das outras, que Batarra Cotuba percebeu que aquele sentimento que ele carregava em seu *exanhé* era maior que o simples gostar.

Era o *morongueta*.

E aquela constatação encheu a luz do *mitanguariní* com um sentimento quente como as pedras do Tauá Caninana e forte como as chamas do vulcão K'a'n Juyub, e, pela primeira vez em sua vida, Batarra Cotuba, o homem que movia sozinho as engrenagens do Muk'buiagu, sentiu-se realmente forte.

— O que eu sinto por você não tem nome, Izel — ele disse ao acariciar os cabelos da *mitanguariní*.

— Então invente um — ela rebateu enquanto brincava com o Ypó, a gota de água que vivia presa no pescoço do homem.

Sob as atenções dos vaga-lumes de Jacamim e a luz branca de Airequecê, Batarra Cotuba fez a primeira declaração de amor.

— Ro haihu — ele disse.

∞

A chegada do *ara ymã* era sempre celebrada pelos homens e mulheres da aldeia de Buiagu, que apreciavam os ventos, as nuvens e as chuvas que acompanhavam o velho tempo, amenizando o calor de Aram. No entanto, as celebrações em nada se assemelhavam aos banquetes oferecidos em Itaperuna, aos grandes festejos erguidos em Tucuruí ou aos cultos ofertados em Mboitatikal: os nativos de Buiagu não nasciam com o apetite para grandiosidades arquitetônicas nem farturas ostentativas da culinária local. Assim como a terra em que escolhiam viver, os homens de Buiagu eram secos, lhanos e desprovidos de vaidade.

Em toda Buiagu, não havia homem que definisse melhor o espírito da aldeia que o seu *abaetê*, o grande Teyacapan Tlalli Tlachinolli, que estava a presenciar seu centésimo vigésimo sexto *Motirõ*. O *abaetê* era venerado por muitos como um dos maiores guerreiros que já existiram, muito devido à sua pujança e inteligência tática durante o ataque do Taturanaruxu, a lagarta de fogo que tentou dizimar a aldeia de Buiagu. Contudo, Teyacapan nunca deu muita importância para a fama ou para as glórias de um bom *aman paba*. Preferia gastar seu tempo dedicando suas energias ao trabalho de manter seu povo vivo ou criando suas três filhas, *guariní* Urpi Ixchel, a mais velha, *guariní* Taruca Ixbalanque, a do meio, e *mitanguariní* Izel Pachacutec, a mais nova.

    As casas em Buiagu nada mais eram que buracos feitos na fachada do rochedo Itapitanga. Em um desses buracos, tochas acesas iluminavam o rosto de *abaetê* Teyacapan, que estava sentado de pernas cruzadas e ombros relaxados, conversando com Majé. A velha trazia recados diretos de *payni* Jupi em Mboitatikal. Presentes na reunião também estavam Urpi Ixchel, a primogênita de Teyacapan, e Ozcollo Inti, *guariní* que seria o futuro *abaetê* de Buiagu quando a luz de Teyacapan se apagasse em trinta e sete *Motirõ*.

— Os ventos do novo tempo trazem mais do que simplesmente o frio, *abaetê* Teyacapan — os lábios de pedra de Majé se mexiam e sua voz era projetada, mas aquelas palavras pertenciam a *payni* Jupi. — As chamas do Ipitatá me revelaram hoje uma grande traição. As aldeias de Tucuruí e Ivituruí e Otinga planejam, ordenadas por sua mãe vaidosa, Airequecê, atacar as aldeias de Mboitatikal e Buiagu.

A notícia veio como uma trovoada, assustando Urpi, Ozcollo e até o circunspecto Teyacapan.

— Como assim, *payni*? — perguntou o *abaetê*.

— Nós estamos vivendo em um tempo perigoso, Teyacapan, um tempo em que é difícil saber quem deseja nosso bem e quem deseja nosso mal. O Ipitatá mostra que o *yamí ybapiranga* voltará a acontecer. Proteja sua aldeia, coloque alguns *guariní* para vigiar o movimento durante as noites, é isso que estou fazendo em Mboitatikal.

O pavor e o medo do desconhecido fizeram os pés e as bocas de Urpi e Ozcollo se mexerem descontroladamente, nervosos com as terríveis premonições que a primeira chama revelava.

— Calma! — gritou Teyacapan. — Vamos resolver nossos problemas ao invés de criarmos um novo.

O *abaetê* ordenou que grupos de *guariní* fossem colocados em pontos estratégicos da aldeia, armados e preparados para o pior. Fogueiras foram erguidas e acesas e, por três noites, os sonhos dos homens e mulheres foram leves e agitados.

— O frio está chegando — disse *guariní* Chic'ya Cusi, esfregando a mão direita pela extensão de seu braço esquerdo, aquecendo o couro desacostumado ao frio.

— O *ara ymã* está cruel este *Motirõ* — respondeu *mitanguariní* Papa Runtu.

— Será que o frio é fruto da traição das aldeias de Airequecê?

— É claro que é! — respondeu Izel Pachacutec. A *mitanguariní* mirou os céus e fitou a soberba alva que reinava naquela noite fria. — Airequecê quer a Ibi só para ela.

O vento, que cortava Buiagu com uma gelada onomatopeia sibilar, emudeceu. Os galhos dos arbustos, ainda secos pela estiagem, pararam de balançar, e a bonança foi tamanha que nem as chamas tremelicaram, como se o tempo tivesse sido preso em âmbar, eternamente confinado naquele momento. Saindo da penumbra e mergulhando no calor de Tata, uma enorme onda negra e amarela caminhou em direção a Buiagu.

Izel apertou seus dedos em volta de seu maquahuitl e gritou.

— *Anhanguera*!

Naquela noite, não havia *pora-pó*, *munducuru*, *arátor*, *mitanguariní* ou *abaetê* — sob a ameaça de terem seus amanhãs roubados, impulsionados pelo instinto de sobrevivência, todos eram um só.

Todos eram *guariní*.

Aqueles que tinham idade para lutar receberam armas, e aqueles que eram jovens demais ajudavam da maneira que era possível.

Izel, Papa Runtu e Chic'ya Cusi juntaram-se à primeira fila de defesa da aldeia, aguardando a investida dos *anhanguera*, que corriam em direção ao Itapitanga com armas em punho. Os olhos de Izel varreram a enorme vaga amarela, tentando contar os espíritos perdidos que ameaçavam sua terra natal.

Os números pareciam não dar conta.

— São muitos — disse Itzam Tzacab, que se juntou à primeira fila de defesa da aldeia.

— Nós somos filhos de Aupaba — gritou Izel, sentindo sua luz brilhar como nunca antes. — O calor de Aram nos levará à glória! Do chão viemos, ao chão retornaremos!

— Fortes como pedras!

Do alto do rochedo Itapitanga, uma saraivada de flechas acesas cruzou o céu, transformando, por um momento, a noite em dia. As luzes dos guerreiros de Buiagu também incandesceram em orgulho, pois quem comandava a batalha era Teyacapan Tlalli Tlachinolli, homem que derrotou o Taturanaruxu, e que agora os conduzia à vitória.

As flechas foram precisas, acertando e derrubando alguns dos *anhanguera*, mas a maioria dos espíritos perdidos continuou a investida, mesmo com os pedaços de madeira afogueados cravados em seus corpos.

Os olhos atentos de Izel notaram que as únicas flechas que derrubavam os espíritos perdidos eram aquelas que os acertavam na região da cabeça.

— A cabeça é o alvo! — ela gritou ao sentir o cheiro ruim dos *anhanguera*. — Vamos irrigar o chão de Buiagu com o sangue desses malditos! — continuou Izel, que avançou com toda sua ira sobre o primeiro espírito perdido em sua frente.

O campo de batalha logo se tornou em uma disputa individual, corpo a corpo, cor a cor. Izel e Papa Runtu se uniram na tática do *moicupê*, em que uma protegia a retaguarda da outra em uma dança contínua de sincronia. Izel usava seu maquahuitl para quebrar os crânios dos *anhanguera*, ao tempo que seu escudo de madeira a protegia dos ataques adversários. Papa Runtu lutava ao seu lado, usando o longo tepoztopilli para manter os inimigos a uma distância segura. As duas *mitanguariní* eram tão habilidosas na formação *moicupê,* que uma usava a arma da outra durante as investidas, como se fossem um só corpo.

Os *anhanguera*, no entanto, eram muitos, brotando da escuridão feito formigas deixando o formigueiro. A primeira linha de defesa foi aos poucos minguando, e do alto do rochedo Itapitanga, Teyacapan viu os amanhãs de sua aldeia sumirem com o vermelho derramado sobre a secura do Tauá Caninana.

Os corpos começaram a empilhar-se e o chão começou a enlamear com as promessas e os sonhos quebrados dos homens e das mulheres de Buiagu. Izel e Papa Runtu recuaram e agruparam-se com Itzam Tzacab e mais três guerreiros, as únicas reminiscências da primeira leva de defesa da aldeia. Juntos, os seis lutaram até virarem cinco, depois quatro, até sobrarem apenas três.

Izel, Papa Runtu e Itzam assumiram a formação *mossapyr mossapira* e lutaram contra a horda de *anhanguera* que caiu sobre eles. Os três, no entanto, não tiveram que lutar sozinhos por muito tempo; a segunda leva de defesa de Buiagu, liderada por *mbo'eaguariní* Kacoch Hunahpu, desceu dos rochedos do Itapitanga com cólera nos olhos e maquahuitl em mãos.

Sob o comando de Kacoch Hunahpu, a segunda onda de defesa ofereceu muito mais resistência e perigo aos *anhanguera*, derrubando muitos e perdendo poucos. Izel e Papa Runtu voltaram a lutar uma ao lado da outra, protegendo-se, sentindo pela primeira vez a força do laço patrício.

Kacoch Hunahpu derrubou o último inimigo em seu alcance e mirou a fila de *anhanguera* que estava na distância. Estavam parados, como se aguardassem algo. Liderando a fila de espíritos perdidos, um *anhanguera* levantou seu maquahuitl e gritou algo em uma língua estranha.

— Bix uch a maansik le ki'ina?! — sorriu o *anhanguera*. — Wi'ijech? Wi'ijen!

O chão embaixo dos pés de Buiagu tremeu e uma cratera se abriu logo à frente de Kacoch Hunahpu. Do negrume abissal surgiu uma besta de estatura colossal, com uma carapaça feita de pedra, um focinho longo, dentes afiados e longas garras. Tori Tabowu, o tatu que vivia no mundo debaixo do mundo, encarou Kacoch Hunahpu com seus pequenos olhos, que estavam amarelados e desalmados, tomados pela forte pajelança *anhanguera*. A fera abriu sua boca e devorou o homem em uma única mordida.

— Vamos ver o quão bem vocês lutam contra um deus! — gritou o líder *anhanguera*.

Os guerreiros de Buiagu avançaram sobre a fera. Não eram homens tolos, sabiam muito bem que corriam em direção à escuridão final, mas cada um deles estava determinado a sacrificar seus amanhãs lutando pelo bem da aldeia. Mas suas armas não surtiam efeito algum contra a impenetrável carapaça do animal, cujas patas e garras cortavam os guerreiros como se fossem flores feitas de carne e sangue e ossos. Papa Runtu lançou seu tepoztopilli e acertou o animal em seu olho direito. O impacto não foi o suficiente para perfurar o globo ocular, mas foi o bastante para irritar a fera, que virou o corpo e acertou a mulher com seu rabo, lançando-a violentamente contra as pedras do Itapitanga, quebrando a casca de seu *exanhé*.

Izel correu em direção ao Tori Tabowu, aproveitando seu momento de distração, e usou o rabo do animal para subir em suas costas. Graças à dureza de sua carapaça, a fera não percebeu os movimentos da guerreira. A Guarapyrupã segurou seu maquahuitl com as duas mãos e pulou sobre a cabeça do Tori Tabowu, acertando sua arma de madeira entre os olhos da monstruosidade, fazendo sangue jorrar. O golpe foi potente e inesperado, levando o animal a erguer as patas dianteiras, arremessando Izel de costas ao chão, roubando o ar de seus pulmões. A dor de sentir sua mortalidade correndo vermelha por seu focinho deixou o Tori Tabowu ainda mais furioso. Agora, em vez do caos e destruição, a fera tinha apenas um único objetivo, um único inimigo, um único alvo: Izel Pachacutec. A guerreira tentou levantar, mas o mundo girava e as pernas não obedeciam aos seus comandos.

O grande tatu aproximou-se da *mitanguariní* com uma de suas patas erguidas e garras à mostra.

E com toda sua força, ele desceu sobre a mulher.

Mas o *moronguetá* é capaz das mais incríveis façanhas.

Batarra Cotuba segurou o peso da cólera do Tori Tabowu com as mãos, usando toda a força de seu corpo para salvar Izel. Lembranças do Tauá Caninana inundaram a cabeça do gigante com memórias vermelhas do *jucá mairarê*. Lembranças de como ele havia falhado com Akbal, falhado consigo mesmo.

Lembrou-se de como havia sido fraco.

Mas a carícia molhada e morna do Ypó que descansava em seu peito fez com que ele percebesse que as lembranças pertenciam ao ontem, e somente o hoje importava.

E hoje ele era forte.

O imenso guerreiro empurrou a pata do animal para longe, assegurando os amanhãs de Izel e dando a oportunidade de se preparar para o confronto. Teyacapan e o restante dos guerreiros de Buiagu alinharam-se atrás de Batarra, mas este ordenou que ali eles ficassem.

Aquela luta era dele.

O golpe de Izel havia sido preciso, e o focinho do Tori Tabowu pingava seiva carminada. Mas a fera estava longe de ser derrotada. Batarra aproximou-se do que restava de *mbo'eaguariní* Kacoch Hunahpu e pegou o maquahuitl que havia pertencido ao seu mestre. As mãos se fecharam em volta dos tacapes, apertando-as ao ponto de a madeira ranger.

Aquele era o momento de testar toda a pujança de sua cor.

Fera e homem correram em direção um ao outro, decididos a terminar aquele embate em um único assalto.

As pernas de Batarra Cotuba o lançaram aos céus e os maquahuitl em suas mãos esmagaram-se contra o crânio do tatu, tirando toda a vivacidade do corpo excepcional da fera, que se estatelou no chão com um estrondo ensurdecedor. Mas o *mitanguariní* não parou. Com seus braços poderosos, continuou a bater na cabeça do Tori Tabowu. Bateu, e bateu, e bateu, e o vermelho da fera pintou o seu corpo. E quando Batarra cansou de bater, andou em direção ao *anhanguera* líder. O gigante de Buiagu tinha os trovões de Amanacy nos pés, o calor de Tata nos olhos e o furacão de Votu em sua voz.

— Vamos ver o quão bem vocês lutam contra mim! — esbravejou Batarra Cotuba, batendo sua mão ensanguentada no peito, deixando uma cópia vermelha de sua palma impressa onde seu coração batia.

Além da carcaça destroçada do Tori Tabowu, uma pequena montanha de corpos mortos e desmembrados separava os guerreiros de Buiagu dos *anhanguera* restantes.

A derrota dos invasores estava exposta no campo de batalha.

— Eu vejo você no Turunã, guerreiro gigante! — gritou o líder *anhanguera* antes de sumir na escuridão.

PARTIDAS

Capanema Concha e *capanema* Obiru estavam sentados na beira da praia aguardando o retorno dos *pindara* para ajudá-los na tarefa de carregar a pesca de volta à aldeia. Aram estava tímido naquele dia, escondendo-se atrás de nuvens cinzas e carregadas. Votu, por outro lado, demonstrava valentia, correndo pela orla em uma ventania fria e que lançava areia nos olhos.

Seis *Motirõ* se passaram desde o dia em que Emarã se perdeu nas águas de Iara, mas Concha ainda carregava no semblante olheiras desgostosas. O *capanema* nunca se perdoou por não ter dito à Emarã a verdadeira natureza de seus sentimentos por ela, e seu *moronguetá* morreu antes mesmo de resplandecer, como uma flor cortada antes de agraciar o mundo com suas pétalas.

— Eu sei o que realmente aconteceu com Emarã — disse Concha, cujos cantos dos lábios não conseguiam evitar de se levantar toda vez que falava o nome da *capanema* perdida.

— Ela não virou boto?

— Não. — Os olhos de Concha miravam o mar revolto e escuro do *ara ymã*. — Ela nadou, e nadou, e nadou, e aguardou os *pindara* de Otinga se lançarem ao mar para pescar e salvá-la. Ela era esperta assim.

— Mas eles nunca a acharam.

— Eles a acharam — disse o *capanema* com convicção. — Mas quando ela colocou as mãos em uma das canoas para tentar subir, os *pindara*, achando que ela já era uma oferenda a Iara, cortaram seus dedos, que viraram pititinga.

Obiru encarou Concha de soslaio, certo de que a loucura havia finalmente consumido seu único amigo. Os delírios e histórias bizarras intensificaram-se com a chegada do *Motirõ* de Monâ, o último *Motirõ* de seu *aman paba*. O que restava ao *capanema* era aguardar a benevolência do tempo para finalmente reencontrar a sua amada na Ibi Além.

— Há vezes que eu queria que Otinga também tivesse os sacrifícios do *ara pyau* — disse Concha.

— Por quê? Para ter sua luz apagada antes de seu tempo?

— E qual seria o problema disso?

Orvalhos prendem-se ao verde das folhas com toda a força que possuem, mas quando o peso de seu ser suplanta seu ímpeto, são lançados ao desconhecido. E foi assim com Obiru, que aguentou ao máximo que pôde o esmorecimento de seu amigo, mas havia chegado ao seu limite.

— E eu, Concha? E eu? Emarã se foi, mas eu estou vivo, e sua luz vai se apagar logo e eu viverei mais um *Motirõ* sem você. Ficarei sozinho, sem alguém para conversar... sem alguém para cuidar de mim. Sem alguém que me enxergue.

Concha abraçou o amigo.

— Desculpe. Você está certo.

Obiru chorou, certo de que seus amanhãs seriam piores que os terríveis ontens que ele havia deixado em seu rastro. Os dois se abraçaram por um bom tempo, até que Concha afastou o amigo e encarou-o nos olhos com uma felicidade em forma de ideia.

— Nós podemos correr para a mata e vivermos só nós dois, viveríamos como *abaetê* de nossa própria aldeia. Seríamos donos de Araruama.

— Araruama?

— Sim. Nossa aldeia seria qualquer lugar que nós desejássemos e lá não haveria epônimos. E nós a chamaríamos de Araruama. O que acha?

— Mas logo, logo seu *aman paba* se acabará e eu ficarei sozinho para viver no verde de Cajaty.

— E você seria o único dono de Araruama.

Obiru riu. Não por acreditar que aquela solução fosse possível, nem por achar a proposta engraçada, mas por ver nos olhos de Concha que seu *exanhé* ainda queimava. Ainda havia luz naquela escuridão toda.

O choro de Amanacy caiu sobre a dupla de *capanema*, o vento frio balançou as árvores e o mar quebrou-se em ondas violentas, mas o amplexo entre os amigos permaneceu inquebrantável.

Os *pindara* de Otinga chegaram com redes cheias, mas os semblantes de *pindara* Guaci, *pindara* Juayhu e *pindara* Xantã eram de desgosto.

— Só pegamos pititinga — resmungou Guaci, mãe de Obiru e uma das sete mulheres de *abaetê* Ubiratã.

Obiru não acreditou naquilo que seus ouvidos escutaram e no que seus olhos viram. Concha, por outro lado, não parecia surpreso por aquela notícia.

E assim foi por mais um dia, e outro, e outro, e outro, e outro, e tantos outros, que a aldeia de Otinga já não lembrava mais do gosto de outro peixe que não fosse pititinga. Os homens dançaram e fumaram e ofertaram a Iara cestas repletas de frutos, colares e peças de ferro, mas nenhum outro peixe caiu nas redes dos homens.

O único que parecia compreender o que se passava era *capanema* Concha, que afirmava que aquela tormenta era nada menos do que uma punição pelo descaso com a luz de Emarã e de todos *capanema*. *As palavras*, disse Concha, *são as sementes das histórias, e as histórias são frutos do homem*. Obiru sempre achou aquela frase engraçada e demoraria algum tempo até que ele compreendesse toda a sabedoria por trás daquela afirmação.

O recente ataque *anhanguera* à aldeia de Buiagu deixou os homens em estado de alerta. Os espíritos perdidos eram conhecidos por roubar os amanhãs dos *mitanguariní* durante o ritual do Turunã, e vez ou outra, algum *guariní* encontrava um vagando pelas matas de Cajaty, mas nunca eles haviam se reunido para atacar um povo. As aldeias da Ibi viviam dias de vigílias intensas e ininterruptas, e em Otinga não era diferente. Graças à posição estratégica entre a praia e a mata, o trabalho demandava o uso de poucos homens. Para muitos, era uma tarefa chata e tediosa, mas *mitanguariní* Kaluanã gostava. A ideia de ser o protetor de sua gente era algo que muito lhe agradava, sem mencionar que, desde que soube o número de amanhãs roubados no ataque a Buiagu, Kaluanã via-se ansioso em ter sua chance de quebrar o corpo de um ou dois *anhanguera*.

Seu machado Tupi Ugûy descansava amarrado à sua cintura, uma arma poderosíssima, mas que ainda não havia conhecido o gosto de um belo embate nem o sangue de um adversário digno. E enquanto os olhos de Kaluanã miravam o breu em volta de Otinga, o *mitanguariní* sonhava com o prospecto de usar seu machado contra a cabeça de um espírito perdido.

— Você acha que eles vão atacar? — perguntou Obiru a Kaluanã.

— Acho que não.

— Eu imagino que você esteja muito ansioso para seu ritual do Turunã.

— Sim. Quero conhecer o tamanho da Ibi.

— E você pouco voltará para Otinga uma vez que se tornar *payni*.

— Acredito que sim — respondeu o *mitanguariní* com certa tristeza.

— É estranho pensar nisso — disse Obiru, que gostava do modo como Kaluanã o tratava.

Em poucos dias, Kaluanã e os outros *mitanguariní* com dezessete *Motirõ* de idade partiriam, na companhia de *mbo'eaguariní* Pavuna, em direção a Mboitatikal, onde o ritual do Turunã teria início. E uma vez *payni*, Kaluanã estava decidido a pôr um fim às tensões crescentes entre os povos filhos de Aram e os povos filhos de Airequecê, chefiando os homens a uma nova era de coisas boas e de paz.

— Eu não sei de onde vocês tiram tanta coragem. O tamanho da Ibi, e os animais, e as correntezas de Iara, e os ventos bravos de Votu... tudo parece tão grande lá fora — disse Obiru.

— Isso é o que faz de você um *capanema*. — A voz de *abaetê* Ubiratã surgiu nas penumbras atrás de Obiru e Kaluanã. — Quem vive sob a cor dos olhos fechados nunca terá coragem de olhar para o mundo.

As palavras de Ubiratã ardiam mais que cansanção. Obiru, que por ser *capanema* não podia ter as orelhas furadas e assim não podia ser chamado de homem, encolheu-se diante de sua insignificância e regressou para casa, deixando seu pai e Kaluanã sozinhos.

— Os *anhanguera* não serão os únicos desafios em seu Turunã, Kaluanã, você sabe disso, não?

— Sim, *abaetê* — disse Kaluanã, que mal podia esperar o dia em que se tornaria *payni* e finalmente poderia colocar Ubiratã em seu devido lugar. Não gostava de ver como ele tratava Obiru, seu próprio filho, luz de sua luz, sangue de seu sangue.

— Feras, como a que atacou Buiagu, estarão de tocaia nos arbustos, esperando qualquer momento de fraqueza para atacá-lo. No Turunã, você não pode vacilar nem pestanejar, é só você e sua luz que importam, Kaluanã.

— Sim, *abaetê*.

Todas as noites, Kaluanã deixava que a voz de *payni* Caturama ecoasse entre suas orelhas. Ele rememorava aquela última conversa, revisitava aquele momento tão especial. O velho parecia estar em paz com o fato de que, por mais poderoso e venerado que ele fosse, nem mesmo o *payni* controlava o andar das coisas e dos *Motirõ*. *O único tempo permitido ao homem controlar é o mais efêmero deles: o agora.* E seis *Motirõ* atrás, enquanto ele contemplava o quicé cravado no peito de *payni* Caturama, Kaluanã aprendeu que o tempo tinha gênio de maré: o agora era a onda que quebrava sobre a praia, e o amanhã era o horizonte, sempre igual, nunca o mesmo. Até o dia de seu *aman paba*, incontáveis vagas de agora quebrariam sobre ele, e então as vagas continuariam sem ele, e tudo que restaria dele seria uma coleção de ontens. E com essa lição tatuada em sua pele e mente, decidiu que aproveitaria todos os seus dias no aprimoramento e aperfeiçoamento de seus conhecimentos, para que ele fosse um chefe digno aos homens.

Quando o *mitanguariní* não estava treinando combate, caça, colheita, pesca, construção ou artesania, estava conversando e aprendendo quais eram os anseios e medos dos *guariní* e dos *arátor* e dos *pindara* e dos *munducuru* e dos *pora-pó* e dos *capanema*.

— Você é forte, mas força não é tudo, Kaluanã. Atenção e foco serão aliados para sua vitória — concluiu Ubiratã.

Kaluanã passou mais da metade de sua vida estudando o povo de sua aldeia e os problemas que cercavam seus dias, e o homem que menos parecia compreender sua gente era justamente aquele que havia sido abençoado por Monâ com um *aman paba* alto.

O que levaria a mãe do tempo e de todas as coisas a agraciar um homem com tantos Motirõ sem dar a ele a capacidade de enxergar a dor dos outros? O que levaria uma deusa que sabe todo o futuro a errar?

Perguntas como aquelas beliscavam seus sonhos.

∞

O vento frio do *ara ymã* não foi bom para o jovem Concha, cujo couro começou a arder em um febrão sem fim. Confinado em sua rede, incapaz de levantar e trabalhar, o *capanema* parou de comer, e o corpo, já mirrado pela indiferença, secou. Ossos e pele tornaram-se um só. Obiru queria passar todo o tempo que tinha ao lado do amigo, certo de que seria aquela enfermidade que apagaria a luz de Concha, mas o trabalho de *capanema* ocupava seu dia inteiro, tendo somente os fins das tardes livres para conversar com seu companheiro de histórias fantásticas e sorrisos sinceros.

— O que é que te prende à Otinga, Obiru? — perguntou Concha, sua cabeça escorada na lateral da rede.

Olheiras amarelas e insalubres contornavam seus olhos, que, apesar do adoecimento, ainda enchiam Obiru de otimismo.

— Como assim, Concha?

— Você pode largar tudo, Obiru. Viver sozinho no verde de Cajaty, ver a Ibi e ser livre. Lá fora você será homem, não *capanema*.

— Eu não sobreviveria lá fora.

— A luz de todos, um dia, vai se apagar. E hoje eu realmente vejo e sinto isso. Minha luz está se apagando e me arrependo de não ter aprendido isso antes. Que nós realmente vamos embora. Kaluanã pode viver tantos *Motirõ* que a gente não sabe contar, mas sua luz se apagará eventualmente, isso até ele sabe. Monã lhe deu dezoito *Motirõ*, Obiru. Ela, mãe do tempo e de todas as coisas, lhe deu. Eles são seus e de mais ninguém.

— Concha, eu não sou treinado que nem um *guariní*.

— Que se afoguem os malditos *guariní*! — disse Concha, irritado. — Você tem mais um *Motirõ* sobre a Ibi. Você quer passar esse tempo precioso descascando mandioca e arrastando peixes para a aldeia, ou quer fazer algo realmente emocionante? Você não quer ver sua luz brilhar um pouco antes que ela se apague?

— Concha...

— Eu sei... desculpe. Não é justo lançar meus arrependimentos em seus ombros, meu amigo.

Concha estendeu a mão e Obiru a apertou com força. Pensar em um amanhã sem seu melhor amigo doía mais que as palavras de seu pai.

— Eu só queria ver você sendo dono de Araruama — disse com sua voz enferma.

Obiru sorriu para o amigo e apertou ainda mais sua mão.

— Nós sempre teremos Araruama.

— Sempre Araruama... — Concha repetiu com um sorriso esculpido em seu rosto.

Obiru prometeu ficar ao lado do amigo até que este dormisse. Os dois conversaram sobre as origens das borboletas e das pedras e dos insetos e das flores e dos peixes e das jaguatiricas e dos homens. Concha contou mais uma vez a história de Botoque e a descoberta do fogo. Como sempre, no momento em que o herói se vê preso e com fome no alto de um rochedo escarpado, Concha interrompeu sua narrativa.

— Com o passar dos dias, a carne de Botoque foi definhando, até ao ponto que ele estava mais magro que... eu — disse o *capanema*.

E por mais que aquela não tivesse sido a intenção de Concha, Obiru viu-se desolado por não fazer parte da história do amigo.

— Você se lembra de *capanema* Marani? — perguntou Concha, após terminar o canto de Botoque.

— Claro. Dona de olhos impacientes.

— Quantos *Motirõ* se passaram desde que a luz dela apagou?

— Não sei. Não me lembro.

— Eu também não... que coisa terrível é ser esquecido.

Naquela noite, Concha fechou os olhos para nunca mais abri-los. O febrão tomou conta de seu corpo e a luz do *capanema* esmaeceu enquanto ele sonhava com sua perdida Emarã. Obiru, que pegou no sono sem querer, acabou acordando no meio da noite e foi o primeiro e único a tocar a pele fria e morta do *capanema* chamado Concha. Depois de chorar o choro da despedida, Obiru pegou uma tocha acesa, desprendeu a rede em que seu amigo dormia e arrastou-o até a praia. Era um fim de noite desanuviado, e o vento do *ara ymã*, que castigava a aldeia de Otinga com um frio nunca conhecido, havia cessado, e a maré estava baixa e plácida, e tudo era tão gracioso e belo que parecia coisa dos cantos de Concha. Obiru estava no mesmo ponto onde eles haviam aguardado o retorno de Emarã, local em que os três *capanema* foram realmente felizes. As mãos e pernas de Obiru começaram a agir sem o consentimento de suas ideias, obedecendo apenas às ordens do *moronguetá* que sentia pelo amigo. Ele puxou a mais bela canoa da aldeia, a canoa de sua mãe, pintada com o azul de Iara, estirou a rede sobre a madeira da embarcação e deitou o corpo de Concha em seu lugar de descanso eterno. Obiru envolveu o amigo com a rede e andou com a canoa até o ponto em que a água estava em seu pescoço e os pés já ameaçam desgarrar-se da areia. Ele lançou a tocha em cima do corpo e empurrou a canoa em direção ao horizonte. As chamas tomaram conta da embarcação e Iara fez questão de arrastar Concha aos braços de sua amada Emarã, que o aguardava na Ibi Além com saudades nos olhos. Obiru voltou à orla e apreciou o adeus daquele que fora o único abono em sua curta vida, e que agora era um ponto amarelo e vermelho a tremelicar sob a linha do horizonte, indo, e indo, e indo, e indo.

Em uma dança de fumaça, Concha contou sua última história.

Embalado pela canção da maré baixa, Obiru descobriu que a tristeza tinha fome de serpente. Matava sufocando.

Quando *pindara* Guaci e *pindara* Xantã chegaram à praia para preparar as embarcações para a pesca, elas notaram a presença de Obiru e o sumiço da canoa. As *pindara* questionaram o *capanema* sobre o fim da embarcação e a resposta veio em forma de um braço e um dedo estirado em direção ao horizonte. Guaci apertou as vistas e percebeu as chamas fúnebres do *capanema* Concha. A mãe acertou um tapa preciso no filho e perguntou o que ele estava pensando ao gastar a melhor canoa da aldeia para enterrar um *capanema*.

Obiru nada disse.

A notícia sobre a ousadia do filho do *abaetê* logo tomou os lábios dos homens e das mulheres de Otinga, e, em pouco tempo, todos estavam curiosos para saber o castigo que Ubiratã lançaria sobre o *capanema*. Kaluanã, que estava arrumando seus pertences para a viagem a Mboitatikal e conhecia muito bem o temperamento injusto do *abaetê*, principalmente com seu filho, foi visitar Obiru para compreender o que havia se passado.

— Concha era a luz mais bela dessa aldeia, Kaluanã, e seria enterrado sem nada, só porque era *capanema*. Ninguém dançaria por ele ou cantaria em sua honra. Eu tive que fazer algo.

Mitanguariní Kaluanã era sabido e conseguia entender certas coisas que outras pessoas não conseguiam, e a coragem de Obiru diante das injustiças da Ibi era uma delas. Arrebatado pela bravura do amigo, Kaluanã retirou o osso de onça parda que atravessava sua orelha e entregou-o ao filho do *abaetê*.

— Hoje, você é um homem, Obiru.

O *capanema* olhou para o danhono em sua mão e chorou um choro alegre e extenuado.

— A coragem de um homem não se mede pelo tamanho de seu inimigo, mas pelo tamanho de seu *exanhé*. Você é o homem mais corajoso de Otinga, meu amigo.

Kaluanã levantou-se e despediu-se de Obiru, desejando que o castigo de Ubiratã fosse ameno — pedido que ele sabia ser inocente. O homem com incontáveis amanhãs juntou-se aos seus colegas *mitanguariní* e, acompanhado de *mbo'eaguariní* Pavuna, partiu em direção a Mboitatikal, onde o ritual do Turunã e todos seus percalços, obstáculos e maravilhas começaria. Da porta de seu confinamento, Obiru viu Kaluanã e seus conterrâneos seguirem pela trilha e sumirem no verde de Cajaty.

Ele será um ótimo payni, pensou o *capanema* ao perceber que nunca mais veria aquela luz azul e boa.

Aram deitou-se além do horizonte e Obiru ainda aguardava sua punição. Uma enorme fogueira foi montada no centro de Otinga, e todos os homens e mulheres e crianças e velhos e até os *capanema* sentaram-se em volta das chamas. *Abaetê* Ubiratã ordenou que dois *guariní* trouxessem Obiru para o meão da aldeia, para que todos pudessem ver o que acontecia àqueles que colocavam seus próprios desejos antes das necessidades da aldeia.

— Nós vivemos dias perigosos. Os filhos de Airequecê e os filhos de Aram estão a se desentender, o *ara ymã* nos castiga como nunca antes e os *anhanguera* atacaram a aldeia de Buiagu, mas, ainda assim, como se nossos problemas não fossem o bastante, este *capanema* ousou queimar nossa melhor canoa para enterrar seu amigo.

Com apenas um olhar, Obiru pôde ver que o pai havia passado a tarde inteira planejando a mais cruel punição. O *capanema* sabia que a sua verdadeira transgressão não era ter queimado a melhor canoa da aldeia, sua verdadeira transgressão era ter nascido. Mas o que realmente cortou o *exanhé* de Obiru foi notar que não havia desgosto no rosto de Ubiratã, mas sim uma felicidade torpe, um gozo miserável de poder castigar alguém que ele odiava.

— Antes que o *abaetê* gaste suas palavras sem necessidade, minha punição será dada por mim.

Todos os olhos da aldeia arregalaram-se em uníssono, e Ubiratã, que tanto gostava de sua oratória e de manter o controle, viu-se insignificante diante da determinação do *capanema* Obiru.

— Eu me ofereço como *teçá*.

Na aldeia Otinga, ao se oferecer como *teçá*, Obiru recuperaria a honra de sua família ao custo de enfrentar o verde de Cajaty, só podendo retornar uma vez que encontrasse o espírito de Etê, o espírito da honra e da bravura, espírito que muitos acreditavam ser a própria luz de Kami. E por mais que Ubiratã estivesse revoltado com a luz preta de Obiru, uma pequena parte dele se sentiu orgulhoso por aquele ato de bravura.

Obiru poderia aguardar alguns dias antes de partir, mas já estava farto de todos os rostos e demandas de Otinga.

Não havia mais nada para ele ali.

O *capanema* começou a andar em direção à mata, mas, antes, parou ao lado do pai e cochichou.

— Não se engane. Eu não poderia me importar menos com a sua honra ou a honra de sua família. Você acha que esqueci que você me ofereceu à Iarateguba, seu covarde? Eu me lembro e conheço sua fraqueza, meu pai. O *teçá* eu faço pelo bem de minha luz.

Ao aproximar-se do negrume que vivia debaixo da folhagem das matas, Obiru tomou nota de sua decisão e de que não tinha a menor noção de como sobreviver sozinho. Os sons da flora e da fauna se fizeram ouvidos, e a coragem, que há pouco queimava em seu corpo, evaporou e virou fumaça.

Então, ele se lembrou de seu amigo Concha e de suas histórias boas.

— Sempre Araruama — suspirou Obiru antes de entregar-se ao verde.

ENCONTROS

Apoema e seus colegas *mitanguariní* seguiam os passos de *mbo'eaguariní* Araní, que os conduzia pela trilha mercantil que ligava a aldeia de Atibaia à aldeia de Mboitatikal. As vestimentas típicas de Ivituruí, feitas de couro de lhama, alpaca e suçuarana, há muito tempo não cobriam seus corpos, que sofriam com os sopros abafados de Votu. As peles choravam com os castigos de Aram, e os *mitanguariní* aprenderam, durante a caminhada, que o ritual do Turunã testaria todas suas habilidades, até a mais simples, como respirar.

    O desvendar de Cajaty, no entanto, era belo. A cada nova árvore que Apoema conhecia, a cada novo fruto que seus lábios beliscavam, a cada novo perfume que acariciava seus pulmões, a *mitanguariní* via-se mais e mais fascinada pela vida longe da aldeia. Ali, cercada pelo desconhecido verdejante, a aprendiz de *guariní* provou a liberdade, e, assim como as flores que tapetaram sua caminhada de Tucuruí até Atibaia, a visão de Apoema desfloresceu e descobriu novos sabores. A *mitanguariní* agora conseguia ver a cor das luzes de seus colegas, cada uma singularmente diferente da outra; a luz cinza de Kurumã era indecisa e tinha o gosto salgado do suor; o branco de Keamuka lembrava fumo doce; e o azul de *mbo'eaguariní* Araní era grosso e tinha o cheiro dos ventos de Votu. O colorido das luzes dos homens fluía em uma fina linha que cobria suas peles, um último invólucro que protegia o *exanhé*. A única luz que ela não conseguia enxergar era a sua própria. Ela passou um bom tempo encarando a extensão de seu braço, tentando conhecer a cor sem nome de sua luz, mas tudo que a *mitanguariní* via era seu couro e a penugem que se arrepiava ao lembrar de Ankangatu.

    Apoema caminhava na companhia de seus colegas *mitanguariní*, todos seguindo os passos cautelosos de *mbo'eaguariní* Araní, que ainda não estava acostumado ao mundo visto por um olho só. A cicatriz de seu embate com a dupla de *anhanguera* ardia em brasa toda vez que Aram acordava e dormia, e assim que o firmamento se pintava com as cores do calor, Araní era tomado pela impaciência — lição que seus alunos aprenderam nos primeiros dias da caminhada, aproveitando a luz do crepúsculo para estender suas redes nos topos das árvores e fugir do gênio irascível de seu mestre.

Aqueles momentos de silêncio e solitude eram os que mais doíam o *exanhé* de Apoema, que gastava aquele tempo recordado as histórias do pai e os comentários risonhos de sua mãe. Eram lembranças felizes que acometiam sua luz em uma tristeza saudosista. A imagem do corpo frio e sem vida de sua mãe deitado sobre o tapete de palha ainda atormentava a paz de Apoema, que tentava achar amparo nas palavras de Majé.

Todos nós nos encontraremos na Ibi Além.

Mas a certeza de que ela era responsável pelo estorvo que se apossou do *exanhé* da mãe levava a menina a chorar lamentações. Antes, dormir era uma aventura, um encantamento que antevia os desdobrares dos amanhãs. Sua dádiva, porém, provou ser um nó apertado, pois Apoema agora temia o que veria uma vez que seus olhos fechassem.

Ela deitou na rede e acordou cercada por luzes amigas, mas cujos nomes ainda não conhecia. Os rostos estavam borrados, irreconhecíveis, mas o calor do apreço entre eles era palpável. Uma luz em especial chamou sua atenção. Uma luz vermelha, quase animal, sabida e determinada e destemida e dona de seu *moronguetá*.

Mas o sonho não era alegre.

Olhos amarelos circulavam o grupo, salivando pelo sabor de seus amanhãs. Todos ali conheciam a tristeza do *jucá mairarê*, mas isso fazia com que eles lutassem com mais viço. A ameaça distraiu-se e ficou desequilibrada na beira de um penhasco, e o simples toque de uma folha seca a levaria a cair.

Apoema acordou.

O abafamento a fazia suar e as muriçocas pinicavam seu sono leve. A *mitanguariní* desceu da segurança das alturas e se juntou a *mbo'eaguariní* Araní, que fitava, com seu único olho bom, as faíscas crepitantes da fogueira que havia acendido.

— Já não basta esse calor sem fim e você ainda acende uma fogueira? — perguntou Apoema ao aproximar-se de seu professor.

Araní estava sentado de pernas cruzadas e com um cuauhololli descansando sobre seu colo. O olho do *mbo'eaguariní* estava perdido, visitando as lembranças que o tornaram forte e valente.

— O silêncio dos *anhanguera* me incomoda.

— O silêncio deles não é bom?

— A onça calada é a onça preparando o bote.

— Você acha que eles estão planejando algo?

— Disso, eu não tenho dúvidas — Araní encarou o firmamento e viu que Airequecê estava escondida, encoberta por uma grossa camada de nuvens. — Você sempre viu além das coisas, *mitanguariní* Apoema. Isso será de grande importância durante este Turunã. E algo me diz que os *anhanguera* não serão os maiores perigos que vocês... que nós teremos que enfrentar em um amanhã que não demorará a chegar.

— O que é que pode nos atacar assim, *mbo'eaguariní* Araní? — perguntou Apoema, que sonhava com dias repletos de *jucá mairarê*.

— O pior inimigo do homem sempre foi o próprio homem.

Apoema pensou em dividir o segredo de seus sonhos com seu mestre, mas temia o que poderia vir a acontecer caso isso alterasse a linha do tempo costurada por Monâ. A *mitanguariní* via-se vassala de sua própria habilidade, uma espectadora que nada podia fazer para evitar as lágrimas que ela sabia que haveria de derramar.

Kurumã era um ótimo caçador e acordava com facilidade. A conversa entre seu mestre e sua maior rival o fez despertar com uma cisma chata residindo em seu peito: o *mitanguariní* não acreditava que Apoema era merecedora das dádivas que havia recebido no momento de seu nascimento. O *aman paba* alto por si só já era algo inesperado para uma filha de um *pindara* e de uma *arátor*, mas nascer sob uma cor sem nome e descobrir como derreter pedras levaram todos em Ivituruí a conhecer o nome de Apoema, fazendo com que muitos acreditassem na possibilidade de que ela fosse a reencarnação de Kami. O retorno do imortal era um assunto debatido por todos, dos mais sábios *guariní* aos mais estultos *capanema*. Segundo os ditos de Majé Ceci, Kami haveria de retornar, mas as circunstâncias em torno de sua reencarnação não eram claras. Muitos acreditavam que ele retornaria novamente com o *aman paba* sem fim, para completar os aprendizados que não pôde concluir em sua primeira vida, outros já acreditavam que Kami retornaria com um *aman paba* ordinário, para poder experimentar a Ibi sem as dádivas da imortalidade.

Havia momentos em que Kurumã era arrebatado por um sentimento feio e sem explicação, que fervia seu *exanhé*. Sentimento que havia nascido com Ubiratã dezessete *Motirõ* atrás. E o *mitanguariní* não sabia como lidar com aquele desprazer que o fazia desejar ter os mesmos privilégios que vinham, sem esforço algum, a Apoema.

Com o despertar de Aram, Araní chamou Kurumã, seu aluno mais disciplinado, para caçar o desjejum. Os dois caminharam até acharem um bando de capororora, que saciavam a sede na margem de um lago. Araní, que perdera a noção de profundidade no ataque *anhanguera*, deixou que o aluno arremessasse sua lança, pondo em prática tudo que ele havia aprendido ao longo dos *Motirõ*. Com a presa abatida, eles amarraram a carcaça do animal a uma vara e carregaram juntos o peso da fome.

— Kurumã, o que você acha de seu *mbo'eaguariní*? — perguntou Araní.

— Você é o melhor caçador de Ivituruí — respondeu Kurumã.

— E você confia em meus ensinamentos?

— Sim, *mbo'eaguariní*.

— E você admira minha força, Kurumã?

— Claro. Por que você está me perguntando essas coisas?

— Eu não tenho o maior *aman paba* entre os *guariní* de nossa aldeia e também não sou o homem mais espiritual, mas é o meu dever ensinar vocês. Treinar vocês.

— Eu sei, *mbo'eaguariní*.

— A grandeza de um homem, Kurumã, não é facilmente medida. O *aman paba* nos diz o tempo de vida sobre a Ibi, o que nós fazemos com esse tempo que é dado, isso é que faz um grande homem. Esse foi o maior ensinamento de Kami.

— Entendo, *mbo'eaguariní*.

— Apoema, Kaluanã e o gigante de Buiagu podem ter fama além dos muros de suas aldeias, mas um homem só não forma uma aldeia, nem um vaga-lume sozinho faz o tapete da noite. Meu nome talvez não seja cantado ou lembrado, talvez as pessoas lembrem o nome de Apoema... Eu não sei o que o tempo reserva, isso só Monã sabe. Mas sei disso: eu farei por merecer, mesmo que meu nome não seja cantado em belas canções.

O desjejum naquele dia teve um sabor diferente ao homem chamado Kurumã. As poucas palavras de seu mestre tiveram grande impacto no interior de sua luz, libertando-o das amarras que o prendiam às vitórias de Apoema. O *mitanguariní* nunca havia parado para pensar que seu mestre, o homem que ele mais admirava, era apenas mais um no grande esquema das coisas.

Descobrir a insignificância de sua luz foi libertador.

Kurumã sentou-se ao lado de Apoema e ofereceu parte do fígado da capororora, a parte mais saborosa do animal. A *mitanguariní*, que estava acostumada aos lábios azedos do colega, estranhou aquele agrado.

— No Turunã, Apoema, eu gostaria de estar no mesmo grupo que você. Juntos, realizaremos grandes feitos —— disse Kurumã

A *mitanguariní* sorriu com aquela grata surpresa.

∞

A entrada da aldeia de Mboitatikal era marcada por dois totens grandiosos, que forçavam os visitantes a levantarem os queixos para contemplarem sua beleza. O totem à direita era uma longa lança de caçador, cuja ponta era adornada por um triângulo com um círculo dentro, o símbolo de Monã. O totem da esquerda era esculpido na forma de uma serpente que girava em torno de um tronco de árvore. No topo, dentro da boca viperina, uma chama acesa ardia.

— O boitatá — disse *guariní* Pavuna ao passar pelos monumentos colossais.

Kaluanã aproximou-se dos totens e apreciou os seus detalhes minuciosos. Os *pora-pó* de Mboitatikal talharam com perfeição as escamas do animal lendário, tido como a representação viva do espírito de Tata, o pai do fogo.

— Fantástico — disse Kaluanã, encantado pela perícia dos artesãos locais.

— Você ainda não viu nada — respondeu Pavuna.

Logo à frente do *mitanguariní*, Mboitatikal podia ser vista em quase toda sua integridade. Nada em toda a Ibi podia ser comparado ao tamanho daquela aldeia e suas construções. Três pirâmides ousavam cortar o firmamento e incontáveis templos salpicavam as vielas de Mboitatikal, repletas de casas e plantações, construções que excediam em muito a extensão do território de Otinga.

Guariní Pavuna liderou seus alunos *mitanguariní* pelas ruas da aldeia, conduzindo-os em direção ao templo de Monâ, onde *payni* Jupi os aguardava. Kaluanã não conseguia assimilar todas as informações que seus olhos tocavam: os mercados movimentados, o câmbio feito em ferro e bens cultivados, as roupas coloridas e adornadas, os cheiros e sons e, principalmente, as construções. Em sua andada por Mboitatikal, o *mitanguariní* viu três estátuas erguidas aos deuses: uma em nome de Monâ, outra em nome de Aram, e a terceira em nome de Tata. Eram trabalhos detalhados e grandiosos, que asseveravam a força da aldeia filha do fogo.

Ao se aproximarem do templo de Monâ, Kaluanã notou que uma quarta estátua estava sendo erguida e esculpida. Ele perguntou a um dos nativos de qual deidade se tratava, e a resposta roubou todas as palavras da boca do *mitanguariní*.

— Esse monumento é erguido em nome de *payni* Jupi.

Um homem mortal?, pensou o aprendiz de *guariní*. *Nem mesmo o lendário Kami tem monumentos erguidos em seu nome, por que payni Jupi haveria de ter?*

Ao adentrarem o salão do templo de Monâ, Kaluanã viu que os *mitanguariní* das outras seis aldeias já haviam chegado e estavam sentados, aguardando a última aldeia. Ao passar pelos *mitanguariní* de Buiagu, fáceis de reconhecer pelas poucas vestimentas e peles torradas, Kaluanã viu o grande guerreiro que havia derrotado o Tori Tabowu, um homem que se destacava pela altura e pelo tamanho de seus músculos.

Payni Jupi estava sentado em uma espécie de púlpito, trajando vestimentas cerimoniais, feitas com couro de onça, caveiras de sagui e dentes de jacaré. Mas o que mais chamou a atenção de Kaluanã eram os adornos amarelos que o *payni* carregava nos dedos, nas orelhas e no lábio inferior. *Seriam eles feito de Itajubá?*, perguntou-se, agora suspeitando do envolvimento de Jupi no *jucá mairarê* de *payni* Caturama.

— Nascer um *guariní* não é uma dádiva, é uma promessa — disse Jupi.

— Nascer um *guariní* não é uma dádiva, é uma promessa! — gritaram todos os *mitanguariní* em uníssono.

— Estamos reunidos no templo da mãe do tempo e de todas as coisas para celebrar mais um grupo de futuros *guariní*. O Turunã é a lição que Kami nos deu. Todos nós buscamos nosso *eçapira*, mas somente os bravos, os fortes e os treinados regressam com o mimo de Majé Ceci. — Jupi parou seu discurso e fitou o grande saguão. — Nós vivemos tempos de conflito. Aram e Airequecê ainda duelam pelo amor da Ibi, e nós, luzes criadas por Monâ para saciar as sedes dos deuses, estamos nos desentendendo, deixando que rivalidades desnecessárias caiam sobre nossos punhos e olhos. O Turunã é um tempo de conhecer os nossos irmãos, de aprender as diferenças que nos fazem seres únicos. Ofertamos a Monâ, como uma oferenda por um bom Turunã, o sacrifício de um *teçá*.

Kalena, uma *capanema* de Mboitatikal, apareceu no corredor do templo. A menina, que não podia ter mais que treze *Motirõ* de idade, trajava túnicas vermelhas e uma pintura alaranjada cobria seu rosto juvenil. A menina andava com passos arrastados e temerosos e a tinta em sua face estava borrada com o extrato de seu medo.

Eçaí, que estava escondido entre seus conterrâneos, fitou, abismado, a expressão talhada no rosto da *capanema*. Em nada se assemelhava à alegria que cortava os rostos das ofertas de *teçá* que aconteciam em Itaperuna durante os rituais do *ara pyau*.

A menina retirou suas vestes, revelou seu corpo ainda incompleto e deitou-se sobre o púlpito sacrificial. Jupi puxou um quicé e desceu sobre o coração de Kalena.

Kaluanã, que vivera sua vida inteira em Otinga, nunca havia testemunhado um sacrifício antes. Seus olhos, desacostumados às tradições de suas aldeias irmãs, não conseguia ver a diferença entre aquele ritual e um *jucá mairarê*. A expressão confusa no rosto de *guariní* Pavuna revelou ao *mitanguariní* que sua surpresa e incompreensão não eram sem sentido.

— O que foi, *guariní* Pavuna?

— Este é o primeiro Turunã que começa com um sacrifício de um *teçá*.

Jupi e os velhos sábios de Mboitatikal retiraram o coração da menina *capanema* para ser lançado sobre o Ipitatá, a primeira chama, que, desde o nascimento dos homens, queima no coração da aldeia.

— Aram e Airequecê estão nervosos. Vivemos em um tempo perigoso, e agora, mais do que nunca, precisamos de homens fortes e dedicados! — gritou Jupi.

∞

A luz alva de Airequecê banhava o Araxá Ariranha, o ponto mais elevado da aldeia de Mboitatikal. Fogueiras acesas iluminavam o terreno enquanto os aprendizes formavam grupos para sobreviver à grande jornada na qual estavam prestes a embarcar. Assim que o primeiro vermelho de Aram nascesse no horizonte, os *mitanguariní* adentrariam as matas fechadas do Araxá Ariranha e o ritual do Turunã iniciaria.

As palavras de *payni* Jupi ecoavam no interior da luz de Kaluanã, misturando-se aos presságios que *payni* Caturama havia compartilhado no dia de seu *jucá mairarê*. Não importava a voz que entoasse os segredos do amanhã, eles sempre eram dias ruins. O *mitanguariní* andava pelo mar de rostos desconhecidos tentando encontrar as luzes que poderiam lhe ensinar algo durante o Turunã.

Primeiro, Kaluanã, eu aprendi que o homem age por desconfiança. Assim como a muriçoca, que só vê na teia da aranha o jucá mairarê, o homem vê o desconhecido com os olhos das costas.

O futuro *payni* sabia muito bem com quem ele gostaria de dividir seus conhecimentos durante a grande jornada, e encontrá-lo não deveria ser algo difícil.

— *Mitanguariní* Kaluanã, o *mitanguariní* de amanhãs incontáveis — disse uma voz rouca que o puxou pelo ombro.

Em frente dele estava um *mitanguariní* de corpo enxuto, coberto por uma túnica branca e grossa, e com adornos de couro que cobriam seus pés. Seu cabelo era longo, exceto por um feixe raspado que dividia seu escalpo ao meio. Tratava-se, obviamente, de um filho de Atibaia.

— Meu nome é Ook Séeb e não há na Ibi pés mais rápidos que os meus. Eu gostaria da honra de fazer parte de seu grupo, *mitanguariní* Kaluanã.

Todos que estavam próximos miraram o rosto de seu futuro *payni*, aguardando sua resposta. Durante sua vida em Otinga, Kaluanã havia se acostumado com o fato de ser o centro das atenções, mas ver a admiração em rostos tão diferentes era algo novo e aterrorizante.

— Não tenho dúvidas de que sejas isso que me diz, *mitanguariní* Ook Séeb, mas eu não serei líder durante o Turunã. Andava em direção ao gigante de Buiagu para ver se ele me aceitaria em seu grupo.

Batarra Cotuba, que estava sentado na companhia de Izel Pachacutec e outros cinco companheiros selecionados, levantou-se e fez seu tamanho notado. O enorme guerreiro andou em direção a Kaluanã e encarou-o sob sua visão elevada.

— Você será o futuro *payni*, homem que substituirá *payni* Jupi quando regressar do Turunã. Você deveria ser um líder, para testar a força de sua luz.

— Minha luz terá uma pequena eternidade para chefiar os homens, acho que posso me dar a chance de aprender a seguir ordens. Tenho certeza que isso fará de mim um líder melhor. Gostaria de fazer parte de seu grupo.

Batarra Cotuba examinou a figura de Kaluanã. Era um jovem forte para os padrões ordinários, tinha boa postura e coragem nos olhos.

— Você está perguntando à luz errada, futuro *payni*. Nosso grupo será liderado pela Guarapyrupã — disse o gigante com um sorriso quente e morno.

Izel, que vestia o couro branco do guará líder, permaneceu sentada, indiferente à fama de Kaluanã. O futuro *payni* aproximou-se da *mitanguariní* e disse:

— Guarapyrupã, eu gostaria de fazer parte de seu grupo. Sou um ótimo caçador e minha lealdade não pode ser quebrada.

— Nosso grupo já está completo, *mitanguariní* Kaluanã. Além do mais, nada queremos com as aldeias filhas de Airequecê.

— Talvez seja bom nós abrirmos uma exceção, Guarapyrupã — disse Urquchillay Ch'aska, uma *mitanguariní* de Mbuitatikal que havia sido aceita pelo grupo de Izel. — O futuro *payni* é tido como um grande pescador e um excelente lutador de *muramunhã*.

— Na força, nós já temos o melhor — disse Izel.

— Mas a força nada faz sem bons pensamentos.

— Está me dizendo que você é capaz de vencer Batarra no *muramunhã*? — perguntou a matadora de guará.

Kaluanã encarou os poderosos braços de Batarra Cotuba.

— Eu não posso afirmar que posso vencê-lo. Isso só saberíamos se de fato lutarmos.

— O que você acha, Batarra? — perguntou Izel.

— Eu acho que nós não precisamos gastar nossa força em uma disputa de *muramunhã*. O fato de ele ter nascido filho de Airequecê não me incomoda — disse o gigante, que jamais esqueceu as palavras de *mbo'eaguariní* Kacoch Hunahpu. — A chance de amigar o futuro *payni* para mim é o bastante.

— Tudo bem, *mitanguariní* Kaluanã, mas lembre-se: você seguirá minhas ordens, mesmo quando não concordar com elas.

— Eu não aceitaria de outra forma, Guarapyrupã.

∞

Apoema e Kurumã estavam sentados no canto mais afastado do Araxá Ariranha. Os dois haviam decidido que Kurumã lideraria o grupo durante o Turunã e que Apoema seria a segunda em comando.

— Nós devemos formar um grupo compacto. Seis ou sete *mitanguariní* no máximo — disse Kurumã. — Muitas luzes para controlar seria uma distração.

— Concordo — respondeu Apoema.

— Alguma ideia de como começar?

— Keamuka é dona de uma luz forte. Acho que podemos convidar, também, um *mitanguariní* de Buiagu e um de Itaperuna, para diversificar nossas forças.

— É um bom plano — concluiu Kurumã. — Um caçador forte e um filho de Cajaty ao nosso lado me soa inteligente.

— Era o que eu estava pensando.

Após convidar Keamuka para integrar o grupo, os dois filhos de Ivituruí andaram até o canto em que os *mitanguariní* de Buiagu estavam, mas logo descobriram que todos já pertenciam a algum grupo. Frustrados, Apoema e Kurumã decidiram ver se a busca pelos *mitanguariní* de Itaperuna era tão intensa quanto a dos filhos do Tauá Caninana. Ook Séeb, que havia sido rejeitado pela obstinada Izel, aproximou-se da dupla e apresentou-se.

— Com licença, você é *mitanguariní* Apoema, não estou correto? A *mitanguariní* de cor sem nome que descobriu como derreter pedras.

— Sim — respondeu Apoema encabulada.

— Meu nome é Ook Séeb e eu tenho que agradecê-la, *mitanguariní* Apoema. Sem você, eu jamais teria conseguido inventar minha arma — disse Ook, mostrando um apetrecho férrico que abraçava sua mão e mimicava as garras de uma jaguatirica.

— Você inventou isso? — perguntou Kurumã.

— Sim. Eu o chamei de Mo'ol.

Apoema examinou a perícia do trabalho de Ook e não conseguiu evitar lembrar-se de Ankangatu e seu sonho de invenção.

— O que é isso cobrindo seus pés? — perguntou Kurumã.

— Todos em Atibaia usam os xanab. Eles protegem nossos pés quando corremos, assim podemos ter velocidade e escapar das garras de Aráybaca.

— Você gostaria de fazer parte de nosso grupo, *mitanguariní* Ook Séeb? — perguntou Apoema, que estava fascinada com as novidades que o *mitanguariní* trazia com seus ontens.

O rosto de Ook Séeb rasgou com um sorriso inesperado.

— Eu me sentiria honrado — ele respondeu.

∞

Eçaí sentia-se perdido naquele mar de emoções exacerbadas. Todos ao seu redor pareciam entorpecidos com as promessas de valentia e bravura que os aguardavam uma vez que eles adentrassem as matas do Araxá Ariranha.

Todos, mas não ele.

Sua beleza havia chamado a atenção de algumas *mitanguariní,* e sua vitória na disputa de *nhenheguaçu* ainda repercutia nas bocas e nas memórias daqueles que haviam visitado Itaperuna para ver a troca de folhas da Aroeira. Por esses motivos, ele havia recebido alguns convites para participar de grupos, mas o homem com orelhas de jaguatirica havia recusado todos.

Ali, cercado por tantas outras luzes, Eçaí nunca se sentiu tão só.

Desvendar os segredos do verde de Cajaty era uma bela noção, mas ela vinha repleta de obrigações e demandas. Assim que retornasse do Turunã com seu *eçapira*, estaria de volta àquela vida enfadonha da aldeia, com epônimos, cultos, danças e todas as coisas que o faziam querer fugir para sua rede no topo dos mais altos pinheiros de Itaperuna. Foi com essa certeza triste que Eçaí traçou seu plano: uma vez que adentrasse as matas do Araxá Ariranha, nunca mais voltaria. Viveria sozinho na mata, ditando seus desejos e obrigações.

Seria realmente livre.

Sentiria falta de dividir sua rede com alguma cunhã, mas seria um sacrifício que teria que fazer para viver a vida que tanto almejava.

Eçaí retirou o Guayitié do pequeno saco de couro que trazia em volta do peito. O presente de Baquara, uma pequena semente azul, descansava agora na palma de sua mão. *Eu vou plantar você e ver o que nasce*, pensou o *mitanguariní* quando uma voz suave atravessou todos os ruídos do Araxá Ariranha e fez suas orelhas virarem para trás. O som chegava aos seus ouvidos como se fosse carícia feita ao toque de pena, arrepiando seu *exanhé*. O *mitanguariní* seguiu a origem da voz, passando pela pequena aglomeração de aprendizes que se amontoava no ponto mais alto da aldeia de Mboitatikal. As palavras saíam dos lábios da mais bela mulher que Eçaí havia visto em todos seus *Motirõ*.

O homem com orelhas de jaguatirica não era estudado nos ensinamentos dos espíritos, nem mesmo acreditava nas histórias que os velhos sábios contavam, mas conseguia ver com clareza a cor que emanava daquela luz. Uma cor única, que somente os olhos felinos de Eçaí enxergavam. Os pés do homem de Itaperuna começaram a se mover, como se respondesse a um chamado de urrar silencioso.

Naquele dia, a cor da luz de Apoema recebeu seu nome.
Porangatanga.

— Nós estamos procurando algum *mitanguariní* de Itaperuna que queira se unir ao nosso grupo — disse a voz que encantava as orelhas de jaguatirica.

— Eu aceitarei esse privilégio — respondeu Eçaí, sorrindo.

Mas seu charme não pareceu surtir efeito algum sobre Apoema, que encarou sua falta de postura como sinal de despreparo.

— Muito bem, *mitanguariní*, qual é seu nome?

— Eçaí.

— Não vejo sua arma, *mitanguariní* Eçaí? Qual seria ela?

— Essa aqui — respondeu o homem, apontando o dedo para sua própria cabeça.

Os olhos de Apoema desaprovaram a resposta, mas foi Kurumã que a rebateu com palavras.

— Essa arma nada fará contra um *anhanguera*.

— Discordo, meu amigo *mitanguariní* de Ivituruí. Eu consigo sentir o cheiro da neve que a pele de vocês ainda exala. Eu consigo escutar o bater de seu coração. Nenhum *anhanguera* é capaz de me pegar desprevenido — sorriu Eçaí, que não conseguia tirar seus olhos da aura *porangatanga* que cobria o corpo de Apoema.

— Então quem se engana é você — disse Kurumã. — Nós já enfrentamos um *anhanguera* e acertamos um tepoztopilli bem no coração do espírito perdido. Mas ele continuou a nos atacar como se nada tivesse acontecido.

A cor vermelha da luz de Eçaí coçava a mente de Apoema, que acreditava já tê-la conhecido antes, mas ela não sabia dizer ao certo quando e onde.

— Bem, segundo os relatos dos *mitanguariní* de Buiagu, os *anhanguera* possuem um cheiro muito forte, e eu poderei senti-los com muita distância.

Aquela resposta determinada fez Apoema lembrar de onde ela conhecia aquela luz de cor vermelha sabida e desmedida. Era a mesma cor que lutava ao seu lado contra os olhos amarelos e assassinos que atacavam seus sonhos.

— Algo me diz que esse *mitanguariní* deve seguir conosco, Kurumã — disse Apoema.

Kurumã havia aprendido a respeitar os palpites de Apoema, que costumavam ser tão certeiros como suas flechas. Mesmo relutante, o *mitanguariní* aceitou o homem de orelhas de jaguatirica em seu grupo.

— Obrigado — disse Eçaí a Apoema.

— Não há o que agradecer, *mitanguariní* Eçaí.

— Eu não sei seu nome.

— Apoema.

Eçaí, que nunca teve que lutar pelo afeto de mulher alguma, viu-se sem palavras e encabulado. Queria que Apoema o olhasse com a mesma admiração que as outras *mitanguariní* demonstravam, mas ela parecia ver além das coisas, além de sua óbvia beleza.

Kurumã examinou seu grupo: Apoema e Keamuka, duas companheiras de Ivituruí que ele conhecia bem; Ook Séeb, da aldeia de Atibaia; Eçaí, da aldeia de Itaperuna; Opira, da aldeia de Otinga; e Najoch Su'uk, da aldeia de Tucuruí. Era um grupo diversificado e forte, que encheu o *exanhé* do *mitanguariní* de orgulho.

No horizonte, o primeiro vermelho de Aram riscou o céu. O coração de Eçaí acelerou, não pela emoção do início da jornada, mas sim pela descoberta de um sentimento muito maior, de cor mais forte, o mesmo sentimento que levou o coração de Capotira a acelerar no anoitecer do *ara pyau* seis *Motirõ* atrás. Os brilhos nos olhos de Apoema colocavam palavras engraçadas em sua boca, fazendo seu corpo descobrir novos ritmos frenéticos, disparando em uma revoada quente e trôpega, entregando o *mitanguariní* a um entorpecimento que o seguiria até a escuridão.

Era amantessidão.

Um sorriso alegre e bobo brotou entre as orelhas de jaguatirica.

O Turunã e muitas outras coisas iniciavam ali.

GLOSSÁRIO

DEUSES

Airequecê: Mãe do frio e da noite, branca, vaidosa e bela.

Amanacy: Espírito concebido por Airequecê e Ibi. Irmã gêmea de Tinga, Amanacy é a mãe das chuvas e protetora da aldeia de Tucuruí.

Aram: Pai do calor e do dia, amarelo e forte e severo.

Aupaba: Espírito concebido por Aram e Ibi, Aupaba é o pai da terra e protetor do povo Buiagu.

Cajaty: Espírito concebido pelo enlace de Airequecê, Aram e Ibi. Mãe das florestas e protetora da aldeia de Itaperuna.

Iara: Espírito concebido por Airequecê e Ibi, Iara é mãe dos rios e do mar e protetora da aldeia de Otinga.

Ibi: A mais bela criação de Monâ, mãe do mundo dos homens.

Jacamim: Criado por Monâ para proteger a paz celestial, Jacamim e seus vaga-lumes vigiam a noite.

Monâ: Mãe do tempo e de todas as coisas.

Tata: Espírito concebido por Aram e Ibi, Tata é o pai do fogo e protetor da aldeia de Mboitatikal.

Tinga: Espírito concebido por Airequecê e Ibi. Irmã gêmea de Amanacy, Tinga é a mãe da neve e protetora da aldeia de Ivituruí.

Votu: Espírito concebido por Monâ e Ibi, Votu é a mãe dos ventos e protetora da aldeia de Atibaia.

SERES FANTÁSTICOS

Acauã Cabrué: A grande coruja branca que sobrevoa a ilhota de Caçumipuã. É tida como um ser de grande sabedoria e força.

Aráybaca: A grande arara-azul, um animal impaciente que cata homens e os joga dos céus. Representação viva do espírito de Votu, a mãe dos ventos.

Aroeira: O primeiro verde a brotar do chão casto da Ibi. Um imenso jequitibá-rei que é tido como a representação viva de Cajaty.

Baquara: Dono de cabelos afogueados e pés virados, Baquara apresenta-se como um ser dotado de grande conhecimento sobre os amanhãs. Sempre com um presente em mãos, ele é responsável por manter o tempo criado por Monâ.

Boitatá: A cobra que cospe fogo, boitatá é tida como a representação viva do espírito de Tata, o pai do calor.

Iarateguba: O animal mais temido da Ibi, a jaguatirica que adora alimentar-se de amanhãs.

Icóamana: A garça com o canto das chuvas. Icómana vive no meio do Upã Amanara e é tida como a representação viva de Amanacy.

Ipitatá: A primeira chama, que queima no coração de Mboitatikal desde a primeira geração dos homens. Tida como a representação viva de Tata.

Jubapira Acará Bebé: um dos seres misteriosos do Cabiru Manu. Um animal com o corpo e o rabo de uma arraia e pescoço e bico de garça.

Majé **Ceci e suas filhas**: Monâ usou os espíritos criados por seus filhos (fogo, terra, mar, neve, chuva, vento e folhas) para dar forma às *Majé*, seres sábios que conseguem ver a costura do tempo. As *Majé*, além de curandeiras poderosíssimas, são responsáveis pelo ritual do *aman paba*.

Taía Kulkulcán: uma imensa serpente que voa e cospe fogo, sente fome e sede pela cor vermelha.

Taturanaruxu: A imensa lagarta de fogo que atacou Buiagu.

Tori Tabowu: O grande tatu que vive debaixo do Tauá Caninana. Tori Tabowu é tido como a representação viva de Aupaba, o pai da terra.

POVOS

Atibaia: Filhos de Votu, a aldeia de Atibaia é notória pela velocidade de seus *guariní*. Uma aldeia de homens sábios e que não se abala perante as rivalidades entre Aram e Airequecê. Lar de Aráybaca.

Buiagu: Filhos de Aupaba, a aldeia de Buiagu é cercada pelo Tauá Caninana, o grande deserto vermelho e seco. Conhecida por conceber os mais fortes *guariní*, Buiagu também é o lar do Tori Tabowu.

Itaperuna: Filhos de Cajaty e protetores da Aroeira, o primeiro verde a brotar do chão da Ibi, Itaperuna é a aldeia da sabedoria e da paz.

Ivituruí: Filhos de Tinga, Ivituruí fica em um dos pontos mais altos da Ibi. Suas construções e pontes de grama são conhecidas em toda Ibi, assim como suas baixas temperaturas. Lar de grandes inventores.

Mboitatikal: Filhos de Tata e protetores do Ipitatá, a primeira chama, Mboitatikal é o lar do *payni* e o local de início do *Turunã*.

Otinga: Filhos de Iara, Otinga é a aldeia conhecida por conceber os melhores pescadores da Ibi.

Tucuruí: Filhos de Amanacy, a aldeia de Tucuruí é o lar de Icóamana, a garça com o canto das chuvas.

EPÔNIMOS
em ordem de *aman paba*

Payni: Chefe de todos os homens. Detentor do maior *aman paba*.

Abaetê: Chefe de cada povo.
Detentor do maior *aman paba* do povo.
Aman paba entre 80 – 119 *Motirõ*.

Guariní: São os guerreiros, caçadores e sábios do povo.
Aman paba entre 80 – 119 *Motirõ*

Mbo'eaguariní: São os *guariní* responsáveis por treinar os *mitanguariní*. São mestres, homens que se destacam dos demais *guariní*.

Mitanguariní: São os aprendizes de *guariní*. Jovens que deverão provar sua força e coragem durante o ritual do *Turunã*.

Pindara: São os responsáveis pela pesca.
Aman paba entre 60 – 79 *Motirõ*

Arátor: São os responsáveis pelo cultivo de plantas e raízes.
Aman paba entre 40 – 59 *Motirõ*.

Munducuru: São os responsáveis pelas construções da aldeia.
Aman paba entre 35 – 39 *Motirõ*.

Pora-pó: São os responsáveis pelo artesanato da aldeia
Aman paba entre 20 – 34 *Motirõ*.

Capanema: São os rejeitados pela mãe do tempo, seres com uma vida muito curta, por isso, não são dignos de aprendizados.
Aman paba entre 0 – 19 *Motirõ*.

Teçá: Um *capanema* pode se oferecer como *Teçá*, assim trazendo a honra de volta aos seus pais.

RITUAIS

Aman paba: Ao nascer, Monâ costura o tempo de vida dentro do corpo de cada homem e mulher. Quanto mais tempo Monâ dá ao homem, mais respeitado ele será por seus irmãos e irmãs. O *aman paba* é crucial para definição dos epônimos.

Ara pyau: O novo tempo, quando os dias são mais quentes e as folhas são novas.

Ara ymã: O velho tempo, quando os dias são mais frios e as folhas caem.

Joca ayty: O *payni* pode nascer em qualquer aldeia da Ibi, no entanto, os deuses são vaidosos e gostam do equilíbrio. Por isso, quando o *payni* não é um homem nascido em Mboitatikal, realiza-se a troca de ninhos, para que haja harmonia.

Motirõ: O ritual do *Motirõ* celebra a terceira colheita no ciclo de Aram. O ritual é a unidade principal de contagem de tempo pelos homens da Ibi.

Turunã: Depois do fracasso e queda de Kami, o Imortal, todos *mitanguariní* devem aprender as várias técnicas de luta e sobrevivência para conseguir chegar ao topo do Ibaté e receber de *Majé* Ceci seu *eçapira*.

EXPRESSÕES

Anhanguera: Espíritos perdidos que vagam pelo verde de Cajaty. Seus sussurros são escutados por todos os cantos, e durante o ritual do *Turunã*, eles seguem os *mitanguariní* para torná-los espíritos perdidos também.

Eçapira: O presente que *Majé* Ceci dá a todos os *mitanguariní* que chegam a sua casa. Os mimos de *Majé* Ceci são representações do que o *exanhé* mais precisa ou deseja.

Exanhé: A força viva de um homem. Um algo além da carne, do sangue e do osso.

Ha'agapaw uquirimbau: Há duas formas de o líder de um grupo perder seu posto: por desistência ou pelo *Ha'agapaw uquirimbau*, uma luta violenta, sem limites, que muitas vezes termina com o derramamento de sangue.

Jucá mairarê: Roubar o amanhã costurado por Monâ no *aman paba*.

Moicupê: Formação de combate em dupla.

Momba: Uma pessoa tola.

Moronguetá: O sentimento verdadeiro. Um bem querer puro e honesto.

Mossapyr mossapira: Formação triangular de combate.

Muramunhã: Uma luta de punhos em uma arena triangular. Os oponentes usam *cestus* nas mãos, muitas vezes adornados por objetos cortantes.

Nhenheguaçu: Uma disputa de sabedoria.

Pu'ã: Uma pintura de combate.

Yamí Ybapiranga: A escuridão avermelhada, o presságio para o fim de todas as coisas boas e puras sobre a Ibi.

ARMAS

Ankangatu: Arco e flecha.

Cestus: Luvas de batalha.

Iuitú Iuíre: pedaço de madeira que, quando lançado corretamente, retorna à mão do caçador.

Maquahuitl: Uma espécie de espada de madeira achatada, com lâminas de obsidiana nas laterais.

Cuauhololli: Uma clava de madeira grossa com um uma extremidade arredondada e maciça.

Tepoztopilli: Uma lança com um *maquahuitl* na extremidade.

Lala lanake: Uma lança de caça longa, duas vezes maior que um homem adulto.

Quicé: Uma adaga feita de pedra.